Written by Ryuryu
Illustration by Benio

世界救い終わったけど、記憶喪失の女の子ひろった

The world has been saved,
but I picked up
a girl with amnesia

2

イラスト
著

TOブックス

I picked up a girl with amnesia

contents

The world has been saved, but

イラスト　紅緒
デザイン　名和田耕平デザイン事務所
（名和田耕平＋宮下華子）

Character introduction

勇者くん

Brave

本作の主人公。魔王を倒して
世界を救った正真正銘の勇者だが、
魔王の呪いにより人の名前が認識できない。
隠居中に赤髪ちゃんを助けたことで、
再び旅に出ることに。

赤髪ちゃん

《本名不明》

赤髪赤目の真っ赤な少女。
勇者に拾われたことで
勇者パーティーに加入した。
思ったことはそのまま口に出すタイプ。
現在、パーティー内での役割を模索中。

Girl with red hair

賢者ちゃん

《シャナ・グランプレ》

パーティーの頭脳労働担当。
魔術における万能の天才だが、
すごく腹黒で相手を煽るのが大好き。
ハーフエルフ。

Sage

騎士ちゃん

《アリア・リナージュ・アイアラス》

アイアラス王家第三王女。
明るい笑顔がよく似合うお姫さまだが、
戦闘時は力こそパワーを
地でいく脳筋タイプ。

Knight

武闘家さん

《ムム・ルセッタ》

勇者パーティー所属の武闘家にして
勇者の師匠。
パーティーの防御面の要。魔法の特性により
永き時を生きる仙人だが、外見はロリっ子。
他人にババアと呼ばれるとすぐにキレる。

Martial artist

死霊術師さん

《リリアミラ・ギルデンスターン》

商売人でもある魔性のお姉さん。
元魔王軍四天王第二位。
魔法の特性により死ねないが、
いつか勇者に殺してほしいと思っている。
パーティーでは囮の壁タンク役。

Necromancer

プロローグ

もしも自分がもう一人いたとして。

自分と違うものを食べて、自分とは違う経験をして、自分と違う人と出会って。

それは果たして、自分と同じ人間と呼べるだろうか？

なんとなく気になって、シャナ・グランプレは、パーティーメンバーに尋ねてみたことがある。

「自分がもう一人いたらどうしますか？」

パーティーの突撃隊長である姫騎士。アリア・リナージュ・アイアラスは、腕を組んで空を見て、たっぷり返答までの時間を取ってから、答えた。

「お姫様やって責任を取る自分と、気ままに騎士をやってる自分の二人で、役割分担するかなぁ」

穏やかな一国の姫君と、領民を守る苛烈な騎士。置かれている立場的にも、そして元々の性格的にも、明らかな二面性を持つ、彼女らしい返答だった。

「でもそれ、お姫様やってる方のアリアさんが割を食うというか。ちょっと不公平じゃありませんか？」

「んー、でも結局、シャナが言ってるそれってどっちもあたしなわけでしょう？　だったら、自分の選択とか責任とか、そういう選んだものに迷いはないかなって。あたしが二人に増えたら、絶対やれることは増えるしね」

「なんか、ちょっと大人っぽいですね」

「お。シャナもようやく、あたしが頼れるお姉さんであることに気がついたかな⁉」

「はいはい」

次に。

パーティーを見守る立場でありながら最強に近い立ち位置を確立している、見た目だけは幼い武闘家。ムム・ルセッタはその見た目通りに、無邪気に目を輝かせて言った。

「すごい。わたしが二人いたら、常に二人で、組手ができる……！」

「いや、そういう話をしてるんじゃないんですよ。質問の意図を理解してくれていますか？」

千年近い時間を生きているはずの拳聖は、やはりどこまでいっても修行のことしか頭にない、生粋の格闘家であった。

「でも、シャナ。相手がいない鍛錬と、相手がいる鍛錬は、得られる経験値に雲泥の差がある」

「いやまぁ、たしかにそれはそうかもしれませんが」

「あと、一人で修行してる時よりも、寂しくない」

「ムムさん。結構一人でふらふらしてるイメージあるんですけど、寂しくなったりする時ってあるんですか？」

「もちろん、ある。十年くらい一人で修行してると、かなりさびしい」

「時間の感覚がちょっと理解できませんね……」

さらに次に。

パーティーの回復役兼盾役兼武器兼財布である死霊術師。リリアミラ・ギルデンスターンは特に悩む素振りも見せずにあっけらかんと言い切った。

「どうするというか。そういう結果に落ち着きそうという予想になってしまうのですが。魔王様に味方するわたくしと、勇者さまに味方するわたくしに分かれて、敵味方になって殺し合う気がしますわね」

「うわ」

「うわってなんですの。うわって」

「ドン引きしてるんですよ」

考え得る限りの最悪の返答であった。魔王軍の四天王をやっていた頃からろくな女ではないことを理解はしていたが、蘇生の力を持った魔法使いがそれぞれの陣営にいる争いなんて、想像したくもない。血で血を洗う地獄絵図と化すに決まっている。

「いやでも、考えてみてください。人生には重大な選択を迫られる、運命の分かれ道とも言える瞬間がありますよ」

「魔王の部下になったり、魔王を裏切ったりですか？」

「ええ、ええ！　まさしくその通り！　魔王様を裏切って、勇者さまの味方をしたのが、今のわたくしです！　ですが当然、そこで裏切りという決断をしなければ、魔王様に忠誠を誓い続けたわたくしもいたはずでしょう？」

そういったもしもの可能性を現実にできるなら、してみたい、と。死霊術師は言っていた。

「あと単純に、勇者さまに捧げるわたくしの愛と、魔王様への愛！　同じわたくしで、どちらの愛が上か勝負できるではありませんか⁉　楽しそうだと思いません⁉」

「ミラさん。とにかくあなたという存在は一人いれば充分だということがよくわかりました」

最後に。

パーティーを率いるリーダーである勇者にそれを聞くと、にこやかに笑顔で言い切られた。

「二人で世界を救いに行くかな」

「最高につっまんねー返答がきましたね」

「そこまで言われることある？」

シャナがばっさりと切り捨てると、彼はしゅんと肩を落として項垂れた。リーダーの威厳も何もあったものではなかったが、わりとこれが平常運転なのがこのパーティーのおもしろいところであった。

「でも、おれ勇者だしなぁ。世界を救わなきゃいけないしなぁ。おれが二人いれば、単純に考えて世界を救うスピードと助けられる人の数が二倍になるわけでしょ？」

「子どもでももう少しマシな計算しますよ。頭の中お花畑ですか？」

「さっきからなんでそんな辛辣なの？」

しかし、口ではそうは言ったものの。自分がもう一人いたら、迷わず一緒に世界を救いに行くと断言するのは、なんとも彼らしいとシャナは思った。

「あ。もう一個。やってみたいことあった」

「なんです？」

「せっかくなら、もう一人のおれと戦ってみたい」

「その発想。ほとんど武闘家さんと同じですよ」

「まじで？」

「はい」

「そっかぁ」

彼はバツが悪そうに頬をかきながら笑った。

「まあ、弟子は師匠に似るって言うし」

「そんなところまで似られても困るんですよね」

どうしてこう、このパーティーにはバトルジャンキーしかいないのだろうか。

「まあ、最初から『　　』さんの答えに期待はしてませんけどね」

「ひどいなぁ」

軽く笑った彼は「でも、それなら」と言葉を繋げて、今度は質問を投げる側に回った。

「おれが答えたから答えてほしいんだけど、シャナはどうなんだ？」

「ええ……実際に増えることができる私に、それを聞きますか？」

「だからこそ聞くでしょ」

「……そうですね。まあ、私がもう一人いたら……」

せっかくなので、反撃と言わんばかりに顔を近づけて。小声で耳打ちをすると、勇者は目を丸くしてシャナを見た。

その顔が、なぜかとてもおもしろくて。笑ってしまったことを、今でも覚えている。

それはまだ、勇者が魔王を倒して、世界を救う前。

シャナ達が彼の名前を呼んで、彼もシャナ達の名前を呼べた頃。

勇者が、自身の名前と、大切な人々の名前を失う前のことだった。

腹が減っては冒険はできぬ

旅の中で最も重要な問題は、なんといってもやはり食料の確保である。

空腹は旅路のモチベーションに常に直結する。

ましてや、なんの準備も蓄えもなしに唐突にはじまった旅では、食料は現地調達するしかないわけで。

「絶対に逃がすなっ！　二日ぶりの肉だぁ！」

そんなわけで、おれは獲物を指差して絶叫していた。

「賢者ちゃん！」

「確実に退路を断ちます」

「騎士ちゃん！」

「急所をやりたいね。やっぱり首かな」

「師匠っ！」

「仕留めたら、任せて。責任をもって鮮度を保つ」

　世界を救った賢者が魔導陣を展開して退路を断ち、世界を救った騎士が両手に聖剣を握りしめて突撃し、世界を救った武闘家が凄まじい勢いで跳躍する。このメンバーによってたかってボコボコにされた経験があるのは、世界を滅ぼそうとした魔王くらいだろう。ターゲットにされてしまった獲物くんには激しく同情するが、これも生きるための戦いである。許してくれ、手を抜くことはできないんだ。

　なにせ、今のおれたちは猛烈に腹が減っている。

　結果、空腹による効果で過去最高と言っても過言ではないレベルの連携を発揮したおれたちは、見事に獲物を仕留めることに成功した。

「やったぁ！　お肉だ！　数日ぶりのお肉！」

「騎士さん騎士さん。落とした首振り回さないでください。血が飛び散ります」

　仕留めた獲物はメイルレザル……冒険者の間では俗にヨロイトカゲと呼ばれる地を這うリザードの一種である。表皮の鱗が硬く、矢や剣を通さないため、そこそこ経験のある冒険者パーティーでも手を焼くモンスターの一種だ。しかしその分、硬い鱗に守られた肉は引き締まっていて美味であり、その鱗も鎧などの工芸用品としてよく利用されている。おまけに、目玉は珍味で酒のあてにぴったりときている。全身を余すことなく活用できる、冒険者にとっては貴重なモンスターと言えよう。

その首をぶんぶん振り回して喜んでいる全身鎧の女騎士は、その見た目通り、通称騎士ちゃん。明るく快活で笑顔が似合うお姫様である。しかし、その実態は獲物を見たら聖剣の二刀流で真っ先に首を狩りに行く生粋のバーサーカー。ちょっと性格の二面性がすごい時があるものの、基本的には元気で頼れる我がパーティーの心強い前衛だ。

「うむ。少々小ぶりだけど、悪くない。良い肉質をしている」

首がないメイルレザルの亡骸を無表情でぺたぺたと触っているのは、おれの師匠である武闘家さん。おれに徒手空拳の近接戦闘のすべてを叩き込んでくれた尊敬すべき師であり、自身の魔法によって肉体の成長が止まったままの千歳の幼女である。早速、仕留めた獲物の肉質を確かめながら、その静止の魔法で抜け目なく血止めをし、肉の鮮度を保ってくれている。相変わらず見た目は幼女なのに、心遣いが細やかだ。いつもありがとうございます。

「お肉はもちろんいただきますが、メイルレザルの鱗は様々なものに加工できます。ぜひとも持って帰りたいですわね」

うねうねと簀巻きにされた状態で文化人らしいことをほざいているのは、死霊術師さん。これでも運送会社の経営を一代で軌道に乗せたパーティー内屈指の成功者なのだが、元魔王軍の四天王でおれたちを裏切ったりしたので、現在は反省させるために簀巻きにして師匠が運んでいる。そのせいか、空腹と疲労困憊でやつれはじめている我がパーティーの中で、一人だけ肌つやが良い。あと諸事情で服がないので、布の下は全裸である。もちろん師匠は今、メイルレザルの鮮度を保つために手が離せないので、死霊術師さんはぐるぐる巻きの状態で地面に放り出されていた。そのため、少し離れた場所で横になってうねうねしている。あの状態で鱗を持って帰りたいとのたまう図太さは、本当に見習いたい。

「勇者さん。ここは一度、昼に休憩した川辺まで戻りましょうか。調理をするのに水があるのに越したことはありません」

淡々とそう提案してきたのは、パーティーの後方支援を一手に担う賢者ちゃん。パーティーメンバーの中では一番の若手だが、その若さに反して王国の宮廷魔導師として権力を牛耳る天才である。ハーフエルフ特有の尖った耳に、純白の肌、雪のような銀髪。ついでに魔法の色も白と真っ白なキャラを売りにしているが、その実、腹の中身は真っ黒である。

「しかし、獲物が仕留められてよかったです。もう少しで、あそこで転がっている死霊術師を食べることを真面目に検討しなければならないところでした」

「わたくし共食いの危機……？」

繰り返すが、腹黒である。

「うう」

と、そこでおれが背負い続けていた少女が、ようやく目を覚ます気配がした。

「あ、起きた？」

「勇者さん？　わたし……」

おれの頬をくすぐるようにして、鮮やかな赤い髪が揺れる。

「お腹が空きすぎて倒れちゃったんだよ、赤髪ちゃん」

「ええっ⁉　す、すいません！　だ、大丈夫です！　わたし、自分で歩けます！」

「いやいや、いいよいいよ。おれの背中でよければしばらく貸すから、そのまま休んでて」

「ほ、本当にすいません」

おれの背中で小さくなっている、この赤い髪と赤い瞳が特徴的などこまでも真っ赤な美少女の名前は、赤髪ちゃん。ひょんなことからおれがひろう……というか助けることになった女の子である。詳しい事情は省くが、おれが倒した元魔王の魂を受け継いでいるとか、いないとか。正直、この子に関してはまだわからないことの方が多い。

「ちょうど今、ヨロイトカゲ仕留めたから、ご飯にしよう。お腹空いたでしょ？」

「はい。もう正直ペコペコです」

今わかっているのは、見た目よりよく食べ、ちょっと燃費が悪い女の子であるということだけだ。

「まったく。勇者さんは赤髪さんに本当に甘いですね」

赤髪ちゃんを背負っているおれの隣で、賢者ちゃんがぼそっと呟いた。

「賢者ちゃん。仕方ないでしょ。赤髪ちゃんはおれたちとは違って、旅とかまったく慣れてないんだから」

「かといってその腹ペコ娘を甘やかすのもどうかと思いますけどね」

つーんとした賢者ちゃんの言葉に、赤髪ちゃんがしゅんと小さくなる。

やれやれ。賢者ちゃんは思ったことをはっきり言うので、なんでも素直に受け止める赤髪ちゃんとは、どうにも相性が悪い。

おれが賢者ちゃんに釘を刺す前に、察してくれたのだろう。騎士ちゃんが金髪のポニーテールをぶんぶんと揺らしながら、赤髪ちゃんと賢者ちゃんの間に割って入った。

「はいはい。そこまでにして。ご飯をゲットできたんだからさっさと移動するよー」

「うむ。わたしも、ひさびさに肉を食らいたい」

「ええ、ええ。これだけ空腹であれば、メイルレザルの野性味に溢れた肉もおいしくいただけるでしょう！」

「え。あなた、自分の分があると本気で思ってるんですか？」

「わたくしメシ抜きの危機……？」

なにはともあれ。

魔王を倒して世界を救ったおれたちは、今日も青空の下を歩いて、旅を続けている。

◇

「さて、どう食おうか」

「丸焼きにしよ！　丸焼き！」

「ええ……？　見た目がグロいからいやですよ。なんでもいいので、小さく食べやすい形にしてください」

「わたしは、目玉はいらない。苦いから、あげる」

「あらあら、見た目だけでなく舌までおこちゃまの武闘家さまはこれだからダメですわね。メイルレザルの目玉は珍味として社交界でも人気がありますのよ。あ、勇者さま。わたくしは肩の肉をステーキでお願いしますね。焼き加減はレアで」

遠慮なくやたらとめんどくさい注文をしてきた死霊術師さんを運搬役の武闘家さんが無言で地面に叩きつけ、騎士ちゃんと賢者ちゃんと武闘家さんがよってたかって袋叩きにする。袋に入れられているので、文字通りの袋叩きである。ああいう感じの袋に入れて調理の前に叩いておくと、肉がやわらかくなっていい下ごしらえになるんだよな。もちろん死霊術師さんは食べられないけど。

「うん。もうめんどいからスープで煮込むわ。腹にも溜まるし。あとは普通に焼こう」

「でも勇者さん。焼くのはともかく、お鍋とかあるんですか？」

「もちろんないよ。そういうわけで……騎士ちゃん」

「なに？　勇者くん」

「鍋貸して」

ひとしきり死霊術師さんを袋叩きにして満足した様子の騎士ちゃんが、こちらを振り返る。

「いや、あたし、お鍋とか持ってないけど」

「持ってるでしょ」

「ええ？　どこに？」

「頭の上に」

「……うわあ」

いつも朗らかな騎士ちゃんが、めずらしく本当にいやそうな顔をした。

さてさて。

「はい、というわけでね。今日はこの騎士ちゃんの頭兜(ヘルム)を鍋にしてね。お料理をね。していきたいと思います」

「な、なるほど？」

勇者さんクッキングのはじまりだ。助手は赤髪ちゃんである。

まずは器の確保。川の水でざっと頭兜を洗っておく。うん。鍋にするのにちょうどいいサイズだ。

「ねえー、やめようよー。それあたしが被ってたヤツだよ？　絶対臭いよ」

「大丈夫。騎士ちゃん臭くないから」

「そ、そういうことじゃなくて」

「なんで騎士さんは顔を赤くしているんですか？」

賢者ちゃんが呆れた目で騎士ちゃんを見上げる。

「ええ、わかります。わかりますとも。わたくしもどうせなら在りし日の勇者さまの鎧兜を器にしてスープを飲み干したかっ……ぐべぇあ!?」

武闘家さんが死霊術師さんを岩壁に叩きつけ、そのまま騎士ちゃんにパスし、騎士ちゃんもにこやかな笑みのまま死霊術師さんを叩きつけた。叩きつけた、というか、叩きつけ続ける。頭兜を被っていないので、振り乱れる金髪の間から表情がとてもよく見える。超怖い。

ひさびさに魚も食いたいなぁ。タタキにして安い酒でいいからくいっと一杯やりたい。

「まあ、大丈夫だよ騎士ちゃん。騎士ちゃんの鎧兜って展開する度に生成されてるんだから、むしろ一番清潔でしょ」

「うーん。それはそうなんだけど、でもなんかなぁ」

　気が済んだのか、タタキどころかすり身になっていそうな死霊術師さんを放り投げて、騎士ちゃんが腕を組む。袋の中身はもう動かない。ただの屍のようだ。

「そういえば、騎士さんの鎧ってどういう仕組みなんですか？　いつも、いつの間にか着込んでますけど」

「えっへへ。この鎧は夜支天鎧（アトラス・シルバ）っていってね。あたしが最後に手に入れた遺物装備なんだ」

「いぶつそうび？」

「ダンジョンの奥とか遺跡とかから発掘される、魔力が籠もった特別な道具の総称だよ。騎士ちゃんの鎧とか聖剣とかもそれにあたる。装備と契約して魔力的な繋がりを作るから、持ち主しか取り出せなくなるけど、その分メリットも大きい」

「な、なるほど」

　頷きながら赤髪ちゃんの髪の毛がぴょこぴょこと揺れる。ちょっと一気に説明しすぎたかな？

「じゃあ、賢者さんの杖とかも？」

「は？　バカにしないでください。これは私が丹精込めて作ったお手製です」

「愛着、あるんですね……」

「賢者ちゃんは基本的に物持ちめちゃくちゃいいよ。鉛筆とかもすっごく小さくなるまで使い切るし」

「そうなんですね……」

「赤髪さんに余計なことばっか教えないでください」

「いてっ」

長年愛用しているお手製の杖で、ケツをしばかれた。

「勇者くん。お肉は切り分けとく？」

「ああ、うん。いい感じに頼むわ。聖剣でこうずばっと」

「はいはい。そういえば、自分の魔剣はどうしたの？」

「あんな物騒なヤツ普段から持ち歩きたくないよ。封印しておくに決まってるでしょ」

具体的には、アレは今も元気に我が家の台所の下で漬物石をやっていることだろう。

あー、ていうかうちの食べ物、絶対腐ってるよなあ。正直、こんなに長い間、家を空けることになるとは思っていなかった。今回漬け込んだ分の野菜はわりと自信作だったから、赤髪ちゃんにも食べてほしかったところだ。実に惜しい。隣のおばあちゃんに鍵は預けてあるから、ぬか床かき回しておいてくれないかな……。

とはいえ、今は絶対に食べられない漬物に思いを馳せるよりは、目の前の肉である。

「それではね。この頭兜にね。お水をね。張っていきたいと思います」

「でも、隙間からお水が漏れるんじゃゃ？」

「漏れないんだなぁ、これが！」

「ほんとだ！　漏れてないです！」

「なんとこちらの頭兜！　一度被れば、装着者の頭に合わせてジャストフィット！　しかも魔力のシールドで完全防水！　吸えば即死するようなヤバイ毒の霧も一切通さない！」

「いやそれ呼吸できなくないですか？」

「ご安心ください。常に迅風(じんぷう)系の魔術によって新鮮な空気をあなたにお届けします」

「これおいくらなんですか？」

「これいくらくらいになるんだっけ騎士ちゃん」

「うーん。全身含めた値段はよくわからないけど、その頭兜だけでもお屋敷買って一生遊んで暮らせるんじゃないかな」

「ひえっ……」

目の前の鍋の価値を理解した赤髪ちゃんが後退した。

まあ、そんなに身構えないでほしい。これからこいつを器にしてスープを作るわけだし。

「そういえば、火も起こさなければいけませんね！　わたし、小枝とか集めてきます！」

「ああ、大丈夫。必要ないよ」

「え？」

「騎士ちゃん。これ沸かして」

「はーい」

騎士ちゃんに頭兜を渡した瞬間、中の水が一瞬で沸騰した。

「へ？」

「いやほら、騎士ちゃんの魔法で触れたものの温度調整は自由自在だからさ」

「焚き火せずに加熱調理できるから、敵地のど真ん中でも炊き出しができる。騎士さんの魔法は戦闘以外でも非常に便利なんですよ」

「いやあ、それほどでも」

「魔法ってすごいですね……」

感嘆したように、赤髪ちゃんが呟いた。そうそう、魔法ってほんとすごいんですよ。

「さて、それじゃあ本格的な調理に移りますか。騎士ちゃんお肉は？」

「捌いてあるよ」

「おっけー、ありがとう。うーん。やっぱ全員で食べるには少ないな……」

そう漏らした瞬間、食べ盛りの赤髪ちゃんの肩が目に見えて下がる。

しかし、ここで我慢させてしまうようでは、調理人としてのおれの名が廃る。

「安心して、赤髪ちゃん」

「え？」

「出すからにはお腹いっぱいに食べてもらうのが、おれの勇者メシだ。それが、みんなで囲むおれの勇者ごはんのポリシーだ」

「呼び名どっちかに統一できないんですか？」

「というわけでよろしく賢者ちゃん」

「やれやれ。本当にこういう時は私頼みですね。あまり生肉には触りたくないんですが」

「あとでちゃんと手洗ってね」

「お母さんですか？」

ぶつくさと文句を言いながらも、やはり賢者ちゃんもお腹が空いているのは同じだったのだろう。

ぴたり、と指先が生肉にほんの少しだけ触れた。

瞬間、切り分けられた肉が増えた。

「え？」

「何を呆けた顔をしているんですか？　私の魔法をもう忘れたんですか？」

「いやほら、賢者ちゃんの魔法って触れたものをそっくりそのまま増やせるからさ」

「だからあたしたち、パンの一個でも確保できればひもじい思いをせずに済んでるんだよね。ほんと賢者ちゃんの魔法のおかげだよ」

「ふふん。もっと褒め称えてください」

「賢者さん！」

「うわ⁉　ちょ、なんです⁉」

がしっと。赤髪ちゃんが賢者ちゃんに思いっきり抱き着いた。

「ありがとうございます。本当にっ……ありがとうございます」

「ふ、ふん！　どうやらあなたもようやく私の優秀さが理解できてきたようですね。まあ、私に対する尊敬の念を忘れないのであれば……」

「本当の本当の本当に、ありがとうございますぅ！」

「いやちょっとなに泣いてるんですか？　ちょ、鼻水ぅ！　鼻水出てます⁉　こっちくるな⁉」

わちゃわちゃとくっつき始めた赤髪ちゃんと賢者ちゃん。そんな二人を見て、騎士ちゃんがおれを横からつついた。頬が不満そうに膨らんでいる。

「なに。どしたの」

「あたしの魔法の時と比べて、反応が違い過ぎる気がする」

「あー、うん。いや、ほら。赤髪ちゃんも食べざかりだしね」

「反応が違う気がする」

拗ねてちょっとぷくぷくしはじめた騎士ちゃんを宥めながら、調理を進めていく。

沸いた水に、適当に捌いた骨と肉を頭兜、というよりももはやただの鍋になってしまったそれにぶち込んでいく。いつの間にか師匠が採集していた香草なんかも加えてみて、いい仕上がりになりそうだ。

「とはいえ、やっぱ結構灰汁が出るなぁ。騎士ちゃん。手甲ですくってくれる？」

「なんなの？　あたしの鎧を全身調理に使わないと気が済まないの？」

「勇者さん。お肉はなにで焼きます？」

「騎士ちゃん鎧の胸当て」

「ねえ⁉　あたしの鎧で全身調理する気でしょ⁉」

「そうだよ」

「そうだよじゃない！」

「勇者さん。この鎧の胸当て、胸の部分に不自然で不愉快な盛り上がりがあって、なんだかとても焼きにくいです」

「それはがんばって」

「潰していいですか？　どうせ元に戻るんでしょう」

「やめなさい！」

と、そこで視界の隅で沈黙していたずた袋がもぞもぞと動く気配がした。

「ふぅ、死ぬかと思いましたわ」

「いや、死んでたでしょ」

「良い匂いがしてきましたわね」

死霊術師さんが食事のためにいそいそと袋の中から出てくる。傷は完治しているが当然全裸である。危ない危ない。身体の前に垂れているきれいで長い黒髪がなければ、大事なところが丸見えになってしまうところだ。

「死霊術師さん。目に毒だから袋着て」

「生憎ですが勇者さま。わたくしの身体に恥ずべきところなどありません」

「うん、ごめん。おれの言い方が悪かったね、目障りだから服着て」

「わたくしのナイスバディが、目障り……？」

「全裸だと危ないですよ。ほら、油も跳ねますし」

「あらあら本当においしそうなお肉……あっづう!?」

ナイスバディの全裸の身体に、溢れんばかりの肉汁が跳ねた。とても熱そうだ。しかし、同情はしない。むしろ当然の報いである。

のたうち回っている死霊術師さんは放っておいて、おれは既に口元から涎という液体を分泌しはじめている赤髪ちゃんに声をかけた。

「どれどれ。ちょっと味見してみる？　赤髪ちゃん」

「いいんですか⁉　わたしが先にいただいてしまって⁉」

「どうぞどうぞ」

「私たちはあなたほど食い意地が張っているわけではありませんからね」

騎士ちゃんと賢者ちゃんも、すすっと肉の前を譲る。

「じゃあ、お言葉に甘えていただきます！」

ぱくり、と。最初に焼けた肉を頬張った赤髪ちゃんは、ニコニコとその口の中で溢れる肉汁を堪能し、頬に手をあて、身悶えて喜びを顕にして、

「……勇者さん」

「うん。どうかな？　おいしい？」

「あの、非常に申し上げにくいのですが」

「うん？」

「あんまり、味がしません」

すん、と。虚無の表情で告げた。

あれだけ期待に目を輝かせていた瞳が。

あれだけおいしさを元気いっぱいに発露させてきた笑顔が。

一瞬で、溝川に漬け込んだ宝石のように、輝きを失ってしまっている。

「……」

あまりの己の愚かさに、おれは言葉を失ったまま膝から崩れ落ちた。

「そうだよ。塩ないじゃん」

全員が、絶句する。厳密に言えば、地面でのたうち回る死霊術師さんを除く全員が、絶句する。

塩。ソルト。人間の舌が旨味を感じるために、絶対に必要な調味料。

ここ数日、食べられる草などを齧って飢えを凌いでいたせいで、おれたちは文明的な調理に必要不可欠なそれがないことを、きれいさっぱり失念していた。

なんだかんだと言いながら、肉を目の前にして浮かれてしまっていたのだろう。

「……」

「……」

「……」

あまりにも気まずい沈黙だった。全員が押し黙って、それに気づかずに調理を進めていた事実に、触れようともしない。肉が焼ける音が響き、スープの香りが漂ってくるのが、余計にその沈黙の時間を残酷なものに仕立てあげていた。

けれど、パーティーが窮地に陥った時、真っ先に解決案を提示するのがリーダーの役目である。

意を決して、おれは口を開いた。

「賢者ちゃん塩出せる魔術とかないの？」

「あるわけないでしょう」

リーダーであるおれは、また杖でケツを殴られた。さっきよりも痛かった。

「勇者くん」

「なんだい騎士ちゃん」

「汗ってさ。しょっぱいよね？」

「だめだ。それ以上いけない」

死んだ目で静かに暴走をはじめた騎士ちゃんをどうやって止めるか悩んでいると、ようやく死霊術師さんが会話に戻ってきた。

「あらあら、みなさまどうしたのです。急にお通夜のように押し黙って」

「死霊術師さん。ショックを受けずに、落ち着いて聞いてほしいんだけど」

「はいはい」

「……塩が、なかったんだ」

自分でも驚くほど、苦痛を滲ませた声が喉から漏れた。

「塩？　ああ、塩ですか。それくらいならわたくしがお出しいたしますけど」

「え？」

今なんて言った？

一も二もなく、おれは死霊術師さんに飛びついた。

「死霊術師さん、塩持ってるの⁉　全裸なのに⁉」

「落ち着いてください勇者さん。騙されちゃいけませんよ。この女は今、全裸なんです。冷静に考えて塩の瓶の一つたりとも持ち歩けるわけがないでしょう」

た、たしかに。賢者ちゃんの言うとおりだ。今の死霊術師さんが物を隠せそうな場所なんて、精々その豊かな胸の谷間くらいだろう。

などと思っていたら、死霊術師さんは「ちょっとはしたないですが、お許しくださいね」と呟きながら、少し離れた場所でうずくまった。

「うぇ」

と同時に、何かを吐き出すような苦しげな声とともに、口の中から唾液に塗れたそれを取り出す。

「ふぅ……生まれました。はい。どうぞ」

「いや、は？」

「元気なお塩です」

「やかましいわ」

まてまてまてまて。生まれましたって言った？　今それ、どこから取り出した？

少なくともおれの目には、口の中から出てきたようにしか見えなかった。しかし、目を凝らして見れば見るほど、それは塩の入ったガラス瓶だった。

「だって、これ。え……？　ほんとに塩？」

「もちろん。エルロンゼ地方のれっきとした高級品です。わたくしの会社でも取り扱っている自慢の一品ですわ」

「おれが聞きたいのは塩の詳細じゃなくて、なんでその塩が死霊術師さんの口から出てきたか、なんだけど」

「ああ。そちらについてですか。ご覧の通り、口の中にしまっておいたものを取り出しただけです」

あーん、と。おれの目の前で、死霊術師さんは口を開いてみせた。

「勇者さま、先日の一件で箱の中に閉じ込められたことがあるでしょう？　手のひらサイズくらいの箱ですわ」

「ああ、うん。たしかに閉じ込められたね」

「あれ、空間を歪めて物体を収納する遺物なのですが、似たタイプの非常に小さなものを、わたくしは奥歯に仕込んでおりまして。ある程度の小物なら、こうして口の中にしまっておくことができるのです。取り出す時にちょっと吐きそうになりますが、まあ些細な問題でしょう」

「聞いたことがないんだけど」

「言ったことがありませんもの」

うふふ、と。死霊術師さんは口元に手を当てて上品に笑った。悪びれる素振りすら見せないあたり、本当に良い根性をしている。

「ほら、わたくし魔王さまの下で働いていた時代は、いろいろな方から疎まれていたでしょう？　魔法のおかげで体が不死身なものですから、他の方法で心を折ろうとしてくる輩がそれはもう多くて多くて。みなさまは、ご存知ですか？　監禁されて餓死とかすると、とっても辛いのですよ？」

　またさらっと、この人はとんでもないことを言う。

「ですのでわたくしは考えました！　口の中にいろいろと便利なものを隠し持っておけば、いざという時に困らなくて済む、と！」

「そっかそっか。備えあれば憂いなしとも言うもんね」

「ええ、その通りです！」

「ところで死霊術師さんは、おれたちと違って一言もお腹空いたとか喉渇いたとか言ってなかったよね？」

「はい！　だってわたくし、こっそりパンとかチョコとか食べてましたし。ほら、口の中から取り出すわけですから、食べ物はそのまま味わってしまえるのです！」

「うんうん。そうだよね。それはそうだ」

「納得しました。道理で一人だけ肌ツヤも良いわけですよ」

「理解した。やはり全身を静止させておくべきだった」

「……いや、あの。ふふ、みなさんお顔がこわいですね。あっ……！」

　二度あることは三度ある。

　おれたちが、死霊術師さんを袋叩きにしようとしたその時。

「そ、そこの皆様方……食事を、メシを、わけてはいただけねえですか」

　どうやら、香ばしい肉の匂いが、新しい獲物を招いたらしい。

それは、数日ぶりに出会う新しい人間だった。

仮面の隠れ村

「かーっ！　こいつぁうめぇ！　生き返ります！」

「そりゃよかったです」

気持ちのいい食べっぷりに、思わずこちらまで笑顔になる。

「いやはやどうもどうも。自分、ここ数日、何も食ってねえもんでして。本当に助かりやした」

「いえいえ。えっと……行商人さんですよね？」

「へい。自分、しがない行商人をしておりやす。名前は……」

「あ、ごめんなさい。職業さえ聞ければ大丈夫です」

「へ？　そうですかい？」

「はい。ちょっと物覚えが悪いもので。あなたのことは行商人さんって呼ばせてもらってもいいですか？」

「はあ、でしたらそのように……」

おれは、人の名前を覚えることができない。それどころか、自分の名前も他人の名前も呼ぶことができない。魔王がおれに遺していった、世界一いじわるな呪いのせいである。

だからパーティーのみんなのことは役職で呼んでいるし、赤髪ちゃんのこともそのままなし崩し的に「赤髪ちゃん」と呼んでしまっている。こうして新しい人と知り合った時は、こんな形で不自由を強いられている。少しばかり辛いところだ。

「ところで行商人さん」

「へい！　なんでしょう⁉」

「名前よりも先に確認しておきたいんですけど……そのお面は、何か理由があって？」

「ややっ⁉　やはり気になりますか？」

うん。気にならない方がおかしい。

行商人さんは背負っている背嚢が少し大きい以外は、至って普通の行商人といった背格好だったが、一点だけ普通の行商人っぽくない点があった。

顔に被ったお面である。

一言では説明しにくいのだが、それは耳までをすっぽりと覆い隠してしまうような独特なデザインであり、全体が白に染められていて、さらに同じ色合いの白い花のような飾りが添えられており……まあとにかく、白を基調とした色合いの、なんとも言えない不可思議なお面だった。ちなみに、仮面が覆っているのは鼻先までで、顔の下半分は隠れていないので、食事に支障はなさそうだ。

「もしかして何か、顔を隠さなきゃいけない理由でも？」

「いやはや、べつにそういうわけじゃねぇんですけどね。コイツぁ、仕事道具の一種でして」

「仕事道具？」

「ああ、聞いたことがありますわね。なんでも、東方の行商人は仮面を被って商売をする文化がある、とか」

と、そこで会話に入ってきたのは死霊術師さんだった。

さすが、育ちが良くて商売をやっているだけあって博識である。ぴちぴちに巻き直された状態でくるくるゴロゴロと地面を転がっていなければ、実に文化人っぽい。

「ややっ⁉ こりゃあ姉さん、お若くて美人な上に、随分と博識ですなぁ」

「あらあら、照れますわね。まあ、わたくし、こう見えても会社を経営しておりまして」

「会社を……？」

「個人的に行商人の方と各地の名産品についてお話をするのは大好きなので、こんな格好でなければお茶でもお出ししてじっくりとお話したいところなのですが……」

行商人さんは仮面の下から覗き込むようにして、布でぐるぐる巻きにされている美女を見た。

「……会社を？」

うん。そうは見えませんよね。ただの全裸で簀巻きにされてる変態美女にしか見えないですよね。

「旦那ぁ、本当ですかい？」

「いやまぁ……うん。一応、嘘は言ってない、ですかね……」

「失礼ですが、俺ぁてっきり旦那たちは奴隷の販売に手を貸していて、この別嬪なねえさんも商品の一人かと……」

「断じて違います」

最悪の勘違いをされてたよ。だからさっきからこの行商人さん、妙に腰が低かったのかよ。でもまぁたしかに……死霊術師さんは見た目だけはどこに出しても恥ずかしくない美人だし、そんな美人をモノみたいに持ち運んでいたら、いかがわしい奴隷商人に見えるのも当然だろう。

「あらやだ、聞きました勇者さま？　わたくし、別嬪さんですって！」

「うん。少し黙ってようか」

「まあたしかに、今のわたくしは勇者さまの所有物ですので、行商人さまの仰られていることにも一理ありますわね」

「ないよ」

とりあえず死霊術師さんを師匠の方に放り投げて、おれは再び行商人さんに向き直った。

「あの人はまぁうちのパーティーメンバーなんですけど……ちょっといろいろあって反省中というか」

「ははぁ、なるほど。身内のゴタゴタでしたか！　そりゃ、部外者が首を突っ込んじゃあいけねぇな。こりゃ、とんだご無礼を」

「ああ、いえいえそんな……」

行商人さんと互いに頭を下げ合う。なんだかんだ良い人そうだ。仮面を被ってるのがかなりあやしいけど。

「あのバカ女のことは置いといて……あなた、さっきの質問に答えていませんよ」

と、鋭い声で次に割って入ってきたのは、賢者ちゃんだった。

「へい。かわいらしいお嬢さん。さっきの質問っていうと……」

「とぼけないでください。その仮面を被っている理由です。まだ答えていないでしょう。そもそも、私たちはあなたに食事を提供しているわけですから、最初に顔を見せるのが道理では？」

「おおっと。こいつは痛いところを突かれちまったな」

ポリポリと。仮面の上をなぞるようにして、行商人さんは目の横に指を当てた。

「しかしねぇ、かわいらしいお嬢さん。俺ぁ、名乗る前にこの旦那から名前を聞く気はねぇって言われちまったもんで。そりゃあつまり……名前を呼び合うくらい深い仲になる気はねえってことでしょう？」

むむ、と。賢者ちゃんの口が真一文字になった。

「もちろん、袖振り合うも多生の縁でさぁ。こうしてメシを奢ってくれた恩もある。俺としちゃあアンタたちとは親睦を深めてぇところだが、そちらさんは最初からお付き合いの距離感を線引きしてるわけだ。それならこっちも、適切な距離感で接するのが筋ってもんじゃあねえんですかい？」

ぐぬぬ、と。今度は賢者ちゃんの眉毛が三角になった。

なるほど。しかしこれに関しては行商人さんの言うとおりだ。おれはさっき、名前を聞くのを断っている。もちろん、それは例の呪いのせいではあるが、それはあくまでもおれ個人の事情であって。相手からしてみれば、仲良くなろうと名乗るのを断られたと思っても、何ら不思議はない。

「失礼しました。おれの方が礼儀を欠いていましたね」

「ちょ……勇者さん！　何もそこまで頭を下げることは」

「いいんだよ賢者ちゃん。こればっかりはおれが悪い」

どうどう、と今にも唸り声をあげそうな賢者ちゃんを制していると、今度は行商人さんの方がバツが悪そうに頭をかいた。

「ははぁ。いやはや……なんというか、その様子だと本当にこの仮面について、知らないみたいですなぁ」

「知らない、とは？」

「すいませんっした！　旦那たちもこの仮面については、てっきり知っているもんだと……かまをかけて探っているんだと思って、疑っちまった！」

今度は、おれよりもさらに深く行商人さんの頭が下がる。おれと賢者ちゃんは、首を傾げながら顔を見合わせた。

さすがに行商人さんの態度に溜飲を下げたのか、賢者ちゃんが聞き返す。

「それで？　一体、その仮面がなんだというんです？」

「へい。コイツは、近くにある村に入るために必要な通行証のようなものなんです」

「通行証……？　え、ていうか近くに村あるんですか⁉」

「ええ。ございやす。メシの恩義というには細やかかもしれねぇが、よければご案内させてくだせぇ」

賢者ちゃんは、困り顔でこちらを見上げてきた。

「どうします？　勇者さん」

「まあ、村があるなら立ち寄る他ないよね。おれたち、装備も旅支度も何もないし」

あやしさ満点とはいえ、村に立ち寄れるというのなら立ち寄る以外に選択肢はない。死霊術師さんの体の中から塩や胡椒を確保するにしても、限度がある。

「でしたら、この俺が責任を持ってご案内しましょう。ご安心くだせえ！　ご覧の通り、俺は行商人ですから！　みなさんの分の仮面も、きっちりご用意させていただきやす！」

背嚢からずらりと。色とりどりの仮面を取り出して、行商人さんは胸を張った。

「なるほど。隠れ村、ですか」

「へい。そうです」

「勇者さん。なんですかその『カクレムラ』って？」

両手に仮面を持ってどちらにしようかと悩んでいた赤髪ちゃんが、聞いてきた。どちらもわりと厳ついというか、暗闇の中で急に現れたら結構こわいデザインである。玉座に座って魔王を名乗ったら普通に信じちゃいそう。

「王国に認可されていなかったり、その土地を治めてる領主様も知らない……要するに地図とかに載っていない場所に人が住んでる村のことだよ」

「ふむふむ。そのままの意味で、隠れて人が住んでる村ってことですか……でも、どうして？」

「まあ、事情はいろいろあります」

特にデザインに頓着せずにさっさと自分の仮面を選んだ賢者ちゃんが、平坦な声で言う。

「魔王軍に追いやられた人々が、自然と寄り集まって村落を形成したり。迫害を受けた種族が人間を排斥して集落を作ったり。滅んだ国の兵士たちが、そのまま隣国の国境から流れ込んできて国の再建を目指す……なんてパターンもあります」

「な、なるほど……」

「領主側も把握してないし、地図に載ってないってことは場所も把握されにくいってことだからね。山奥とかにある本当に小さな村は、魔王軍に見つけられずに難を逃れることもあったって聞くよ」

あたしは頭兜を被れば顔は隠れるからいいや、と最初は固辞していたものの、気に入ったデザインを見つけてすでに仮面を被って上機嫌な騎士ちゃんが話を引き継ぐ。どうでもいいけど全身甲冑に顔を隠す仮面はもう完全に悪者の出で立ちである。

「ただ、盗賊崩れとかたちの悪い傭兵とか、そういう犯罪者の温床にもなりやすいから、あたしたち領主側としては、きっちり把握しておきたいのが正直なところなんだよね……住んでる人数も場所も把握できないと、いざって時助けにも行けないわけだし」

「ははぁ……その言い様、騎士のあねさんはもしや高貴なご身分で？」

行商人さんが身を寄せて聞く。

「あ、はい。一応、地方を預かってる領主です」

「……旦那たち。ほんとになんでこんな辺境のど田舎にいるんですかい？」

「迷子みたいなもんです」

もはや説明がめんどくさい。うちのパーティーはちょっとメンバーがバラエティーに富みすぎている。

「それで、これから行く村は一体どんな村なんですか？」

「へいへい。この谷の一本道を抜けたところにあるんですが、とにかくすげぇ村です。谷を切り開いた場所にあるんで、鉱物がよく採れます。それだけじゃなく、それを加工した手工業が盛んでしてね。その村特有の工芸品がわんさか取引されてるんでさぁ」

「工芸品⁉　宝石の類いですの⁉」

がばっと。すでに簀巻きにされた状態で仮面を被せられ、ますますちょっといかがわしい感じになっている死霊術師さんが食いついた。

「行商人さま！　行商人さま！　それは一体どのような⁉」

「俺みたいな粗野なもんにはなかなか価値がわかりませんがね。取引きのメインは皿や陶器。それから、まあやっぱり宝石なんかのアクセサリーでさぁ」

「いいですわね～！　こういう誰も知らないような地方にある陶器の類いは独特な文化の発展を遂げていて、非常に魅力的なことが多いですから！」

「へえ、そうなんだ」

「ええ、ええ！　それはもう！　わたくしの会社でも王国に認可されてない村々と秘密裏に取引きを……」

「は？」

「あ、嘘です。なんでもありませんわ。忘れてくださいまし」

この死霊術師……真面目に運送業してると信じてたけど、やっぱり会社を大きくするためにいろいろ危ないことをやっているのでは？

おれがじっとりと死霊術師を睨み据えていると、その死霊術師さんを担いで運んでいる師匠と目があった。師匠はお面を頭の上にのっけているので、見た目は完全にお祭りではしゃいでいる幼女のそれである。

「落ち着いて、勇者。このバカ女の肩を持つわけじゃないけど、隠れ村の人間が独自の工芸品を取引に使うことは、よくある」

「……そうなんですか、師匠？」

「うん。特に、歴史が長い隠れ村ほど、先祖代々受け継がれてきた手工業が、村の経済を支える要になってることが、多い。多分、これから行く村もそう」

仮面を頭の上で揺らしながら、師匠はそう説明してくれた。

「あの、旦那……こちらのちっこいお嬢ちゃんは、随分大人びているというか、落ち着いているというか、やけに博識というか……」

「すいません。おませさんで大人ぶりたい年頃なんです」

「……おにーちゃん。お菓子」

誰がお兄ちゃんだ。誤魔化すために急にちびっこのふりを始めても遅い。

師匠のお口に行商人さんから貰ったお菓子を突っ込んでいると、今度は赤髪ちゃんが首を傾げた。

「でも勇者さん。資源があって、独自の名産品があって、小さな村でも経済がきちんと回っているのなら、べつに隠れる必要はないのでは……？」

「あー。うん、まぁね……」

おれが言葉を濁すと、行商人さん、死霊術師さん、騎士ちゃんの順にバツが悪そうな顔になった。

「言いにくいんすがねぇ……やっぱ国とか領主の下で管理されると、かかるでしょう。アレが」

「ああ、税金ですか。なるほど」

行商人さんの説明は随分と言葉を濁したものだったが、赤髪ちゃんは即座に納得したように手を叩いた。嘘だろ、今の説明でわかっちゃうのかよ。

「食べることしか興味がないように見えて、赤髪さんはなんだかんだ地頭が良いですよね。理解力があります」

「ありがとうございます！」

「魔王さま魔王さま。そこのちんちくりん賢者は褒めてるのではなく貶してるのです。怒っていいんですわよ」

「誰がちんちくりん賢者ですか。口に布詰めますよ」

「ちょ……！　杖でお尻を叩かないでください！」

またバタバタと騒ぎ始める横で、騎士ちゃんが溜め息を吐いた。仮面の下、アイスブルーの瞳が、どこか遠くを見る。

「税収はねぇ。どうしてもねぇ……必要だからねぇ。でもなるべく納めたくないよねぇ……難しいよねぇ……」

「ああ……おれと騎士ちゃんと賢者ちゃんと三人で冒険してる頃に立ち寄った隠れ村とか、それこそ国の税収がしんどくて職人丸々隠れ住んでて、自衛のために盗賊とも繋がりができちゃって……みたいなパターンあったもんな」

「あれはたしか、キドン公国の東でしたね。嫌な事件でした」

三人で思い返して、再び息を吐く。それこそ魔王軍全盛の時代は、あちらが積極的に文化保護を呼びかけ、占領地域の職人たちを厚遇して資金源にした……なんて噂もあったらしい。というか、実際にあった。おれたちが魔王軍を倒して解放したあとも、そうした地域のその後の統治は大いに揉めたと聞く。

いや、ちょっと待てよ。なんかそういうことができそうな敵幹部に覚えしかないんだが……。

「あのさぁ……死霊術師さんさ。もしかしてなんだけど……」

「あ、わたくし眠くなってまいりました。少し休むので着いたら起こしてください」

こ、この元魔王軍四天王第二位……！

もう隠す気もないくらい、露骨にしらばっくれやがって……！

「今さら気づいたんですか勇者さん」

「お察しの通り、そこらへんに関しては、死霊術師さんががっつり噛んでるよ」

商売に関しては本当に強かな女ですよ、と。呆れを滲ませた声で賢者ちゃんが。

あたしも色々苦労したなぁ、と。芯まで凍るような冷たい声音で騎士ちゃんが呟いた。

「あのぅ……旦那方、何か？」

「いえいえ。昔の話です」

隣を歩く行商人さんの心配を手で制して、前を向く。

「お、ちょうど見えてきましたね」

「おおっ！　あれですあれです！　あれが村の入り口でさぁ」

なるほど。たしかに谷に四方を囲まれた入口は、正しく天然の要塞。まるで、何かから身を守るような、どっしりとした威容を誇っていた。

仮面を被らなければ入れない、という触れこみだけあって村の住人もやはり全員仮面を身に着けているらしい。

上に立つ二人の門番さんは、思っていた以上にしっかりとした槍や弓矢で武装している。一瞬身構えたのだが、おれたちの格好を見るとろくな検査もせずに通してくれた。やはり、行商人さんが提供してくれたこの仮面が通行証の役割を果たしているのだろう。門番さんも会釈を返してくれたので、やはり仰々しい見た目よりも排他的な雰囲気は薄い。

「顔パスだったねえ」

「顔隠してるわけだから、顔パスはしてないけどな」

騎士ちゃんとそんな軽口を叩き合いながら、入口の門を潜る。もちろん、他に出入り口はあるのだろうが、対外的に開放されている玄関口は、この一箇所だけらしい。

「どうです？　攻め込まれても安心って感じがするでしょう？」

行商人さんはそう言ったが、笑えない冗談である。

しかし、入口から続く一本道を抜けてみると、それまでの「天然の地形を活かした辺境の寒村」

というイメージが、一転した。

「わあ！　すごいですね！」

一気に開けた視界に飛び込んできたのは、一面に広がる白い花の絨毯。

村の豊かさを象徴する、圧倒されるような、華やかさ。

例えるならば谷の中に森があった。そんな表現が最も適当だろうか。

「砂漠の中で、オアシスを見つけた気分」

淡々と、師匠がおれが思ったのと同じようなことを呟いた。

「どうです？　はじめて来た人は、みんなここで足を止めるんでさぁ。この風景は、中々のもんでしょう？」

隣でそう言う行商人さんは、おそらく仮面の下で得意げな顔をしているのだろう。

たしかに、これはちょっといい意味で予想を裏切られた。

思っていた以上に、村の中は広い。谷を切り開いて作られている、という土地の特性を活かしているのか、岸壁に沿って竪穴のような住居や看板を掲げた商店が立ち並んでる。上にばかり視線が向きそうになるが、下もまた随分と深い。横にも広いが縦にも深い、といった印象だ。

赤髪ちゃんはともかくとして、おれたちはいろいろな場所を旅してきたので、こんな風に谷をくり抜いて住んでいる部族の村に立ち寄ったことはある。なので、村の構造そのものに関しては、そこまで大きな驚きはない。

やはりなによりも圧倒されたのは、岸壁に這うようにして自生している、白い花の群れだった。

数え切れない、と表現する他ない花のカーテンは、岩肌をすっかり覆い隠してしまうほどで。事実、その緑と白のコントラストに塗り潰されて、本来の谷の色である焦げ茶色はほとんど見えなかった。

「これ、全部生えてるのかな？　お世話とか大変じゃない？」

「どうなんでしょう。近くに水源でもあるんでしょうか」

騎士ちゃんと賢者ちゃんが疑問を口にすると、行商人さんが軽く頷いた。

「たしかに、水源は近くにあるみたいで、そこから生活用水を引き込んでいるとかなんとか、聞いたことがあります。でも、コイツらの維持には水が一滴も必要ねぇんですけどね？」

それがどういう意味かを聞く前に、体を伸ばして近くの花を観察していた死霊術師さんが答えを呟いた。

「あぁ、そういうことですか。これ、全部造花ですわね」

「は？　造花⁉」

「作り物ってことですか？」

ちょっと失礼して、近くの壁に生えていた一輪を手にとってみる。よくよく見てみると、死霊術師さんの言葉が正しいことはすぐにわかった。光沢のある生地で織られた、人工の花弁。しかし、その造りは一つ一つが実物と見間違えるほどに精巧で、丁寧に作られていることが素人目にも理解できた。

これなら枯れる心配はないし、維持に水や肥料の類いも必要ない。しかし……。

「ねえ、死霊術師さん」

「はい。なんでしょう？」

「死霊術師さんから見て、これ一輪作るのにどれくらい時間かかる？」

「んー、そうですわね。作り手の腕による、というつまらない答えしかお返しできませんが。少なくともわたくしがこれらの造花を商品として扱うなら、相応に良い値段を付けますわね」

それが、そのまま答えだ。これだけの造花を生産して、村の飾りとして贅沢に使い潰す。技術はもちろんだが、それよりも恐ろしいのは生産力である。

「ものづくりで食ってる村って意味。これを見ただけでわかるってもんでしょう？」

「そりゃもう」

じゃあ次はこちらに、と。誘導してくれる行商人さんについていこうとすると、後ろで一人が足を止めていることに気がついた。

「賢者ちゃん、大丈夫？　行くよ」

「あ、すいません」

仮面を被った銀髪が、慌てた様子でこちらを振り向く。

いつもきびきびとしている賢者ちゃんが、こんな風にぼうっとするのは、少々めずらしい。

「見惚れちゃってた？　本当に、百花繚乱って感じできれいだもんね」

「百や二百ではきかないでしょう。この数は」

「いや、それはそうなんだけどね」

「………ですが、きれいだと思ったのは事実です」

仮面の奥から花を見上げて、賢者ちゃんは言った。

この子は、昔から花が好きだ。

成長してしっかり者になってからは毒を吐いたり、厳しいことを言ったりするようになったが、それでも根っこの部分で、好きなものは変わらない。だから、見惚れてしまったんだろう。

「どうする？　気に入ったなら、この村に移住してみる？」

「そうですね。この仮面も耳が隠れてちょうどいいですし。私にとっては生活しやすい環境かもしれません」

軽い冗談のつもりが、思いの外肯定的な答えがかえってきた。

いつもは尖った耳を隠すためにフードを被っている賢者ちゃんだが、仮面が耳まですっぽり隠してくれるので、今はめずらしくフードを下ろしている。隠すものが違うだけとはいえ、これはこれで過ごしやすそうだ。

「勇者さんはどうします？」

「え？」

「私と一緒にお引越し、してみますか？」

思ってもみなかった提案に、今度はおれは押し黙った。

「冗談です。私も今では宮廷魔導師です。仕事は山ほどありますからね」

杖で尻を叩くようなことはせず、ちょん、と。賢者ちゃんは人差し指でおれの仮面の鼻先をつついた。

「だから、そんな顔しないでください」

そして、小柄な背中はさっさと前に歩いて行ってしまった。

「……むぅ」

そんな顔、と言われるのは心外だ。仮面で表情は見えないのに、まるで見えているかのような口ぶりだった。

村の風習とはいえ、やはりこの仮面だけはちょっと好きになれなさそうだ。

会話をする時、相手の表情が見えないのは、少しばかり困ってしまう。

「……ありゃ、落ちちゃってるな」

地面に落ちている一輪を、拾い上げる。これだけの数だ。雨風に晒されていると、こうして壁面から落ちてしまう造花も出てくるのだろう。

「もし、そこの旅の方」

背後から声をかけられて、思わず背筋を伸ばす。

「は、はい！」

「その造花は、この村の象徴のようなものだ。アタシも部外者だからあまり差し出がましい口を挟むつもりはないが、いくら数があるとは言っても、勝手に摘むのは感心しないな」

振り返ってみると、声の主は女性だった。女性にしては高い背に、不自然な漆塗りのような濃い黒髪。顔にはおれたちと同じように仮面をつけている。

「す、すいません。でもこの花、地面に落ちていて」

「冗談だ。お前がひろうところから見ていたよ」

怒られる、と思ったが、仮面に隠れていない口元は意外にも笑っていた。

「これだけ数があると、やはり枯れるものも出てくるな」

「そうですね」

造花は枯れない。しかし、枯れない花が咲いている場所から落ちてしまうことを「枯れる」と表現するこの人は、随分詩人だと思った。

「あなたも取引でこの村に？」

「そんなところだ。こんな村だから、たまにお忍びでな」

「いいところですね」

「そう思うか？」

「え？」

ちょっとした世間話程度で流すつもりが、つっかえた。

「たしかに花は美しい。が、これだけ同じ花ばかりが並んでいるのも、少し味気ないとアタシは思うよ」

言われてみれば、咲いている花は同じ色ばかりで、他の色はない。

「まあ、ここに咲いているのは枯れない花ばかりですし」

「それはよくない思い込みだな。さっきも言っただろう？」

ローブの下から伸びた指先が、おれが拾った花を静かに差す。

手のひらの中の花弁が、崩れて消えた。破片すら残らず、手の中から造花一輪分の軽さが跡形もなく消え失せる。

「あ……」

長く飾られて日や雨風に晒されたせいだろうか。それにしても奇妙な崩れ方だった。

「覚えておくと良い。どんな花も、いつか枯れるものだ」

軽く肩を叩いて、さらに一言。それで言いたいことはすべて言ったと言わんばかりに、ローブの女性は踵を返して行ってしまった。

「勇者さーん！　早く行きますよ」

「あ。ごめんごめん。すぐ行くよ」

赤髪ちゃんに呼ばれて、おれは駆け出した。

◇

「いやあ、すいませんねぇ！　いろいろ手伝ってもらっちまって！」

「いえいえ」

村の中を案内しつつ、自分の仕事はきっちりこなす行商人さんは中々に顔が広かった。やはりそれなりにこの村の人々と付き合いがあるのか、取引を持ちかける口調が淀みない。相手の方も手慣れたもので、特に揉める様子もなく、サクサクと商談を進めていた。

「で、旦那たちが調達したいものは？　良い店ご案内しますぜ」

「うーん。いろいろありますね」

おれや赤髪ちゃんは本当に着の身着のままで出てきてしまったので、最低限の荷物を持ち運ぶためのカバンやリュックサックすらない。服装の方はまあいいにしても、とりあえず徒歩での移動に耐え得る靴は欲しいし、水筒やら何やら、欲しいものをあげていけば正直きりがない。

「ああ。あと、死霊術師さんに着せてあげる服もほしいですね」

「なんと！　旦那、あのねえさんにちゃんと服着せる気あったんですなぁ」

もちろんあるよ。おれのことなんだと思ってるんだよ。

それと、もう一つ大事な問題がある。

「みんな、お金持ってる？」

「安心して。今日の宿代くらいは、ある」

まず最初に師匠がそう言ったが、一日分の宿代はほぼないに等しい。

「あたしもあんまり持ち合わせがないんだよね。こんな辺境の土地じゃなければ、名前を出してみんなの支払いを持ってあげられるんだけど」

と、いかにも育ちの良さと身分の高さを感じられることを言ったのは騎士ちゃん。こちらも持ち合わせには多少の不安あり、と。

「逆にお聞きしたいのですが、全裸のわたくしに持ち合わせがあると思いまして？」

死霊術師さんがふふんと笑う。うん、もう黙っててほしい。

「赤髪ちゃんは」

「はい！」

「置いといて」

だって赤髪ちゃんはお金持ってるわけがないからね。

となると、もはや頼りになるのは一人だけである。

「あのさ、賢者ちゃん」

「やれやれ。まあ、こんなことだろうと思いましたよ。まったく誰も彼も、ちょっとした持ち合わせすらないとは呆れてため息も出ません」

前置きがやたらと長かったが、黒のローブの下から、ずっしりと重そうな袋が出てきた。ここはもう賢者ちゃんに頼るしかないので、素直に手を合わせて拝む。仮面のせいで表情は見えなかったが、さぞかし濃いどや顔をしているであろうことは、簡単に想像できた。

袋の重さを見て取って「あれだけ予算があるなら……」などと。騎士ちゃんや師匠相手にお店の説明をはじめた行商人さんに聞かれないように、賢者ちゃんが小声で言ってきた。

「ふふん。どうします？　勇者さん。このお金増やしますか？」

「やめなさい」

賢者ちゃんの魔法は本人が認識したものをそっくりそのまま増やすことができる。それはコピーや幻といったレベルの話ではなく、まったく同じものを一瞬で生み出すことが可能だ。血が滴るような新鮮な肉の切り身であろうと、古ぼけた金貨であろうと、脂の入り方や傷の一つに至るまで。

すべてが同一の本物が一瞬で手に入る。

　本物や偽物、という言葉すら適当ではないのかもしれない。賢者ちゃんがその手をかざした瞬間に、本物と偽物の区別は消えてしまうのだから。

　つまり何が言いたいかというと、賢者ちゃんの魔法は悪用しようとすればいくらでも悪用できるのでやばいということだ。そもそもお金を増やせる時点で、もう悪用の予感しかしない。

「何度も言わせないの。お金は原則、増やさない。宝石や美術品みたいな貴重なものも、特別な事情がない限りは増やさない。そういう約束でしょう」

「えー」

「えーじゃありません」

「勇者さんって、私の魔法にだけやたら厳しいですよね」

「賢者ちゃんの魔法がぶっちぎりでやばいから、いろいろルールを決めてるんです」

　事実、汎用性という観点からみれば賢者ちゃんの魔法の力はうちのパーティーの中でもずば抜けている。もちろん、魔法の強さにはそれぞれの相性の問題もある。例えば死んでも生き返ることができる死霊術師さんの魔法と、相手を殺さずに静止させることができる師匠の魔法は、まさに最悪の相性と言っても良い。なので、単純に誰の魔法が最強、などと簡単に決めつけることはできないのだが、それでも最も悪用されたらまずいのは賢者ちゃんの魔法だと、おれは思う。

「勇者くん！　あたしたちはとりあえず赤髪ちゃんとか死霊術師さんのお洋服見てきていいかな？　行商人さんが言うには、一番大きなお店がそこの角曲がってすぐにあるんだって！」

騎士ちゃんに呼ばれて、おれは軽く手を振った。

「おっけー。了解」

「その間、旦那とおれは別の店に行きやしょう。武器の類いもご入用でしょうから」

「そうですね。お願いします」

「男二人でちょいとむさ苦しくなりやすが、まあ我慢してくだせぇ」

「いえいえ。こちらこそ。お店はどこに」

「武器屋はちょいと下に降りたところにありやす。防具なんかもいろいろ揃ってて、穴場ですよ」

「いいですね。じゃあちょっと賢者ちゃんにお金借りて」

「ああ、お金のことなら気にしないでくだせぇ。自分が立て替えるんで」

「え、いいんですか?」

「うまいメシの礼でさぁ。むしろそれくらいはさせてもらわねぇと」

「それなら、お言葉に甘えさせていただきます」

では、ここからは別行動だ。

「じゃあみんな、またあとで」

谷を掘り進めて開拓されているからだろうか。村の地下は中々に深そうである。ダンジョンに潜るみたいで、おれはちょっとワクワクしてきた。

◇

「賢者さんって、こういうお洋服も増やせたりするんですか？」

赤髪の少女からの問いかけに、賢者、シャナ・グランプレは眉根を寄せた。

「なんです？　藪から棒に」

「いや、さっきみなさんが食べる分のお肉も増やしてくださったので。賢者さんの魔法はやっぱりすごいなぁって思って」

仮面の上からでも、屈託なく笑っていることがわかる。しかしそれがなんとなくおもしろくなくて、シャナはぞんざいに言い返した。

「べつに、そんなに大したことはしていません」

「でも、なんでも増やせるって本当にすごいと思います。だって、パンが一個しかなくてお腹が空いた人たちが困っていても、賢者さんの魔法があればみんながお腹いっぱいになれるってことですよね？」

「それは、まあ。そうですが」

「じゃあ、やっぱりすごいです！」

無邪気な称賛に、シャナはたまらず顔を背けた。

基本的に自分への褒め言葉は素直に受け取ることにしているのだが、この子の場合は向けてくる視線と言葉が無邪気過ぎて、どうにも調子が狂うというか。褒められることそのものは気分が良いけれど、それも行き過ぎると背中が痒くなってくるというか。

とにかく、シャナはこの赤髪の少女がなんとなく苦手であった。

「赤髪ちゃーん。これ着てみる？　似合うと思うよ！」

「あ、かわいいワンピースですね！　でも、旅には向かない格好だと思うんですけど」

「いいじゃんいいじゃん。せっかく洋服屋さんに来たんだし、こういうのは楽しまなきゃ損だよ」

「じゃ、じゃあせっかくですし」

「そうそう。ここはシャナが出してくれるらしいし、お言葉に甘えちゃおうよ！」

「別に奢るとは言ってませんよ、アリアさん。貸すだけですからね」

勇者がいないので、今は名前呼びでも支障はない。さっそく赤髪の少女を着せ替え人形にして楽しもうとしている脳天気な騎士に、シャナは鋭く釘を刺しておいた。

いや、わざと脳天気に振る舞っているのかもしれない。

朗らかに赤髪の少女に抱きついているアリアを見て、シャナはこっそりと息を吐いた。アリアは、元魔王という複雑な立場にある少女に対しても、別け隔てなく明るく接している。それは、自分にはできないことだと、シャナは思う。

元魔王、というその出自に不信を抱くのはもちろんのことだが、それよりも、なによりも。

彼に当たり前のように大切にされている少女を見ていると、どうしても。子どものような嫉妬心が湧き上がってきて、言わなくていいことまで言ってしまう。勇者におんぶされている彼女を見たときも、そうだった。

子どものようなそんな扱いが、けれどちょっとうらやましい、なんて。口が裂けても、言えるわけがない。

自分より年上のパーティーメンバーに追いつくために、常に背伸びをしてきたシャナにとって、己の子どもっぽさを自覚させられるのは、おもしろいことではなかった。

「シャナ」

「なんですか。ムムさん」

「よしよし」

いつの間にか隣にいたムムは、どこからか持ってきた踏み台にわざわざ乗って、さらに背伸びをすることでなんとかシャナの頭を撫でてきた。まるで、おもしろくない内心を見透かしているかのように。

「甘えたい時は、素直に甘えて良い」

「……………べつに、私は何も言ってませんが」

振り払おうと思えば振り払えたが、今日は仮面のおかげでフードを被る必要もないので、シャナはしばらくムムの好きなように撫でられてあげることにした。この武闘家さんの場合は自分より千歳以上も年上なので、なんというか張り合って背伸びするのもバカらしくなってくる。

「騎士さま騎士さま！　わたくしにも何か見繕っていただけるとうれしいです！」

「そうだねー。死霊術師さんはこれとかどう？」

「あの、騎士さま。これ服じゃなくてただの布地に見えるんですが」

「うん。似合うと思うよ。巻いてみたら？」

「わたくしにまたぐるぐる巻きになれと？」

ちなみに、あちらの死霊術師に関してはそもそも存在が目障りなので、尊敬したことも年上だと思ったこともない。

「あはは。騎士さんが死霊術師さんを巻き始めちゃいました」

「勝手にやらせておけばいいんですよ」

苦笑しながら、赤髪の少女がこちらに戻ってくる。アリアが見立てた服は、たしかによく似合っていた。

きっと勇者も「よく似合っている」と言うだろう。

「お待たせ。そっちはどう？」

「あ、勇者さん！」

噂をすれば、なんとやらだ。両手に武器やら剣やらを抱えた勇者が戻ってきた。

「お、赤髪ちゃんいいね。その白のワンピース。よく似合ってるよ」

「えへへ。ありがとうございます！　勇者さんもその白い鎧、買ったんですか？」

「うん。オレの方もちょっと奮発しちゃった。どうかな？」

「はい！　お似合いです」

勇者の方も装備の方を整えたらしい。気分転換も兼ねているのだろうか。いつも黒を基調にした装備を身に着けているのが常だったので、白い鎧というのは少々めずらしい。まあ、勇者が黒色を好んでいるのは、自分の色だからとかそういうわけではなく「汚れが目立たないから！」というかなり貧乏くさい理由なのだが。

なので、めずらしいこともあるものだ、と。シャナはぼんやりと勇者の新しい鎧を上から下まで眺めた。

その視線に気がついたのか、勇者がこちらに目を向けて微笑む。

「どうかな？　賢者ちゃんの色だよ」

「そういうわかりやすいリップサービスは結構です」

「いや、本音なんだけど。まあ、いいや。賢者ちゃんは、赤髪ちゃんみたいに服着ないの？」

「無駄遣いはしない主義なので」

「まあまあ。そう言わずに。それこそこのワンピースなんか、赤髪ちゃんよりも賢者ちゃんの方が似合うと思うよ」

勇者の言葉に、ムムが踏み台を降り、シャナは杖を握り締めた。

赤髪の少女は、むっと頬を膨らませる。

「ひどいです勇者さん！　たしかにこういうのは賢者さんの方が似合うかもしれませんけど！」

「あはは。ごめんごめん」

「勇者さん」

じゃれあう二人の間に割り込んで、シャナは勇者に紙とペンを差し出した。

「購入するもののリストです。受け取りは後ほどになるそうなので、勇者さんがサインをしておいてください」

「え？　これ、オレがサインしとくの？　お金払えないけど」

「パーティーの買い物なんですから、いつも通り勇者さんの名義にしておくのが筋でしょう。お金はあとできっちり返してもらいますからね」

「はいはい。賢者ちゃん、ほんとそういうところマメになったよね」

やれやれ、と。シャナの毅然とした態度に押されて、勇者は左手でペンを受け取った。

「褒め言葉として受け取っておきますよ」

「オレは昔の素直な賢者ちゃんが好きだったのに」

「余計なお世話です。ところで、一つ聞いていいですか？」

「なに？」

ぼやきながら左の人差し指でペンを回し始めた勇者。

その喉元に、シャナは固く握り締めた杖を突きつけた。

「誰だお前」

ぴたり、と。

ペンをはしらせていた指先が止まった。

空気が、固まるようだった。

勇者のふりをしていたその仮面の男は、見えている口元だけで微笑んだ。しかし、仮面の奥の瞳が笑っていないことは、明白だった。

「急にどうしたの、賢者ちゃん」

「黙れ。勇者さんは両利きですが……ペンを握る時は必ず右で書きます」

「いや、今日は左の気分だったんだってば」

「そもそも」

シャナの声が、鋭さを増す。

「魔王の呪いを受けたあなたが、一体誰の名前を書くつもりで？」

沈黙を割って、仮面の男は深い深い息を吐いた。

「うわ。そうじゃん。ミスったな。もっとちゃんと、個人情報洗い直しておきゃよかった」

ついに、シャナの色素が薄い肌に、青筋が浮かび上がる。

「仮面で顔が隠れていれば、あとは声さえ似せればどうにかなると思いましたか？　猿芝居野郎」

底冷えするような賢者の声に、勇者のふりをしていた仮面の男は、肩を竦めた。

「に、偽物⁉　この勇者さん、勇者さんじゃないってことですか⁉」

「そういうことです。あなたと違って、私とムムさんは勇者さんとの付き合いが長いですからね。こんな偽物の安っぽい演技は、すぐに見抜けます」

「偽物っていうのは、ひどいなあ賢者ちゃん。おれは紛れもなく本物なんだけど」

「黙れ。その声で……」

もう喋るな、と言う前に。

一瞬で飛び上がったムムの拳が、白い仮面の顔面を殴りぬき、吹っ飛ばした。

轟音を伴い、いくつかの棚を破壊して、男の体が店内をピンボールのように跳ねる。

「もう喋るな。不愉快。耳が、腐る」

シャナが言いたかったセリフを引き継ぐ形で、ムムが吐き捨てた。

驚きで目を瞬かせたシャナは落ち着くために数回の深呼吸をして、それから頼れる先輩に文句を言った。

「ちょっとムムさん。なにしてるんですか。これ、弁償するの私ですよ」

「ごめん。お店の人には私も謝るし、お金も出す」

「いやいや、絶対足りないでしょう」

「じゃあ、殴らない方が、よかった？」

「いえ、それはありがとうございます。正直、めちゃくちゃすっきりしました」

「うむ。でも、わたしはあまりすっきりしなかった」

頷いたムムは、構えた拳を崩さない。緊張を保ったままだ。

「手応えが、妙だった」

答え合わせをするように。

粉々になった棚の残骸をかき分けて、仮面の男が起き上がる。

「いってぇ。なんだよその突き。容赦ないな、ちっこいお嬢ちゃん」

手応えが妙、というムムの言葉は正しかった。

パーティー最強の武闘家の拳を顔面に受けて、男にはダメージを負った様子がない。

明らかに、異常だ。

「もう一度聞きます。誰だお前」

「ひどいな。賢者ちゃんは賢いんだから、何度も同じ質問をする必要はないと思うんだけど」

ぴきり、と。

白い仮面が割れて地面に落ちる。男の素顔が、顕になる。

「オレは、勇者だよ」

全員が、絶句する。

人を小馬鹿にするような、意地の悪い笑み。自分たちが知る勇者が、絶対にしないであろう表情。

けれど、そこにあったのは間違いなく、勇者とまったく同じ顔だった。

襲撃者たち

「うーん。悩むなぁ」

剣を一本ずつ。両手に持ちながら、おれは唸った。

「どう思います？　行商人さん」

「へえ。どちらもお似合いだと思いやすよ」

「いやあ、うれしいけど、やっぱ武器は実用性を第一に考えたいんですよね。見た目が好みだとテンションは上がるけど、使いやすさが一番大事っていうか」

「ははあ。ベテラン冒険者の拘りってやつですなあ」

「いや、まあそんな大した話でもないんですけどね」

薄暗い店内の中で、おれは引き続きその刀身を吟味する。

「どうですかい？　この店の品物の質は、なかなかのもんでしょう？」

「いや、本当に。正直に言うと、期待以上でした」

どうせ急場凌ぎの装備だし、値段の張るものを選ぶと行商人さんに悪いし、なによりあんまり高いのに手を出すとあとから賢者ちゃんに怒られそうだったので、さっさと適当な剣を選んでみんなと合流しようと思っていたのだが。行商人さんが連れてきてくれた店は、かなり品揃えがよかった。

こういうお店こそ、正しく穴場と呼ぶべきだろう。地下だけに。

「質も良いですし、なにより数が揃ってるのがすごいですよね」

引き抜いた剣の刀身を、ランプの光に当ててみる。これでも長い間冒険してきたので、武器の目利きに関してはそれなりの自信があるつもりだ。この片手剣はかなり手頃な値段だが、田舎の武器屋であれば一番の目玉商品として店の奥に飾られていてもおかしくはないレベルである。

そんな品物が、何振りも。まるで量産品のように並べて立てかけられているのだから、こちらの感覚が狂いそうになるのも無理はない。というよりも、こうして実際に数が作られて売られているのだから、この村にとってはこの品質が最低基準の量産品なのだろうか？

さらに付け加えるなら、品物の状態もかなり良かった。せっかくの名剣も、錆びてしまえばただの鈍（なまく）ら。適切な状態で保管されていなければ、その価値を大きく下げてしまう。その点、この店の刀剣はすべて顔が映り込むほどにピカピカと光り輝いていて、美しかった。本当に手入れがよく行き届いている。

「来てよかったです」

「ふふっ。そうでしょうそうでしょう。ここは俺みたいな常連の紹介がねえと来れない店ですから！」

行商人さんは得意気に胸を張る。それはますます、感謝しなければなるまい。

「ちょっと隣の店にも顔出してきて構いませんかね？　野暮用がありまして」

「はい。もちろん。こっちも腰据えて選びたいんで」

「そりゃよかった。じゃあ旦那、じっくり見ててくだせえ」

行商人さんがいなくなって、店内にはおれ一人になった。穴場の店みたいだし、他に客はいない。

「お客様、剣をお探しであるか？」

「あ、はい」

なので、一人になった客に店員がセールストークを仕掛けてくるのは、当然と言えた。

「そのあたりは特価品になるので、長く使うならこちらのコーナーのものをオススメするのである。刃渡りが控えめな片手剣はどうしてもこぢんまりとした汎用的な作りになってしまうもの。もちろん当店の品はすべて良いモノばかりではあるが、吾輩としては、やはり職人の拘りが込められた刀剣を手に取っていただきたいのである」

「そうであるか」

「そうなのであーる。ん？」

「あ、すいません。なんでもないです」

なんだか、物凄く濃い店員さんがいた。口調にくせがありすぎて、思わず移ってしまったくらいだ。しかも、見た目の体格はおれより二回りも大きい。顔のちょびひげが辛うじて親しみを感じるポイントではあるものの、正直ちょっと身構えてしまう厳つさの店員さんである。

「吾輩、この店の店長を務めているものである」

違ったわ。店員さんじゃなくて店長さんだったわ。

「これはご丁寧に。どうもどうも」

「いえいえこちらこそ。あの行商人が新しいお客様を連れてくるのはめずらしいのである」

「あ、そうなんですね」

「そうなのである。基本的にこんな排他的な雰囲気の村であろう？　商売に困っているわけではないのであるが、新しい顧客が来ない、というのはさびしいものである」

口調こそ濃かったが、親しみが感じられる話し方だった。そういえば、この店長さんは仮面をしていない。厳つい素顔とちょっとかわいらしいちょびひげを晒している。

「店長さんは仮面は被らないんですか？」

「うむ。吾輩には必要ないものである故。なにより、顔を隠して接客をするのは、吾輩の主義に反するのである」

「そ、それはまぁ……」

大丈夫かこの人。この村の風習、全否定してる気がするんだけど。周りの人たちと上手くやっていけてるのか、心配になってきた。

「なにより、仮面を被っていては、商売で最も大切なものをお客様に届けられないのである」

「最も大切なもの？」

「スマイル、である」

にかっと。歯を見せて笑うちょびひげおじさんの笑顔は、それはもう眩しかった。眩しすぎて、多分子どもとかが見たら号泣するに違いない。まじで顔が怖い。

しかし、村の風習に逆らってまで己の接客スタイルを貫こうとするその姿勢。率直に言って、かなり好ましい。好きだ、と断言してもいい。

「じゃあ、おれもこの店の中では仮面を外させていただきますかね」

「むむっ！　これは誠に恐縮なのである。吾輩の主義にお客様を付き合わせてしまってうおおおおおおおおおおおおおおおおおおおおおおああああああああああ!?」

おれが仮面を外したその瞬間、店長さんは凄まじい勢いで後ずさった。息は荒く、自慢のちょびひげも心の乱れを示すように揺れている。

なに？　おれの顔に何かついてた？

それとも、おれの素顔がイケメン過ぎたのだろうか？

「ゆ、勇者……ではなく、勇者さまぁ!?　勇者さまがなぜこんなところに!?」

「あ、はい。勇者です」

違ったわ。単純に顔バレしただけだったわ。

とんでもない辺境の土地、おまけに外界から隔絶された閉鎖的な村ということで油断していたが、腐ってもおれは魔王を倒して世界を救った勇者である。顔を知っている人がいてもおかしくない。

「あー、びっくりした。イケメンすぎて、びっくりしたのである」

なんだよ。照れるじゃねえか。

「それにしても、なぜ勇者さまがこんなところに？」

「いやまぁ、なんというか。いろいろお忍びで」

「なるほど！　なにやら訳ありであるな⁉」

「ええ。そんなところです。店長さんこそ、よくおれの顔、ご存知でしたね」

「それはもう！　吾輩、王都にいた頃からずっと勇者さまのお顔は存じ上げている故！」

ふっ、照れるな。まあ、おれの銅像は王都にたくさん立っているので、親しみを感じてくれるのもわかる。

「え。店長さん、王国の首都の方からこっちに？」

「そうなのである。元々は吾輩、都で店をかまえていたのである」

それはまた、なんというか。

この土地と王国の首都がどれほど離れているかは想像するしかないが、まるで追放されてしまったかのような身の上である。

「簡潔に言ってしまえば、商売に負けて追い落とされたのである」

違ったわ。本当に追放されてたわ。

「それはなんというか、災難でしたね」

「お気遣い痛み入るのである。しかし、今はこの土地で新しい店を構えることができて、満足しているのである」

ちょびひげを撫でながら、店長さんは朗らかに笑った。

くそ。笑顔はこわいけど、こんなに良い店長さんを追い落とすなんて許せない。一体どんな悪魔みたいな商売敵が……？

「とにかく吾輩の身の上話なんてどうでもいいのである。それよりも、勇者さま。どのようなお品物をお探しであるか？　吾輩でよろしければ、ぜひお手伝いさせていただきたく」

「あ、はい。そこそこの値段で長持ちしそうな片手剣を探しているんですけど」

「左様であるか。しかし、お値段的にはどの程度を目安に？」

「いやぁ。お恥ずかしい話なんですけど、おれ、あんまり持ち合わせがなくて。とりあえず行商人さんが立て替えてくださることになってるので、あんまり高いのはちょっと」

「むむ。勇者さまが懐具合をお気になさるとは。やはりなにやら訳ありのご様子。であればたしかに、あまり値の張るものはお薦めしにくいところ」

「いや、すいません」

買い物の前にふところの寂しさを自己申告するほど、情けない話もない。しかし、おれが頭を下げると、店長さんはその大きな体を小さく折り曲げて、おれよりも低く頭を下げた。

「どうか頭を上げていただきたく。吾輩、腐っても商売人である故。お客さまに頭を下げさせるわけにはいかないのである。なにより、高いものを売りつけるのではなく、お客さまの欲する商品を、適切な価格でご紹介するのが、吾輩に課せられた使命！」

「て、店長さん！」

なんて義理堅い、商売人の鑑なのだろう。おれは胸だけでなく、目頭まで熱くなってきたのを自覚した。

「そんなわけで吾輩のオススメはこちらの大剣になるのである。切れ味は良好。重さもそれなり。握りの作りが特に拘っていて、筋力に自信があるなら片手でも問題なく振るえるイチオシである」

「でも、お高いんでしょう？」

「それがなんとこちらの大剣。先ほど勇者さまがお手に取られていた片手剣と比べても、このお値段！」

「えっ安い」

正直片手剣と比べれば値段そのものは張るものの、そこまで大きな金額の差ではない。

「どうぞお手にとって確かめてほしいのである」

「あー良い。このグリップは良い。たしかに手に馴染む」

「どうぞ振ってほしいのである」

「あー良い。これくらい重量ある方が振ったとき気持ちいいんですよね」

「どうぞ試し切りしてほしいのである」

「あーすごく良い。やっぱこの骨ごと叩き割れる感じが、大剣の魅力ですよね」

差し出されたマネキンを一刀で切り捨てて、おれはかなり満足して息を吐いた。店長さんもオススメの大剣を握りしめるおれの姿を見て、うんうんと頷いている。

「ふふ。勇者さまにならそう言っていただけると吾輩、信じていたのである！」

「良い！　良いんだけど」

「むむ。まだ何か問題が？」

「いやね、うちのパーティー、もう大剣使いの前衛いるんですよ。しかも二刀流」

「あー、なるほど。たしかに武器が被るのは、由々しき事態であるな」

「そうなんですよ。あと、これから結構歩くことを考慮すると、やっぱ大剣は重いし、ちょっとかさばるっていうか。もちろん店長さんのオススメですし、性能的には申し分なくて非常に気に入ったんですけど」

「いや、勇者さま。長く付き合う商品でまず最初に考えなければならないのは、使用環境である。そちらの大剣、たしかに吾輩イチオシの品ではあるものの、勇者さまのご事情を加味すればたしかに不適当。こちらは下げさせていただくのである」

「すいません」

「気にしないでほしいのである」

あの大剣は間違いなく良いものだったので、なんとも申し訳ない。

しかし、そうなるとやはり残された選択肢は、最初に立ち戻ってあの片手剣のどちらになるだろうか。

「勇者さま。そういうことなら。吾輩には次の用意があるのである」

「え、ほんとですか？」

「良い商売人は嘘を吐かないものである。次はこちら！」

店の奥から押されて出てきたのは大型のケース。勢いよく布のカバーが剥がされ、中身が顕になる。そこに収められていたのは、見たこともないような巨大で無骨な武器だった。

それは鎖が付いた鉄球であり、鉄球の先には鋭利なスパイクが備えられており、つまりこれは、なんだ？

「え、この武器は……なんです？」

「これは鎖付き打突投擲鉄球（だとつとうてきてっきゅう）。俗に言ってしまえばモーニングスターフレイルと呼ばれる代物である」

「鎖付き打突投擲鉄球」

すごい。俗に言われてもまったくピンとこない。

いや、殴打用の武器であるモーニングスターはわかるし、鉄球に鎖をつけてぶん殴る構造であることはなんとなく理解はできるのだが、その非常識な巨大さと厳つさがいまいち現実感がないというか、脳が理解を拒むというか、見た目のインパクトがすごすぎて解説が頭に入ってこない。

「この鎖付き打突投擲鉄球、通称モーニングスターフレイルを、開発者である吾輩はディアブロデストロイヤースマッシャーと名付けたのである。勇者さまにもぜひ手に取って、その破壊力を体験していただきたく！」

「すいません。何が何の何です？」

「鎖付き打突投擲鉄球がモーニングスターフレイルでディアブロデストロイヤースマッシャーなのである」

「なるほどわかりました」

なんかもう話していても埒が明かない感じなので、鎖付きモーニングデストロイヤーを、おれは手に取った。馬鹿みたいな重さかと思ったが、鉄球部分はぎりぎり片手で保持できないこともない。

「で、この投擲モーニングスマッシャーはどう使うんです？」

「そのフレイルデストロイヤースマッシャー・ディアブロは、間合いを保ちつつ、鎧の上からでも相手を叩き潰すことが可能な優れた武器なのである」

「名前変わってません？」

「また、鉄球部分には魔術の心得がある職人によって仕込まれたウィングウィンドなんちゃらを採用しているのである」

「名前忘れてません？」

「これは使用者の魔力を吸い上げ、迅風系の魔術に変換。投擲と同時に推進装置として圧縮空気を噴出することで、速力と破壊力を得る、実に画期的なシステムなのである。ちょっとあちらに用意したターゲットに向けて投げてみてほしいのである」

「わかりました」

まあ、正直眉唾ものだが、試すだけならただである。鉄球フレイルデストロイヤーを振り回し、店長さんが用意してくれた鎧を着込んだマネキンのターゲットに向けて、投擲。その瞬間、体全体が引っ張られるんじゃないかという感覚を伴って、鉄球がターゲットを粉々に破砕した。

「うお⁉」

「ふふん。如何であるか？」

おれの後ろで腕を組み、店長さんはご満悦の様子である。

たしかに、すごい武器だ。しかし、それにしても馬鹿げた武器である。破壊力は素晴らしいが、重いし持ち運びにくいし、多分取り回しも悪い。搭載されたギミックは革新的だが、全体的にバランスも悪く、武器として優れているとは思えない。まったくもってナンセンスだ。

「これください」

「お買い上げありがとうございますなのである！」

うん。でも気に入ったから買おう。

ロマンしかないような武器だけど、しかし逆に言えばロマンだけはある。いや、一回こういうパワータイプの武器持ってみたかったんだよね。破壊しか考えていません、みたいな野蛮なフォルムとコンセプトに、正直おれの心も一撃で打ち砕かれてしまった。

「いいですね。ディアブロデストロイヤースマッシャー」

「うれしいのである。勇者さまならディアブロデストロイヤースマッシャーの良さをわかってくれると信じていたのである」

ではこちらに購入のサインを、と。差し出されたペンを右手で受け取ったが、おれは例の呪いのせいで自分の名前も書けない。

「すいません。名義は行商人さんにしてもらっても?」

「もちろん構わないのである。じゃあ、とりあえず吾輩の名刺だけでも」

「ああ。これはすいません。返すものがないんですけど」

受け取った名刺を見る。そこには簡素なデザインの文字で、店長・タウラス・フェンフと記されていた。

「タウラスさんですね」

「うむ。吾輩、タウラスである」

「そうですかそうですか」

おれは、名刺を凝視する。

おおよそ、一年ぶりだ。紙に書かれた文字を読むことができたのは。

現在のおれは、人の名前を呼ぶことも読むこともできない。が、この厄介極まる呪いには、たった一つだけ例外があることを、おれは以前の事件で知っている。

「タウラス。お前、悪魔だろ」

人間ではない、その人外の種族の名前だけは、おれは認識することができるのだ。

気まずい沈黙だった。

おれは、購入予定だった商品を手に取った。

ちょびひげの最上級悪魔は、意を決したように顔を上げて、言った。

「吾輩たちは、商談が成立した仲である」

「うん」

「通じるものがあったはずである」

「うん」

「見逃してほしいのである」

「ダメに決まってるだろ」

「ぐぁああああああああああああああ⁉」

おれが渾身の力で投擲したディアブロデビルデストロイヤースマッシャーが、間抜けな悪魔の顔面に突き刺さった。

◇

自分は夢を見ているのか、それとも幻に溺れているのか。

心が有り得ない、と。繰り返し叫んでいても、けれど目の前の光景は明確な現実だった。

「勇者さんと、同じ顔……？　どうして」

「呆けてないで構えてください」

非戦闘員である赤髪の少女にシャナはそう言ったが、ある意味それは自分に向けて言い聞かせた言葉でもあった。

「ちょっとシャナ⁉　今の音なに⁉　まさかなんか揉め事でも……」

アリアの声が店内に響き、その蒼色の瞳が彼の姿を捉える。

しまった、と。思った時には、既に遅かった。

「おう。ひさしぶり、アリア」

覚えている。

忘れるわけがない、彼の優しい声。

瞬間、アリア・リナージュ・アイアラスの動作の、すべてが停止した。

「……勇者くん」

一年ぶりに掘り起こされたのは、ほんの些細な記憶だった。

彼の顔。彼の声。彼の表情。

しかしそれらはすべて、アリアという一人の女性が、心の底から欲していたもので。

だからこそ、それらの懐かしさは、アリアという一人の騎士の動きを止めるには、あまりにも充分過ぎる起爆剤であった。

「……よぅし。動揺したな？　一人目だ」

彼の右手が何かを向けた、その刹那。

蒼銀の鎧の隙間を縫うようにして、アリアの腹部には風穴が開いていた。

「……っぁ」

自慢の二振りの大剣を構える、その暇すら姫騎士には与えられなかった。

「アリアさっ……」

重い鎧が、岩の床に倒れ込む音が嫌になるほどはっきりと響く。

「ダメだろ。敵の前で突っ立ったまま、油断したら」

吐き捨てる声が、冷たかった。

「き、騎士さんっ！」

しかし、少女の甲高い悲鳴が、シャナの意識をむしろ冷静に引き戻した。

「ムムさんはヤツの動きを止めてください！　ミラさんはアリアさんを！」

「……言われるまでもない」

武闘家の小さな足が、岩の床を踏み込む。

今度はそれだけで、岩が踏み砕ける音が響いた。剣も槍も届かない間合いから、一瞬で距離を詰める、達人の足運び。

「うおっ……はや」

勇者の顔をした、その敵の驚きの声を置き去りにして。

ムムの拳が、怒りのままに敵を打つ。一撃、二撃、三撃目。正確に穿たれた拳はすべてが的中し、純白の鎧を大きく揺らした。

だが、それだけだった。

「……硬い」

「つっ……よいなぁ、お嬢ちゃん！」

やはり、ダメージがない。

ならば、と。腰を下げ、より深く拳を構えようとしたムムを前に、男の表情が歪む。

「反撃は、するだろぉ！」

その右腕の短剣がムムに向けて振われ、そして。

「当然。反撃は、想定する」

男の右腕が、小さく細い、頼りない指先一つが触れただけで、静止する。

ムム・ルセッタの魔法『金心剣胆（クォン・ダバフ）』は、触れた対象に対して絶対の静止を強制する。どんな達人の抜刀であろうと、どれだけ質量の大きい運動エネルギーが叩きつけられようと、その静止に例外はない。

「……なるほど。これは、すごい魔法だ」

はずだった。

足の爪先から舌の先まで。たしかに触れて静止させたはずの男は、ムムの前で悠々と言葉を紡いだ。

「けど、右腕だけ止めても意味ないだろ」

音が、またもや理解を置き去りにする。

アリアの時と同じように、ムムの小柄な体が見えない何かに貫かれるようにして、吹き飛ばされた。

「はあ⁉　なんであのチビババアが攻撃を……」

世界を救った、絶対の盾。勇者パーティーの防御の要であるムム・ルセッタが攻撃を受けた。その事実に、死霊術師ですら驚きを顕にする。

空中で体を一回転させ、衝撃の勢いを殺したムムは、睨み据えるように勇者の顔をした男を見た。

「……お前、どうして、勇者の魔法を持ってる？」

「オレが勇者だからですよ。小さなお師匠さん」

「……お前に、師匠呼ばわりされる筋合いは、ない」

静かな激昂が、再び小さな体を前に突き動かす。

しかし、勇者の顔をした男は、もうその拳を受けようとも避けようともしなかった。

「さすがにアレを正面から相手にするのはしんどいな。任せたぞ、行商人さん」

「……へいへい。仕方ないっすね」

最初から、すべてが甘かった。

どうして、敵が一人であると、思い込んでしまったのだろう？

空気のようにその場に現れた仮面の手のひらから、莫大な魔力の塊が噴出し、ムムの身体を呑み込む。それらはやはり何故か『金心剣胆（クオン・ダバフ）』の効果を受けず、その莫大な魔力で武闘家を店の外へと押し出した。

「やったか？」

「アレをこの程度でやれたら苦労はねぇんでさぁ。ま、手筈通りあの武闘家は俺が受け持つんで、好きにやってくだせぇ」

「助かる。では……おっと！」

もはや店の破壊など考慮に入れている場合ではない。

「手加減なしです。消し飛んでください」

シャナは多重展開した魔導陣で、可能な限り、炎の弾丸をありったけ叩き込んだ。これで仕留められたのなら、それで良し。仕留めきれなかったとしても、目眩ましには過ぎた威力だ。

「……癪ですが、ここは退きます。勇者さんと合流しないと」

「今回ばかりは全面的に賛成いたしますわね。あのチビババアに攻撃を当てられる魔導師と正面戦闘なんて、死んでもごめんですわ。まあ、わたくしは死にませんが」

この非常時に極めて冷静に軽口を叩いているのが、今日ばかりは頼りになる。簀巻きにされていた袋から抜け出したリリアミラは、アリアに肩を貸して支えた。

「騎士さんは？」

「まだ息があります。いっそ心臓を一突きくらいされていれば、すぐに蘇生して回復できたのですが……」

「そりゃ、あえて外したからな」

充満する煙が、切り裂かれた。

接近に気づくことすらできなかった。

吹き抜ける火炎に揺れる黒髪ごと、リリアミラ・ギルデンスターンの首が、切断された。

「四秒で絶対に生き返るバケモノの相手なんて、こちらこそ死んでもごめんだ」

勇者の顔をした男は、その首を谷底に向けて放り投げ、主を失った肉体も蹴り落とした。

「死霊術師さん……」

呆然と呟く赤髪の少女を見下ろして、男は笑う。

「さて、と。これで、残りは二人か……」

「そう思いますか？」

そんなわけがあるものか。

触れれば届く距離で展開された魔導陣。そこから射出された岩石の砲弾が外れるわけがない。

「ぐっ……お？」

結果、命中したその一撃によって勇者の顔をした男はまたもや吹き飛ばされ、地面を転がり、燃え盛る柱に背中を叩きつけられることで、ようやく停止した。

「け、賢者さん……」

残りは二人、と。敵はそう言った。

そんなわけが、あるものか。

杖を構え、前を見据えたその賢者は。

シャナ・グランプレは、強く強く、歯を噛みしめる。

「怖い思いをさせて、すいません。赤髪さん」

「私の後ろに下がっていてください」

「アリアさんを頼みます」

「大丈夫です。武闘家さんも死霊術師さんも、この程度で死ぬわけがありません」

「ていうか、死霊術師さんは死にませんし」

「でも絶対に、私の側から離れないでください」

幾重にも、幾重にも。

涙を流しながら呆然とする少女を励ますようにして、数えきれない賢者たちが立ち並ぶ。

そう。決して一人ではない。二人でもない。事実としてそこに存在する、全く同一の賢者たち、である。

「残りは二人？」

「どうやら、数も数えられないようですね」

「まともな算数からやり直した方がいいですよ？」

「目の前の光景を理解できますかぁ？」

「わかったなら」

「さっさと訂正しろ。猿真似野郎」

「それとも、一緒に数えて差し上げましょうか？」

「ひとーつ。ふたーつ」

「みーっつ。よーっつ。いつーつ」

「めんどくさ」

「やめますやめます。馬鹿らしい」

「結果だけお伝えしてよろしいですか？」

「世界最強の武闘家を吹っ飛ばしても」

「世界最悪の死霊術師の首を獲ったとしても」

「まったく、全然」

「これっぽっちも」

「ほんの少しも」

「ピンチではありません」

「だって何故なら」

「どうしてかと言うと」

「勇者パーティーで最も強いのは」

「勇者パーティーで最も強い魔法は」

「そう！　何を隠そう！」

「この私」

「私たち」

「白花繚乱（ミオ・ブランシュ）である」

「シャナ・グランプレですからね」

「さて、そろそろ数え終わりましたか？」

起き上がった男は、ゆったりと息を吐きながら、呟いた。

「……二十八人」

「だいせーかいっ！」

「おめでとうございます」

「正解を記念して」

「今からあなたを、話を聞ける程度に半殺しにします」

それは逆転と呼ぶには、あまりにも馬鹿馬鹿しい圧倒であった。

賢者、シャナ・グランプレの『白花繚乱（ミオ・ブランシュ）』は、自分自身すらも増殖させる。

魔法は現実を歪める心の理（ことわり）。そこには理屈も理論もなく、一つの法則のみに基づいた、圧倒的な力だけが在る。

どんな形で意表を突こうと。

どんな得体の知れない力を持っていようと。

数は力。絶対の戦力差の前に、勝敗は覆らない。

勇者の顔をした男は、自分に向けて杖を向ける少女たちを見回して言った。

「こりゃ参った。勝てねぇわ」

降参、と言わんばかりに。男は五体投地して、地面に背中をついた。

だが、二十八人のシャナたちは、眉の一つすら動かさずに敵を見る。

「……申し訳ありませんが」

「仲間を傷つけた相手に、はい降参と言われて」

「それを黙って受け入れるほど、私はお人好しではありません」

「どういう理屈かはわかりませんが」

「身体を、鋼の硬さにする」

「それ、勇者さんが昔持っていた魔法ですよね？」

「どうしてあなたが持っているのか」

「どうしてそれが使えるのか」

「聞きたいことは、山ほどありますが」

「随分と頑丈な体をお持ちのようですし」

「やはりお話を聞く前に」

「痛めつけてやる」

「覚悟しろ」

「絶対に許さない」

世界最強の賢者に取り囲まれ、勇者の顔をした男は、笑った。

「何勘違いしてんだ？」

腕も足も投げ出して。地面に背中をついて。

勇者の顔をしたその敵はたしかに、シャナとの勝負を捨てていた。自分が勝てないことを、認めていた。

「オレはたしかに、賢者ちゃんに勝てない。けど、オレが勝てないだけだ」

しかし、自分たちが勝てないとは、一言も言っていない。

「……賢者さん！　上です！」

赤髪の少女の警告を受けて、賢者たちの目が一斉に上を向いた。

降り立ったのは、純白のローブを揺らす少女だった。フードの下には、やはり白い仮面。右腕には杖。その少女は明らかに、魔導師の姿をしていた。

「何かと思えば」

「今さら増援」

「しかも、魔導師」

「たった一人で」

「何をするつもりですか？」

嘲るようなシャナの声。けれどそれは、白の魔導師には届いてないようだった。否、正確には聞こえているにもかかわらず、無視しているというべきか。

勇者の顔をした男の側に降り立った少女は、そのまま跳ねるように近づいて、倒れている彼の側で膝を折った。

「大丈夫？」

「うん。大丈夫じゃない」

「そうだよね」

「ああ。オレの全身が、悲鳴をあげている」

「ごめんね。やっぱり私も、最初から来ればよかった」

「いや、でもそれは危なかったし」

「またそうやって意地張る」

「ごめん」

「いいよ。私はあなたのそういうところが、好きだから」

彼と彼女を取り囲む賢者たちが、一人残らず動きを止めたのは、攻撃を受けたから、ではない。特別な魔術を浴びたからでもない。魔法による影響を受けたわけでも、決してない。

敵に囲まれている中。啄むように、薄く口吻をした。

その有り得ない行動が、人の脳の働きに、攻撃以上の強い衝撃を与えた。

「は？」

「いや……え」

「は？」

「あなた……」

「敵の前で何を？」

ようやく声が届いたようだった。

白の少女は、質問をしてきたシャナの一人を見て、それからこてん、と。とてもかわいらしく、首を傾げてみせた。

「敵？　えっと……誰が？」

相手を煽り、挑発する。

舌戦において、シャナ・グランプレは魔術と同じくパーティーの中で自分の右に出るものはいないという、強い自負がある。

シャナは、相手を煽るのが好きだ。

シャナは、相手を挑発するのが得意だ。

しかし、今。この瞬間だけは。

白の少女が発した一言は、対峙する相手を激昂させるという意味で、完全に世界最高の賢者の挑発を、上回っていた。

本当に怒った時。人間は声すら失う。

もはや一言の罵声すらなく。勇者の顔をした男と、白の魔導師をその存在ごと消し去らん勢いで、魔導陣が二人を取り囲んで展開される。

「うお、これはさすがに死ぬな」

「うん。これはさすがに死んじゃうね」

その渦中に放り込まれれば、誰もが絶望するであろう、魔術の嵐の包囲。

荒れ狂う死中にあって、しかしその二人の表情は凪いだ海のように穏やかだった。

「じゃ、よろしく。賢者ちゃん」

「わかった」

杖を構えるわけでもなく、魔導陣を展開するわけでもなく、白の魔導師の行動は、たった一つ。

顔を隠す仮面を外す。

ただ、それだけだった。

「え」

困惑の声が、どのシャナから漏れ出たものなのか。

それとも自分のものだったのか。

唯一たしかなのは、フードと仮面の下のその顔が、賢者と同じだった、ということだけで。

「……う」

「あ」

「ああ……」

「私？」

「いや、でも……」

「私が、いる……？」

輝く銀髪。濃い碧色の瞳。そして、尖った耳。

それらの特徴はすべて、シャナ・グランプレと同一のもので。

「うん。私はあなただよ。シャナ」

針に糸を通すような、その動揺の細波(さざなみ)は、

「そんなに多くても目障りなだけだから、消えてくれるかな？」

残酷な宣言によって、瞬間に伝播した。

消える。

消える。

消える。

二十八人のシャナたちが、一斉に。撃ち放とうとした魔導陣と共に、消え失せる。

たった一人。元に戻ったシャナは、杖を取り落とし、膝をつき、胸を押さえて、最後に胃の中身をその場にぶちまけた。

「う……ぉ……ごほっ……」

気持ちが悪い。頭が痛い。目眩がする。変な臭いが纏わりつく。気持ちが悪い。動悸がする。目が回る。頭が内側から切り裂かれる。心臓が波打っている。痛い。口の中に変な味が広がっている。痛い。辛い。苦しい。汗が止まらない。吐瀉物が詰まる。水が飲みたい。横になりたい。また吐きそうだ。胃がむかむかする。苦しい。辛い。助けてほしい。


誰か。

私じゃない、誰か。


花は美しい。けれど、その花弁は繊細だ。

だから、崩れるのは本当に一瞬で。

「賢者さん！　賢者さん！」

自分を案ずる少女の声を、シャナはどこか遠くに聞いた。

「……あーあ。壊れちゃった」

「無理もないさ。魔法は万能でも、人間は万能じゃない。自分と同じ存在が数え切れないほどいて、健全な精神を維持できる方がおかしい。これは認識が、正しい方向に巻き戻っただけに過ぎない」

薄れていく意識の中、暗闇に落ちていく視界の中で、せめてその音だけは。

「かわいそうな……私」

枯れた花を、踏みつけにするように。

自分と同じ声音は、残酷な憐憫に満ちていた。

◇

「実に気の毒な勇者なのである」

最上級悪魔、タウラス・フェンフはおれの頭を踏みつけにしながら言った。

「魔王様の呪いによって、名前を奪われ、名前がなければ使えない魔法も奪われ、そして今。抵抗する自由すら奪われた。気の毒という他ないのである」

おれは言葉を返せない。

タウラスがこれ見よがしに見せつけている遠見の水晶には、怪我をした騎士ちゃんと、それにすがりつく赤髪ちゃん。そして、意識を失ったまま動かない賢者ちゃんが映っていた。

人質だ。抵抗なんて、できるわけがない。

「何が、目的だ」

「いや、吾輩は特に目的とかないのである」

「は？」

ちょびひげの悪魔は、淡々と自慢のそれを撫でながら言葉を続ける。

「べつに大した話ではないのである。吾輩、魔王軍の中では、はみ出しものであったが故に。大それた目的の類いは、何も持っていないのである。強いて言えば、この辺境の土地で静かに暮らすことが望みであろうか」

「ふざけるな。じゃあ、おれたちをこの村に招き入れたのは」

「仮面を被ったふざけた男がいたであろう？　あいつの差し金である。そもそも、お前は考えが足りないのである」

あの、恨みに満ちた、どろりとした悪意を向けてきた、ジェミニ・ゼクスとは、まるで違う。

本当におれに必要な情報だけを説明するかのような。タウラスの口調は、そんな客観的な語り口に満ちていた。

「この村の住人が仮面をしている理由も。隠れ住んでいる理由も。不自然なほどに、物づくりが盛んな理由も。すべて、少し頭を働かせて考えれば、わかるはずである」

最初に白い花畑を見た時から、感じていた違和感。

こんなに多くの造花を、ふんだんに使える理由。武器や物品が、不自然に大量生産されている理由。

それらがもしも、ある魔法の力によって、大量に増やされているのだとしたら？

「あの賢者には個人的に多少の恨みこそあれど、お前個人に対して、吾輩はそこまで悪い感情を抱いてはいないのである。まあ、悪魔である吾輩が何を言ったところで、響かないであろうが」

「最後に一つだけいいか。タウラス」

「承るのである、お客さま」

おれは、凶器とも言える鉄球を直撃させたはずの、最上級悪魔の顔面を見上げた。

「お前、なんで傷一つついてないいんだ？　あのイカした商品は不良品か？」

「断固否定するのである。あれは、紛れもなく吾輩自慢の自信作。吾輩、商談、接客、契約に関しては嘘を吐かない故に」

白い歯を見せて、やはりタウラスは朗らかに笑った。

「吾輩が強くて、お前が弱かった。つまりは、それだけのこと」

起き上がろうとした、その瞬間。腹に、蹴りを叩き込まれた。

「悪質なクレームは断固拒否。お帰り願うのである、お客さま」

薄れていく視界の中で、店の棚に飾られていた、二輪の白い造花が目に入った。

花。そう、花だ。最初に、賢者ちゃんに出会った時も。花の数は、一輪ではなく二輪だった。

どうして、そんな簡単なことを思い出せなかったんだろう。後悔の念に駆られながら、おれは意識を手放した。


ある日、森の中。エルフに、出会った。


それは、まだおれが、十六のガキだったころの話だ。

一言で状況を説明するなら、森の中でおれは遭難してぶっ倒れていた。

「……うーん、やっちまったな」

昼間なのに夜のように暗い、深い森の中で独りごちる。全身はそこそこズタボロ。傷がない場所がないくらいのやられっぷりだが、とりあえず命に別状はない。

騎士学校を追い出されて、はや数ヶ月。世間知らずな姫騎士様との冒険にも慣れてきて、魔王軍の幹部も撃破して、旅の首尾は上々……と思っていた矢先に、この有様である。

世界を救う。そんな御大層な目標を掲げて冒険の旅に出たのはいいが、あっさりと簡単に世界を救えるわけもなく。細々とクエストをこなして、お金を貯めて、装備を整え、経験を積む。魔王軍の本拠地を目指して、単純な作業を繰り返しつつも、冒険そのものはわりと順調だな、と。そんな風に考えていた矢先に、この有様である。

「まいったなぁ……」

まさか、幹部格を倒してすぐに、最高幹部である四天王に手を出されるとは思っていなかった。正直な話、まだあのレベルの敵には勝てる気がしない。おれとアリアの戦闘経験も、装備も、何もかも足りない。あまりこんなことは言いたくないが、死なずに逃げ切れたのが奇跡みたいだ。あれで四天王の第四位だというのだから、はっきり言って先が思いやられる。

とはいえ、今は自分の命が無事だったことを喜ぶべきだろう。アリアが無事かどうかも気になるところだけど、おれが死ぬまであいつは死なないので、そこまで心配はしていない。

「アリアー！　アリア～！　……まぁ、近くにいるわけないか」

声を張り上げてみたものの、返事が返ってくるわけもなく。

急に襲われたのが逆に不幸中の幸いだったというべきか、手荷物の類いは大体手元にある。すぐに食料や水に困ることがないのは助かった。

森の中に限らず、冒険の旅でまず気をつけなければならないのは、水源の確保だ。小規模なパーティーなら、流水系の魔術を扱える人間が一人いれば事足りるが、人数が増えてくるとそうもいかない。数百人単位で行動する大規模なパーティーは、水源を確保してから大型モンスターの討伐作戦に望むのが常だ。

なので、ここはおれもセオリーに従って、まずは飲み水を確保できる川を探すことにした。

数ヶ月の旅で、森の中の獣道を探すことにも慣れてきた。道に見えないような道を辿っていくと、細い糸のような水音が聞こえてくる。

草をかき分け、頭を出すと、そこにはたしかに川があった。あったのだが、

「あ」

「……」

女の子が、いた。

年は十歳に届くか届かないか、といったところだろうか。艶のない銀髪。かろうじて胸と下半身を隠す、植物を加工した衣服。透き通った水晶玉のような碧色の瞳が、こちらをじっと見詰めている。だが、なによりも目を引いたのは、ベリーショートの髪だからこそ目立つ尖った耳だった。

尖った耳、人間からかけ離れた神秘的な美貌……そんな特徴を見て思い浮かぶ亜人種は、他にない。

「エルフ?」

問いかけた、というよりは疑問がそのまま漏れ出してしまったような形で、思わず呟いてしまう。

しかし、少女は無表情のまま、細い首を横に振った。水浴びから上がったばかりだったのだろうか。水滴が溢れて、地面に染みを作る。

あれ？　エルフじゃないのか？

「えーと、はじめまして、こんにちは」

「こんにちはって、なに？」

「……はい？」

なんだなんだ。挨拶をしただけなのに、なんか哲学的な問答がはじまったぞ。エルフは森の賢者って騎士学校の授業で聞いたことがあるけど、こんな小さい子もすごく頭がよかったりするのか？　挨拶の意味を問われているのか？

いや、でもさっき、エルフって聞いたら首を横に振られたしな……なんか、よくわからなくなってきた。

「お嬢ちゃん、名前は？」

その質問に女の子が答える前に、水面が持ち上がる。思わず剣に手をかけたが、顔を出したのはモンスターの類いではなく、もう一人の女の子だった。まさか、他にもいるとは……。

「は？」

二人目の少女を見て、おれはものすごく失礼な声をあげてしまった。本当は視線をずらすべきだとはわかっていても、まじまじと凝視してしまう。素っ裸のその子の体を、ではなく。その子の顔を、穴が開くほどに見詰めてしまう。

鼻筋、眉、瞳、唇。どこをとっても、その少女の顔が、一人目とまったく同じパーツで構成されていたからだ。

「……えーと、きみたち。双子だったりする？」

「私は、シャナ」

「私も、シャナ」

まったく同じ名前を口にして、二人の小さな女の子は、おれの両手をそれぞれぎゅっと握りしめた。

「「お兄ちゃん、だれ？」」

◇

「これはこれは、よく参られました」

「どうもどうも」

シャナちゃんとシャナちゃんに事情を説明すると、二人はおれの話をわかったのかわかってないのか、表情をぴくりとも動かさずに真顔のまま「じゃあ、うちの村にくる？」と、すごく軽いノリで提案してくれた。ちなみに提案してくれたのは、最初に会ったシャナちゃんの方である。ややこしい。あまりにもそっくりなので、最初に会ったシャナちゃんを、シャナちゃん一号、おれが裸を見てしまったシャナちゃんを、シャナちゃん二号と呼びたいくらいだ。番号つけて呼ぶとか、失礼なのでやらないけど。

特に行く当てもなかったし、噂のエルフの里とやらも見てみたかったので、シャナちゃんの後にほいほいついていくと、村は意外と近くにあった。エルフ族は、人間以上に魔術に精通している魔導師が多いと聞く。きっと外から見つけられないように、認識阻害の結界でも張ってあるのだろう。

「里にいらっしゃるのは、はじめてですか？　冒険者の方でしょう？　よく自力でたどり着かれましたな」

最初に声をかけてきたのは、入口に立っている門番のエルフだった。その姿を見て、シャナちゃんが自分たちはエルフではない、と否定した意味がようやく理解できた。

槍を持った男性のエルフの背中には、明らかに人間ではないことを示す、半透明の翅が生えていたからだ。もちろん、耳も尖っている。シャナちゃんには、その翅はない。

「実は、この子たちとすぐ近くの川で会って……」

「……ああ、なるほど。そういうことでしたか。体の傷は大丈夫ですか？　腕の良い治癒魔術の使い手がおります。すぐに呼び出して治療させましょう」

「ああ、いやいや。お構いなく。こんなもんツバつけとけば治りますんで」

ありがたい申し出だが、アリアを捜さなきゃいけないし、この里にそんなに長居する気もない。

しかし、服の裾をくいくいと引かれて、おれは振り返った。

「お兄ちゃん」

「ん？」

「治してもらった方がいい」

「その方がいい」

頼むから、そんな風に見上げないでほしい。ただでさえかわいいのに、二人揃って上目遣いでこっちを見てくるのはずるいだろ。

「……じゃあ、お願いします」

「ええ。こちらへどうぞ」

木で形作られた門を潜って、息を呑む。おれの一面の視界を塗り潰したのは、深緑の暴力だった。

森の中から、さらに深い森の中に迷い込んでしまったのか、と。そう錯覚しそうになる大木の数々は、木々の中央がくり抜かれ、住居として機能するようになっている。むせ返るような花の匂いに溺れてしまいそうになるが、しかしそれは不思議と不快ではない。夢の中で微睡んでしまうような、朗らかな甘さが香ってくる。

「……すごいですね。ほんとに、森の中で暮らしてるって感じだ」

「人間の方から見れば、めずらしいでしょうな。我々は、ずっとこの森と共に暮らしてきました。森があってこその我らであり、我らあってこその森です」

そんな生活をしているくらいだから、他所者には排他的かもしれないと思ったが、そんなこともないらしい。地面に近い商店には、何人か普通の人間の姿も見える。

「意外と人間もいるんですね」

「一部の商人の方とは、村の門戸を開いて取引をしております。誰とでも、というわけにはいきませんが、そこまで閉鎖的な村でもありませんよ」

門番さんに苦笑される。ちょっとこっちの考えを見抜かれたかな？

「一つ、お聞きしてもよろしいですか？」

「もちろんです」

「シャナちゃんは、エルフではないんですよね？」

「こ……ゴホン、失礼。この子は、ハーフエルフです。半分、人間の血が混じっています。ですから、私たちのように翅がありません」

ああ、なるほど。人間とエルフのハーフなのか。それなら納得だ。

「我らは翅を使って村の中を移動しますが、シャナにはそれがありません。少々不自由を強いられるでしょうが、シャナは飛べない人間の村の中の移動を心得ております。よろしければ、このまま案内させますよ。長老には、私の方からお伝えしておきましょう」

「そうですね。お願いします」

「シャナ、ご案内して差し上げろ」

「はい。お兄ちゃん、こっち」

門番さんに言われて、シャナちゃんの顔が少し嬉しそうに綻んだ。そのまま駆け出していきそうな勢いだったので、あわてて手を掴む。

「……手、繋いだまま歩くの？」

「あ、ごめん。いやだった？　こっちの方がはぐれなくていいと思ったんだけど」

「ううん。いやじゃないよ。うれしい」

「なら、よかった」

ふと気がついて、周囲を見回す。そういえば、いつの間にかもう一人のシャナちゃんの姿が消えている。

「すいません、門番さん。もう一人、シャナちゃんがいたと思うんですけど……」

「ああ、彼女にはべつの仕事がありますので」

「シャナちゃん達って、双子なんですか？」

そう聞くと、門番さんはおれに背を向けた。

「……ええ、そうですよ。同じ名前だとややこしいですが、そういう文化なので」

はぁ、なるほどなぁ。

「お兄ちゃん、いこ」

「おっと。はいはい」

シャナちゃんが連れて行ってくれた診療所のエルフは、女医さんの治療術師だった。とても優秀で、おれの傷をしっかり診てくれた。なんか呆れた口調で「よく涼しい顔でいられますね……何と戦ったんですか？」とか聞かれたけど、いや普通に魔王軍の四天王と戦ったんだよな……。傷だらけになるのは当然だと思う。

「お兄ちゃん」

「ん？　どうした？」

「長老。ご挨拶したいって」

シャナちゃんの後ろから、のそりと大きな影が出てきた。豊かに蓄えた白い鬚と後ろにくくった長髪。門番さんと同じように翅があるけど、加齢と共に衰えてしまったのか、皺が目立って小さい。失礼だが、この翅では満足に飛べないだろうと思った。

「すいません、おれは……」

「いやいや、どうぞそのまま治療を受けていてください。自己紹介は結構ですぞ。お噂はかねがね、伺っておりますからのぅ」

長老さんの口調は、思っていたよりも気安かった。

「あれ？　おれのこと、ご存知なんですか？」

「はっはっは。もちろんです。あろうことか隣国の姫君を抱き込んで攫い出し、騎士学校から飛び出した、自称勇者の命知らずな若者がいると。愉快な噂がこんな森の奥まで轟いておりますぞ」

うわーっ!?

え、なに？　おれが学校を出た経緯、そんな感じになってるの？　話に尾ヒレがついてるってレベルじゃないんですけど!?

「ほほっ、冗談です。もちろん取引に来る商人からそういう噂も聞きますが、悪い噂ばかりではありません。むしろ、良い話の方が多いくらいです」

「あー、えっと……恐縮です」

「ま、何はともあれ、今日はごゆるりとお休みください。部屋を用意しておきました。明日、よろしければ食事をご一緒しましょう。そこのシャナに、身の回りの世話をさせます」

「はぁ……ありがとうございます」

なんだか、すぐに帰るって言いづらい雰囲気になってきたな。少なくとも、一泊はしていかなきゃいけない感じだ。まあ、仕方ないか……。

「はい。これで一先ず終わりです」

かわいいエルフの女医さんに、ペシッと包帯を叩かれる。

「いいですか？　しばらくは無茶をしないように！」

「ありがとうございました。なるべく死なない無茶で済ませるようにします」

「無茶するなって言ったんですけど⁉」

「いやぁ、世界を救うために無茶するのが勇者の仕事なんで」

「命がいくつあっても足りませんよ⁉」

「はい。だからいつも足りないなぁ、って思ってるんですよね。できれば、いっぱい命が欲しいですよね。いくらあっても困りませんし」

なぜかどん引きしてる女医さんとは対照的に、長老さんはおれの言葉を聞いて豪快に笑い声をあげた。

「はっはっは！　流石ですなぁ。噂と違わぬ勇者殿だ！」

「いやいや。そう呼んでもらうのは、まだ早いですよ」

おれはこれから、勇者にならなきゃいけないんだから。

◇

長老さんと女医さんにお礼を言って別れたあと、おれはシャナちゃんに連れられて村の中をぐるりと見て回った。はじめて訪れる場所を見て回るのは、冒険の楽しみの一つだ。

「お兄ちゃん、見せたいものがあるの」

シャナちゃんに手を引かれて、村の中から細い道を抜けていく。あ、これ一人だったら絶対迷うな、と確信できるような道をいくつも通り過ぎていくと、周囲を大木に囲まれた、とても小さな広場のような場所に出た。薄暗いが、鬱蒼と茂った葉の隙間から、夕焼けの明かりが漏れて光の池を作っている。

「私の隠れ家なの。お兄ちゃんに見せたくて」

「いいね。きれいだ」

「ほんと？」

「もちろん。こういう隠れ家、楽しいよな」

「うん。教えたの、お兄ちゃんがはじめて」

「それは光栄だ」

地面に生えている花を潰さないように腰掛けると、シャナちゃんがその花を指さした。

「このお花、すごくきれいだけど、摘むとすぐ枯れちゃうの」

「へぇ」

目を凝らしてよく見てみると、たしかにきれいな色をしている。白に光沢がある……銀色に近い色合いの花弁だ。とてもめずらしい。

魔術的な薬効が期待できる植物は、その土地にしか自生しないもので、土から離れるとすぐに枯れてしまうのだと聞いたことがある。もしかしたらこの花も、そういう植物なのかもしれない。

「ふーむ……シャナちゃん、このお花、持って帰りたい？」

「……持って帰れるの？」

「よしよし。じゃあ、ちょっと待ってな。このお兄ちゃんに任せなさい」

少し失礼して、地面に倒れている木から、適当な大きさの枝を拝借する。それらを紐で組み合わせて、シャナちゃんがギリギリ持てるくらいの骨組みを作った。余っている布を骨組みの周りにピンと張って、簡易的な植木鉢の完成だ。

銀色の花を、周囲の土と一緒に手のひらで丁寧に掘り起こして、植木鉢の中に入れる。これなら、多分持ち帰ることができるだろう。

「お兄ちゃん……すごい！」

今まで一番キラキラした表情で、シャナちゃんはおれの手元を見ていた。これはうれしい。ちっちゃい子からの素直な尊敬の眼差しは、とても気持ち良いものだ。

「水をあげればしばらく大丈夫だと思うけど、できればどこかに土と一緒に植えさせてもらうといいよ。ちゃんと育つかもしれない」

「うん。わかった！　お兄ちゃん、ありがとう！」

あー、かわいいなあ、もう！　思わず、表情が緩んでしまう。なんかひさびさに、妹がいるお兄ちゃんの気分を堪能させてもらった。

「じゃあ、暗くなる前に帰ろっか」

「うん！」

はじめて、真っ直ぐ目を見てもらえた。

はじめて、やさしく名前を呼んでもらえた。

はじめて、手を繋いでもらえた。

そのシャナにとって、その日のすべてが、はじめての経験だった。

枕元に置いた花の植木鉢は、月明かりを受けてきらきらと光っている。シャナはその煌めきを、ずっと眺めていられる気がした。

ひさしぶりに横になるベッドのやわらかさはなによりも魅力的だったけれど、起き上がってしまったのは、それ以上に彼に心を惹かれていたからだろう。

シャナは、隣の部屋の扉をそっと開いた。

「お、どうした？　トイレ？」

「……トイレは、一人で行けるよ」

「はは、ごめんごめん」

むっと答えると、苦笑された。

彼はまだ起きていて、ランタンの灯りを頼りに剣を研いでいた。

「お兄ちゃん」

「うん？」

「寝れないから、お兄ちゃんの側にいてもいい？」

「おー、いいよ」

客人に用意されたベッドは、とても大きい。

ぼふん、と。余裕のある彼のベッドに割り込むように横になる。

「お兄ちゃん」

「んー？」

「外のお話、してほしい」

「外の話か〜。そうだよな。村から出れないなら、気になるよな」

「うん。すごく気になる」

「おれが通ってた学校の話とかでもいい？」

「学校？」

「そうそう。騎士学校っていって、立派な騎士になるための訓練を積む学校なんだけど、そこには強いやつが七人くらいいてさ。上から順位がつけられていて、それで……」

はじめて、話をしてもらえた。

命令ではない。自分との会話を、この人はしてくれる。

いつの間にか眠くなって、彼の手を握ってうとうとしながら、シャナは思った。

明日には、きっとこの人はいなくなってしまう。

いやだな。

この人に、ずっと側にいてほしいな。

結局、シャナちゃんと添い寝してしまった。

「……あー、うん……」

寝顔もかわいいなぁ、などと。最初は寝起きの頭でのんきなことを考えていたが、なんとなく後から罪悪感が湧いてきた。

……これ、知られたらアリアに怒られるかなぁ？　いや、べつに何かいかがわしいことをしたわけじゃないし、大丈夫だよな？　大丈夫ということにしておこう、うん。

考えても仕方がない反省を頭から振り払って、上体を起こした。

「は？」

シャナちゃんは、右手でおれの手を。そして、左手でもう一人の手を握っていた。

そして、ベッドにもう一人、知らないやつがいた。

いや、厳密に言えば、知っている人間が寝ていた。

おれとまったく同じ顔。同じ髪型。同じ服。

まるで、親子が子どもを挟んで川の字で寝るように。おれの目の前には、シャナちゃんの腕を握ったまま呑気にいびきをかいて寝ている、おれがいた。

何度でも繰り返し言おう。おれがもう一人いた。

「シャナちゃん！　シャナちゃん！　起きて！」

小さな肩を全力で揺すって起こす。

寝ぼけ眼で、シャナちゃんは上半身を起こして、それから自分が握っているおれの手を見た。

「……ごめんなさい。お兄ちゃん、増やしちゃったみたい」

「増やしちゃった⁉」

おれ、増えちゃったらしい。

勇者、増える

おれは、おれと向かい合っていた。

朝、起きたらおれがもう一人増えていた。正直、意味がわからない。

「……それで、お前本当におれなのか？」

「いや、見ての通りおれはおれだぞ。だって、どこからどう見てもおれだろ？」

だってじゃねぇんだよ。おれのくせに口答えしやがって……なんかもう喋るだけでもややこしいわ。

しかし、いくら見た目がおれそのものとはいっても、中身まで本当におれとは限らない。

「今から、お前が本当におれかどうか確かめるために質問をする」

「ああ、なんでも答えてやるよ」

「好きな食べ物は？」

「食えれば何でも。強いて言えばでかい肉」

「体を洗う時は？」

「右足から洗う」

「利き腕は？」

「元々左だったのを右に直した」

「女の子の胸は？」

「大きい方が好き」

「アリアと学校の文化祭を回った時、最初に行ったのは？」

「アンデッド屋敷」

「名前は？」

「もういいだろ。いちいち質問しなくても、おれは本当におれだよ」

ぐぬぬ……。

今のところ、質疑応答の内容がちゃんとおれっぽいのがなんとも言えない。誰かが魔術で化けた変装ってわけでもなさそうだし、幻覚の類いではないし、そう考えると……。

「え、これ本当に増えてるのか……？」

「だからさっきからそう言ってるだろ」

やれやれ、といった様子で肩を竦められる。なんだこいつムカつくな。おれだけど。

しかし、本当におれがそっくりそのまま増えているとなると、原因はもう「増やしちゃった」と言った目の前の女の子にあるとしか考えられない。

「シャナちゃん、おれの体に何が起こったか、説明できる？」

「……ごめんなさい」

「いや、怒ってるわけじゃないよ。ただ、どうしてこうなったか、理由がわかるなら説明してほしいんだ」

「そうそう。おれ、全然怒ってないから。ゆっくりで大丈夫だし、わかることだけでいいから教えてほしい」

「お前ちょっと黙っててくれない？」

「なんで？」

「ややこしいんだよ！　シャナちゃんも困ってるだろうが！」

考えてることも言いたいことも大体一緒だから、セリフを分割してるみたいで気持ち悪い！

だが、文句を言われたおれは不満気に口元を尖らせた。

「ていうかそもそも、なんでお前が仕切ってるの？」

「え？」

「べつに、おれがお前に遠慮する必要はないだろ？　だって、おれも間違いなくおれなわけだし」

「いや、お前は普通に遠慮しろよ。だって、おれが増えて急に生えてきたのがお前だろ？」

「はあ？　おれとお前に違いなんてありませんけど？　差別やめてくれませんか？」

「はあ？　昨日シャナちゃんの右腕を握って寝てたのはおれなんですけど？　そっちこそ自分が本物みたいに言うのやめてくれません？」

なんだぁ、テメェ？

こういうのを同族嫌悪というのだろうか。どうやらおれは、おれと仲良くはできないらしい。しばらく向かい合ってガンを飛ばし合っていたが、

「お兄ちゃん……ケンカしないで。悪いの、私だから」

シャナちゃんの目に涙が滲んでいるのに気がついて、はっと我に返った。

「あー！　ごめんごめんごめんごめん！」

「大丈夫大丈夫！　お兄ちゃんたちめちゃくちゃ仲良しだから！」

「ほんと？」

「もちろん本当だって！　なあ⁉」

「ああ！　肩だって組めるぞ！」

がっしりと肩を組んで、空いた手でシャナちゃんの頭をよしよしと撫でる。

なんだぁ、コイツ……意外と良い身体してるじゃねぇか。いや、コイツの身体おれだったわ。そ

りゃ良い身体してるわ。だっておれだもん。

「すいませーん、おはようございます。起きてますか？」

と、そこで扉の外から声が響いた。声色から察するに、昨日おれの治療を担当してくれたエルフの女医さんである。きっと様子を見に来てくれたんだろう。こんな朝早くから、うれしい気遣いだ。

「はいはい。今、開けます」

言ってから、現在の部屋の状況を見て、はっと気付く。

なぜか朝っぱらからおれの部屋にいる涙目の幼女。ワンアウト。

なぜかもう一人いる、おれ。ツーアウト。

うおおおおおおおおおおお!?

「どうする!?」

「とりあえずシャナちゃんとおれには隠れてもらおう！」

「そうするしかないかっ……シャナちゃん、こっち来てくれ」

幸い、ベッドの下にスペースがあったので、シャナちゃんを抱えて潜り込む。よし、これでとりあえず見つかることはないだろう……。

「あ」

なんでおれが隠れてるんだよ!?

おかしいだろ!?　なんで本物のおれが隠れて偽物が応対するんだよ!?

普通逆だろ!?

「おはようございます。あら？　お部屋の中から声が聞こえたと思ったのですが……」

「ええ、朝の風と戯れていました」

「あらあら、詩人ですね」

「それほどでもありません」

　クソみたいな返事が聞こえてきて、頭を抱えたくなる。

　おれのことだから、よくわかる。あれはべつにかっこつけてるわけではなく、何を言っていいかわからずに適当なことを口走っているだけである。恥ずかしい。

「では、昨日の傷口を見せていただけますか？」

「ははは、きれいなエルフのお姉さんに裸を見せるのは照れますね」

「なに言ってるんですか、昨日も散々見たでしょう？　いいから早く見せてください」

　そのやりとりを聞いて、思わずぎょっとした。

　まずい。昨日、治療を受けたのは女医さんと話しているおれではなく、こちらのおれだ。中身がおれに近いことはさっき確認したけど、細かい生傷までそっくりそのまま同じだとは限らない。見られたら、バレてしまう可能性が……。

「……やっぱり傷の治りが早いですね」

「でしょう？　鍛えてますから」

「一応、念のためにお薬出しておくので、ちゃんと飲んでくださいね」

「はーい」

女医さんが出て行ったのを確認してから、おれはベッドの下から這い出た。

上半身裸で立っているもう一人のおれが、こちらを見下ろしていた。その全身にはおれとまったく同じ傷跡が刻まれていて。

ここまで見てしまったら、もう疑いようもない。

「……お前、本当におれなんだな」

「だからさっきからそう言ってるだろ」

抱きかかえたシャナちゃんは、固まったままだ。

「「どうすっかなぁ……これ」」

漏れ出た呟きまでもが、いやになるほどきれいに重なる。

とりあえず、いつまでも部屋の中に引きこもっているわけにはいかない。またいつ、誰が訪ねてくるかわからないし、おれとおれが二人揃っているところを見られてしまったら本当にお終いだ。

まずは、今日。村に出てシャナちゃんと一緒に行動するおれを、どちらか決めなければならない。

「なにで決める？」

「あれでいこう」

「恨みっこなしだぜ？」

「当然だ。手加減なしでこいよ」

先ほどの巻き戻しのように、おれはおれと向かい合った。ついさっき、シャナちゃんからケンカしないでと言われたばかりだけど、この勝負だけはやめるわけにはいかない。言葉通りの手加減なし、真剣勝負で挑まなければ……！

「「さいしょは、ぐー！　じゃんけん……」」

流石はおれ、と言うべきか。

あいさつとばかりに突き出した拳のタイミングは、完璧に重なった。あとは、何を出すか。

単純な好みでいけば、おれはパーが好きだ。しかし、それは相対するおれも同じのはず。そして、おれがおれであるのならば、まったく同じ思考をしているに違いない。

パーに勝つなら、初手はチョキ。相手のおれも同じ考えの元で動いているとしたら、初手はグーでくる……

「「……ぽんっ！」」

と、見せかけて、あえてのパー！

「ちっ……」

「互角か」

出した手は、互いにパー。ここまで考えていることが一緒だと、もういい加減気持ち悪くなってくる。

「「あいこで……しょっ！」」

チョキとチョキ。

「「しょっ！」」

パーとパー。

「『しょっ！』」

グーとグー。

「……なあ、おれ」

「ああ、おれもちょうどそう思ったぞ、おれ」

これ、決着つかねぇな。

「どうする？」

「いっそのこと、シャナちゃんにどっちと行くか決めてもらうか？　それなら文句もないし」

「おいおい。そんなの、ぽっと出で増えたお前じゃなくて、昨日一緒に過ごしたおれを選ぶに決まってるだろ。なぁ、シャナちゃん？」

結果が見えている勝負を鼻で笑って、おれはシャナちゃんに判定を委ねたが、肝心の幼女はおれとおれを見比べて、少し悩んでから首を傾げた。

「ごめんなさい……どっちがどっちのお兄ちゃんかわからなくなっちゃった」

もぉおおおおおぉぉおお！

「おれが本物！　本物だよ！」

「諦めろ、おれ。傷跡まで一緒で見分けがつかないんだ。どっちが本物とか偽物とか、そういう話じゃないぞ、おれ」

「じゃあ、どうするんだよ？」

「とりあえず、コインでも投げるか。表が出たらおれがシャナちゃんと出かけて、お前が部屋で留守番。裏が出たらお前が出かけて、おれが留守番だ」

「なんでお前基準みたいになってるんだよ？　表がおれの外出、裏がおれの留守番にしろ」

「なにいちいち細かいこと気にしてるんだよ。どっちでも変わらないだろ」

「じゃあお前、表面譲れよ」

「いやだよ。さっきから言ってるけど、なんでおれが影みたいな扱いになってるんだよ。おれもお前もどっちもおれだからな？　本物だからな？」

「本物のおれなら譲ってくれるぞ。心広いから」

「本物のおれならこんな小さいことに拘らないぞ？　心広いから」

「……」

「……」

不愉快極まる自分の顔を見詰めて、大きく息を吸う。

「「じゃんけんっ！」」

「お、お兄ちゃん！」

また不毛な争いをはじめようとしたところで、シャナちゃんからのストップがかかった。

「私は、どっちのお兄ちゃんも好き……だから、二人一緒がいい」

「「よし、一緒に行こう」」

時間ズラして部屋から出ればなんとかなるだろ。

◇

「私、魔法が使えるの」

人目につくのがまずいなら、最初から人目がない場所に行けばいい。

村から出て、昨日教えてもらったお気に入りの場所まで来ると、ようやくシャナちゃんはぽつぽつと事情を話し始めてくれた。

「私の魔法は、さわったものを増やすことができて……だから、多分お兄ちゃんは私のせいで、二人になっちゃったんだと思う」

そう言われて、おれはおれと顔を見合わせた。

「そりゃすごい魔法だけど……」

「何の制限もなしに、人間までぽんぽん増やせるものなのか？」

と、言ったあとに、自分が馬鹿な質問をしていることに気付く。

シャナちゃんは、最初に会った時から二人いた。双子、なんて言って門番さんは誤魔化していたが、あれが自分の魔法で『増えた』もう一人のシャナちゃんだったのなら、簡単に説明がつく。

「お兄ちゃんが……私のはじめてだったの」

俯きながら、躊躇いながら、小さな女の子はそれでも懸命に言葉を紡ぐ。

「私、魔法使うの下手だから……いつも、なんでも好きなものを増やせるわけじゃなくて。他の人を増やせたのは……お兄ちゃんが、最初。ほんとに、はじめて」

「……ひとつ、聞いてもいいかな？」

「……うん」

「どうして、おれのことを増やそうと思ったの？」

魔法は、現実の理を曲げる力。超常の力。それでも、意思を持つ生き物が扱う力だ。

魔法がもたらす結果には、当然のことながら理由がある。魔法を使用する者の強い意思がなければ、その結果は目に見える形で現れない。

シャナちゃんの目尻には、またいつの間にか涙が溜まっていた。

「お兄ちゃんと、もっと、話したかったから……ここに、いてほしかったから……」

こんにちはってなに、と。この子はおれに聞いてきた。

それは、普段からあいさつをする習慣がないということ。この子に普通にあいさつをするエルフが、あの村に誰もいないということだ。

ハーフエルフという存在が、あの村でどのような扱いを受けているのか、おれは知らない。もしかしたら、他所者の目には入らないようにしているのかもしれない。

それでも、シャナちゃんがあの村でどんな思いをしているか。ぽろぽろと溢れる大粒の涙を見るだけで、想像するのは容易かった。

「ごめんなさい、ごめんなさい、ごめんなさい……私の魔法、気持ち悪いかもしれないけど……でも、シャナのこと、きらいにならないで」

「大丈夫」

「きらいになんてならないよ」

おれが明日には村を出て行ってしまうから。だから、村に残ってもらうために、もう一人おれを増やした……というのは、きっと正解の半分だ。

おれの前で泣きじゃくるこの子は、無表情なふりを装って、感情を表に出さないように努めていたこの子は……ただ自分の顔を見て、自分の目を見詰めて話をしてくれる人が、もっと欲しかっただけなのだろう。

「ほらほら、泣くな泣くな」

「むしろ、おれはシャナちゃんにありがとうって言いたいくらいだよ」

「ありがとうって……なんで?」

「そりゃあ、おれは勇者を目指してるからさ」

小さくて軽い体を、抱き上げる。

「おれは元々、一人でも世界を救いに行くつもりだったけど」

「そんなおれが二人も三人もいたら、全員で協力して、もっともっと早く世界を救えるかもしれない」

だから、

「ありがとう。きみの魔法は、本当に、とってもすごい」

「お兄ちゃん……」

握られた小さな手に、力が籠もった。

一瞬、何かが重なるような感覚があって、視界が揺らぎ、しかし次の瞬間には元に戻っていた。

「ん？」

妙な違和感と、嫌な予感があった。

「……」

右を見る。おれがいる。

「……」

左を見る。おれがいる。

「……」

もう一度、両隣を見直して、完璧に確認する。

おれの両脇には、おれが二人いた。

シャナちゃんは、もう言葉すら出てこないのか。小さな顔を真っ青に染めて、ぱくぱくと口を動かしている。

子どもは、褒めて伸ばせ、というけれど。

しかし、これはあまりにも成果が出るのが早すぎる。

「……おいこれ」

おれが呟く。

「……どうするんだ？」

おれが聞く。

「……どうするって言ってもなぁ」

おれが天を仰ぐ。

腕を組んで、おれは……いや、おれたちは唸った。

「「「まさか三人になるとは」」」

これ、もうおれたちだけでパーティー組んで世界を救いに行けるんじゃないの？

欲しいのは、あなたのすべて

状況を整理しよう。

「とりあえず、これからどうするかを決める」

「ああ」

「まかせとけ」

ここまで増えたら、もう驚かない。おれも開き直って今後の方針をおれたちと話し合うことにした。

「まず、三人全員が村に戻るわけにはいかない」

「そりゃそうだ」

「当然だな」

「お前ら、会話進まなくなるから、いちいち相槌打たなくていいぞ」

というか、返事しなくてもどうせおれ同士だから考えてることわかるんだよなぁ。

「そういえば、装備とかどうなってんの？」

「身につけているものは、そのまま増えてるぞ」

「ほんとに？」

「見た目だけじゃなくてパンツとかも増えてる」

「ほんとだ！」

「おいやめろ。ズボン下げるな。自分でも気色悪いんだよ」

「パンツまで増えるのはありがたいな。この前破れちゃったし」

「一緒におれが増えてるんだから、パンツが増えても何も変わらないんだよな」

「そうやって考えるとおれら、今同じパンツ穿いてるのか」

「なんかやだな」

「一緒に洗濯とかしたくないな。交ざるのもやだ」

「でも装備をある程度共有できるのは強いんじゃないか？」

「パンツは共有したくねぇよ」

「靴下もいやだ」

「パンツに比べれば靴下はセーフじゃないか？」

「パンツの話から離れろ」

とはいえ、増えたおれたちのパンツの有無は、わりと重要なポイントだ。

シャナちゃんの魔法は、増やしたいと思ったものを増やすこと。人間をそっくりそのまま増やしたことからなんとなく察しはついていたが、本人が認識していなくても、見えない部分や付属品……要するに、身につけている剣や衣服まで一緒に増やすことができるらしい。この場合、シャナちゃんはさっき宿で増えたおれではなく、剣などを身につけていたおれを増やした。だから、宿で増えたおれは剣を持っていないが、今増えたおれは剣を持っているというわけだ。うん、ややこしいね。

「まあ、おれはとりあえずここで待機してるよ。幸い、装備も一通り揃ってるし」

「いいのか？」

「ああ。どっちにしろ、明日にはもう村を出るだろ？」

流石はおれと言うべきだろうか。話が早い。考えが同じで助かる。

「じゃあ、おれも装備がないおれと一緒にいるわ」

「ちなみに、このあとの予定は？」

「長老さんと食事の約束がある」

「なら、最低でも村にもう一泊する感じになるな」

「明日の昼までに出発できれば問題ないだろ」

「じゃあ、それまでに方針を決めておく感じで」

「了解了解」

話がまとまったところで、俯いたままのシャナちゃんに声をかける。

「シャナちゃん。おれと村に戻ろっか」

またおれを増やしてしまったことを、気に病んでいるのだろう。

返事はない。視線も合わない。小さな手のひらが、おれの服の裾を掴んだ。

「……お兄ちゃん、明日、いなくなっちゃうの？」

「ああ。離れ離れになった仲間がいるんだ。あんまりゆっくりもしていられない」

「私、お兄ちゃんと離れたくない」

引っ張る力が、強くなる。

「お兄ちゃん、三人いるでしょ？　私が、増やしてあげたでしょ？　だから、一人だけでもいいから、私の側にいて」

それは本当に、何かを絞り出すような声音だった。

「私を、一人にしないで」

かわいらしい顔が、さらに下を向いて。どうしていいかわからずに、おれはやわらかい銀髪の上に、手を置いた。右にいるおれが、腕を組む。左にいるおれが、深く息を吐く。

おれたちは、黙って顔を見合わせた。

「シャナちゃん」

「おれは、明日には村を出ていく」

「これは変わらないし、変えられない」

打ち合わせたわけでもないのに、おれたちの声はきれいに重なった。

「おれたちは、いくら増えても結局おれだから」

「だから、世界を救いたいっていう気持ちは全員同じなんだ」

「一人だろうが、二人だろうが、三人だろうが、おれたちは絶対に世界を救いに行く」

むしろ人数が増えた分、もっと世界を救いやすくなった、と。おれはそう考えてしまっている。最初のおれが死んでも、まだ二人のおれが残っているなら、そこそこ無茶ができるな、なんて。そんなことを考えてしまっている。それくらい、おれにとって魔王を倒して世界を救う、というのは大切な目標だ。

この村に残って、シャナちゃんの側にいてあげる。そんな選択肢は、この場にいるどのおれの中にも存在しない。

「だからさ」

「シャナちゃんに提案があるんだ」

「提案?」

「うん。シャナちゃんが一人にならない、おれと一緒にいられる方法」

昨日、シャナちゃんが教えてくれた花が目に入った。この場所でしか咲けない、この森の土でしか育つことができないと言われている、銀色の花。

でも、それはそう言われているだけで、実際に試してみなければわからない。

膝を折って地面につく。これだけはしっかりと、目線を合わせて、おれは逆に問いかけた。

「おれと一緒に、冒険に行かないか?」

ぴくん、と。肩が跳ねたのがわかった。

「もちろん、今すぐに決めなくていいよ。おれが村を出るまでに、決めてくれればいい」

その言葉は、今のおれが、この子に伝えられる精一杯の気持ちだったけど。

結局、村に着くまでシャナちゃんはおれの手をぎゅっと握って離さないまま、目を合わせようとはしなかった。

◇

村を出る前に、まだ確かめたいことが残っている。じっくり聞き込みをしている時間はないので、事情を知ってそうな人物に、単刀直入に尋ねることにした。

「もしかしてシャナちゃんは、魔法を使えるんですか？」

時刻は夜。場所は、おれを歓迎する食事の席である。

長老さんは、約束をきっちり守る人間……もとい、エルフであるらしい。昨日の言葉通り食事に招かれたので、ちょうどよく二人きりになれたタイミングを見計らって、こちらから切り出した。

深く皺が刻まれた瞼が、大きく持ち上がる。食事の手を止めた長老さんは「ほほぅ」と呻いた。

「よくお気づきになったものだ」

「気づくも何も、見てしまったので」

何を増やした、とか。

どこで見せてもらった、とか。

そういう余計なことは、自分からは言わない。とりあえず『シャナちゃんは魔法が使える』という情報を元手に、かまをかけてみた。

どうやら、うまく釣れたらしい。

「驚いたでしょう？」

「はい。びっくりしました」

「しかし勇者殿も、魔法をお持ちだと伺っています。同じ奇跡をその身に宿しているのなら、そこまで驚くこともないのではありませんか？」

耳聡いな、と思った。

「おれの魔法は、そんなに大したものじゃありませんよ」

「機会があれば見てみたいものです」

「……そうですね。まぁ、機会があれば」

歯切れの悪さを察してくれたのか。ふむ、と長老さんはあごひげに手をやって、話を戻した。

「それで、何を増やすところを見たのですかな？」

「……果物です」

これは真っ赤な嘘だ。

しかし、長老さんはおれの適当な答えを気にする様子もなく、うんうんと頷いた。

「シャナの魔法は、触れたものを増やすことができるのです。もちろん、なんでもかんでも自由自在に増やせる、というわけではないのですが……我々も、あの子の魔法には大いに助けられています」

「……間違っていたら申し訳ないのですが、シャナちゃんは『自分』も増やすことができるのではありませんか？」

「ほほう。未来の勇者殿は、良い目をお持ちだ」

「おれは最初に、二人でいるシャナちゃんと会っています。あそこまでそっくりなら、すぐにわかりますよ」

否定されるかと思ったが、あっさりと肯定された。

「左様。シャナは人間も増やすことができます」

魔法は、現実の理を捻じ曲げる超常の力。

その力を理解し実際に体験していても、こうもあっさり認められるとなんだか拍子抜けしてしまう。

「……では、シャナちゃんは、何人いるんですか？」

さらに、突っ込んだ質問をしてみる。すると、間髪入れずに答えが返ってきた。

「四人です」

おれが実際にこの目で見たのは、二人だ。

それが本当なのか、嘘なのか。残念ながら、おれには確かめる術がない。

質問を重ねるしかない。

「おれが会ったシャナちゃんは、二人だけです。他のシャナちゃんは普段、何をしているんですか？」

「勇者殿が顔を合わせているシャナ達は、よく村の仕事を手伝ってくれています。他の二人は、社交的な性格ではないので、部屋に籠もって魔術の研究に精を出しております」

おれがまだ会っていない二人は、社交的な性格ではない。おかしな話だと思った。

「元は同じ存在なのに、性格が違う？」

「もちろん、増えた直後は同じです。あの子の魔法は完璧だ。身も心も、すべて同じ自分自身を増やすことができます。しかし、人間という生き物は経験や境遇によってその在り方を変える。在り方が変われば、好みや性格に変化が出てくるのは当然のこと。あなたが会ったシャナも、髪の長さが違ったでしょう？」

たしかに。あの二人は、髪の長さで外見の区別がつく程度に、違いがあった。

「あの子たちは、魔法で増えてからもう三年ほどになります。同じものを食べ、同じように生活していても、細かな違いが出てくるのはむしろ自然なことだと思いませんか？　事実、あなたに懐いているシャナは、他のシャナに比べて、花が好きなようだ」

「……質問ばかりで恐縮なのですが」

「どうぞ、勇者殿」

「無礼を承知でお聞きします。シャナちゃんは、この村にあまり馴染めていないように見えます。長老さんは、そのことについて、どのようにお考えですか？」

本命の問いかけを、ぶん投げた。

灰色の瞳に、今までとは別の色が浮かぶ。

「そう見えますか？」

「そう思えます」

客人であるおれに気を遣ってか、村のエルフが露骨な対応を見せることは少なかったけれど、シャナちゃんがろくな扱いを受けていないことは明白だった。

「……あの子には、人間の血が混じっている」

「はい」

「加えて、魔法の力も持っている。我々は、魔術に精通した種族です。その術理を知り尽くしているからこそ、得体の知れない魔法の力に恐怖する者も多い」

自分たちと違うものは、こわい。

自分たちに理解できないものは、もっとこわい。

種族こそ違えど、人間もエルフもそれは変わらないようだった。

「シャナは、自分の魔法を理解はしていますが、まだ正しくコントロールすることはできていません。先ほども言った通り、我々もあの子の魔法には助けられています。ですが、唐突に二人に、三人に増えるあの子のことを、完全に理解できているわけではない」

「だから、自分たちのために都合良く利用しながらも、疎んじるんですか？」

それまでゆったりと飲んでいた杯の中身を、長老さんは一気に呷った。

「……勇者殿。恥を忍んで頼みたい」

おれよりも遥かに長い時間を生きてきたエルフの長は、躊躇いなく頭を下げた。

「あの子を……シャナを、村の外に連れ出してはいただけませんか？」

何を言われるか。何を問われるか。

ある程度、会話のカードを用意してから席についたつもりだったのに、それは思ってもない提案だった。

「我々がシャナを同じ名で呼ぶのは、あの子をどう扱っていいかわからないからです。村を預かる長として、情けないことを言っているのはわかっています。ですが、あの子はきっとこの村では幸せになれない」

「……だからおれに預ける、と？　おれはまだガキですよ。しかも、目指しているのは魔王の討伐です。シャナちゃんの幸せを簡単に保証はできません」

「だからこそ、です。あなたは若く、これから多くのものに触れ、多くのことを学ぶでしょう。それはきっと、シャナにとって新しい自分を形作る、かけがえのない経験になるはずだ」

そもそも、と。長老さんは言葉を繋げて、

「自分とまったく同じ存在が側にいて、幸せになれると思いますか？　己という存在のアイデンティティーが、保てると思いますか？」

「それは……」

「答えは急かしません。村を出るまでに、決めていただければ結構です」

「……わかりました」

食事が終わるまで、おれはもう長老と目を合わせることができなかった。

よかった。今日は寝ている。

彼が眠っている寝室の扉を開いて、シャナはほっと息を吐いた。

穏やかな寝息の側に、歩み寄る。そこは昨日、シャナが一緒に眠ったベッドだ。

昨日は、彼の話を聞きながら、ひさしぶりにぐっすり眠れた。いや、本当の意味で安心して寝ることができたのは、生まれてはじめてかもしれない。

——おれと一緒に、冒険に行かないか？

そう言ってもらったことが、うれしかった。

なぜだろう。

きっとこの人なら、自分のことをずっと見ていてくれると思った。

離れてほしくない。いなくなってほしくない。すぐ近くで、笑っていてほしい。

「……お兄ちゃん」

だから、一緒にいるために。

このお兄ちゃんは、殺さなくちゃ。

「ごめんね」

ナイフを抜いて、寝ている男に突き立てる。命令されたのは、シャナにもできる簡単な作業だった。

暗闇の中で、少年の体が強張る気配がした。

「……長老が、言ったの。約束、してくれたの」

彼に、シャナは言い聞かせる。

自分に、シャナは言い聞かせる。

「私が、お兄ちゃんを三人に増やしてあげたから。だから……だからね？　一人は殺して長老に渡して、一人は私のお兄ちゃんにして、一人は世界を救いに行けばいいって。長老が、教えてくれたの」

命は、かけがえのないもの。失ってしまえば、決して取り返しのつかないもの。そう考えることができるのは、命に唯一性があるからだ。

同じ母親の腹から、どれだけ顔が似通った双子が生まれようと、その中に宿る心は違う。この世に、まったく同じ命は存在しない。

「三人もいるんだから、一人くらい……いいでしょう？　お兄ちゃん」

誰もが持つそんな当たり前の価値観を、魔法は簡単に歪めてしまう。

外見も、心も、すべてが同じ命すらも増やす。増やすことができるなら、それはもう替えの利く消耗品だ。欲しいと思ったなら増やせばいい。他にも欲しい人間がいるのなら、増やして渡してしまえばいい。

けれど、少女の不幸は、そんな魔法を持って生まれてきたことではない。

それを間違いだと正す者が、周りに一人もいなかったことだ。

「一緒に、いようね」

シャナは、きっとこれから好きになる男の体に、もう一度ナイフを押し込んだ。

勇者、がんばる

くすぐったくて、目が覚めた。

「え？」

閉じていた目を開けると、めちゃくちゃかわいい女の子がナイフを握りしめて、おれの上に馬乗りになっていた。どこからどう見ても、完全に事案である。どうやら、おれは寝込みを襲われて刺されそうになっていたらしい。

目は口ほどにものをいう。きれいな色の瞳は、動揺で揺れていて。その中に、おれの顔が映っていた。

うーん。わりとひどい顔をしているな……やれやれ。

「……！」

また、ナイフが振り下ろされた。殺すつもりで刺してきた、というのはわかる。

しかし、刺さらない。おれの肌は、非力な力で振るわれる刃を、簡単にはじいた。

「なんで……？」

「ん？　勇者だから」

「……勇者は、ナイフ刺さらないの？」

「うん。勇者だからね」

シンプルに答えて、ナイフを払い除けて起き上がる。おれが力を込めると、華奢な体は簡単に倒れて、上下が逆転した。

「長老に言われた？　おれを殺せって」

「……」

「うん、わかった。言いたくなかったら、言わなくてもいいよ」

瞳の色が、滲む。

ああ、この子は最初から泣いていたんだな、と。今さらながらに気がつかされる。

鈍感野郎、とアリアにまた怒られそうだ。これは反省しなければなるまい。

「……ごめんなさい」

掴んだ手首の、脈が早くなる。

人間の声って、こんなに震えるんだな、と。やけに冷めた頭で思った。

おれの中に、二種類のおれがいる気がする。

泣いている女の子の頭を撫でて、今すぐにでも安心させてあげたいおれと。

殺されかけたなら、相応の対処をすべきだと警告を告げるおれだ。

「私、お兄ちゃんに、側にいてほしくて。お兄ちゃんが、ほしくて、だから」

声音に嘘はない。しかしその言葉は、吐き気を催すような矛盾を孕んでいた。

こんなにも熱く求めながら、殺そうとする。

こんなにも涙を流しながら、強く欲する。

その致命的な食い違いの原因は、きっと本来この子の中にはなかったもので。この子の体に宿ってしまった魔法と、それを利用しようとした汚い大人たちが、この子をこんな風にしてしまって。

「ごめんなさい」

繰り返される空虚な謝罪に、耳が痛む。

この子は『おはよう』は知らなかったのに『ごめんなさい』は知っているのだ。

もしかしたら、穏便に済むかもしれないと思っていた。この子を連れていくか、と聞かれたから。

だから、なんとかなるかもしれないと思っていた。

「ごめんなさい。ごめんなさい。ごめんなさい。私、お兄ちゃんのこと、殺そうとしちゃった」

でも、甘かった。

「だから、いいよ。私のこと、殺していいよ」

すべて、おれが甘かった。

「殺そうとしたから、殺されるのは……当然だと思うから。大丈夫。私、今までもたくさん死んでるから。慣れてるから」

増やしてしまえば、代わりがいる。だから、大丈夫だと。

おれよりもずっと小さい女の子は、そう言っていた。

「だから、私を殺していいから……私のこと、きらいにならないで」

わからない。

この子が言う『私』とは、一体誰のことを指すのだろう？

この子はきっと今までもたくさん増やされて、使い捨てられて。そしてこれから先も、いくらでも増えて、周りの都合で使い捨てられていくのだろう。

おれは良い。これから世界を救いに行くのだから、いくら魔法があっても困らない。どんな魔法でも欲しい。

アリアだってそうだ。己の魔法を見詰め直して、研鑽し、懸命に自分の力にしようとしていた。

それはいい。それは、問題ない。

でも、こんな小さな女の子に、こんな残酷な魔法を与えるのは、やはり間違っている。

奪わなければ、ならない。

「シャナちゃん」

ナイフは、手の届く距離にあった。

「おれの魔法は……殺した相手の力をもらうんだ」

「え？」

手を離して、立ち上がる。床に落ちていたそれを、拾い上げる。

実際に持ってみると、抜き身の刃は予想していたよりも重かった。でも、まだ軽い。

だからおれは、ナイフをベッドの上に置いて、自分の剣を引き抜いた。より効率的に人を殺すために作られた刃の切っ先を、少女に向けた。

「正直に言う」

身に纏う空気が変わったのを、理解したのか。小柄な体が、まるで獣から逃げるように、後退った。でも、扉には鍵がかかっている。外には出られない。

そう。人間は、心臓を一突きすれば、簡単に死ぬ。

「おれは、きみの魔法が欲しい」

剣を、突き立てる。

彼女の呼吸が、止まる。瞬間が、永遠に感じられるように、静止した気がした。

「っ……が」

シャナちゃんの、背後。

おれが突き立てた剣は、扉の向こうで聞き耳を立てていた不届き者に刺さったようだった。血反吐を吐いて、倒れ込む音がした。

とんとん、と。肩を軽く叩く。シャナちゃんの止まっていた呼吸が戻った。

「……はっ……はっ」

「驚かせて、ごめん。脅すようなことをして、本当にごめん」

ぽろぽろと、また瞳から雫が落ちる。でもその涙は、さっきまでとはまた種類の違う涙だった。絞り出すような冷たさではなく、自然と溢れるような温かさがあった。

頬が、興奮で赤くなっている。薄い胸が、上下に揺れている。

おれの目の前で、この子はたしかに生きている。

「でも、どう思った？」

「……どう、って」

「死にたくないって。そう思ったでしょ？」

わかってほしい。

その気持ちに、替えなんて利かない。

「それは、きみだけのものだ。きみだけの命だ。だから、いくら増やせても、簡単に捨てちゃいけない」

わかってほしい。

今を生きている自分に、代わりなんていない。

「おれが助けたいのは、きみだ。シャナ」

おれは、世界を救うために、この子の魔法が欲しい。

だから、おれの都合で、おれがこの村から奪う。そう決めた。

もう一度だけ、手を伸ばす。

「おれと一緒に、来てくれる？」

返事はなかった。伸ばした手は掴まれずに、胸の中に飛び込まれた。震える背中をさすって、抱き止めた小さな体を持ち上げる。

これが、おれが抱える命の重さだ。

「よし、行こうか」

◇

子どもに殺しを任せて、それで安心するような馬鹿はこの世にいない。

夜闇に紛れて、エルフの戦士達は、勇者の寝所を取り囲んでいた。

「出てこないな」

「部屋の前にも、一人置いていたはずだが」

舌打ちと、嘲るような笑いが混ざる。

元より、シャナが失敗することは想定済みだ。だからこそ、彼らは年若い勇者を、こうして待ち構えている。

「あのガキ、強いのか？」

「さあ？　ただ、王都では『勇者の再来』なんて持ち上げられて噂になっていたとか」

「人間の話だ。我々にはわからんよ」

「どうする？　踏み込むか？」

「いや、出てきたところを狙えばいい。どうせ」

どこにも逃げられはしない、と。

最も前で弓を構えていたエルフの言葉は、最後まで続かなかった。その顔の中心に、寸分違わず銀色のナイフが突き刺さったからだ。

「は？」

反射的に短剣を構えたエルフは、しかし仲間の顔面に突き刺さったナイフの柄に見覚えがあった。

それは、彼があの勇者の少年を殺させるために、シャナに持たせたナイフだった。

顔を上げて、息を呑む。少年の部屋の窓が、薄く開いている。

「……構えろっ！　気づかれているぞ！」

そして、その言葉を最後に、彼もまた絶命した。

窓から弾丸のように飛び出してきた影が、無造作に頭を踏み砕く。胸を剣で貫きながら、有り得ない素早さで地面に着地する。悲鳴を残して逝くことすら許されず、脱力した腕から槍が落ちた。

「……ッ⁉」

エルフの戦士の判断は素早かった。一瞬で死体になった仲間には目もくれず、少年に向けて大剣の刃を横に薙ぐ。獲った。そう思った時には、太い両腕が、肘から切り離されて宙を舞っていた。

可動域を離れた腕と、感覚の喪失。それらの理解が追いつくと同時に、鮮血が噴き出した。少年の右手には、既に拾い上げた槍が握られており……驚愕と痛みに歪む顔面が絶叫をあげる前に、口の中に差し込まれた刺突が、声と意思を奪い去った。

たった十秒足らずで血袋に変化した仲間達を見て、ようやくエルフが声を発した。

「な、なんのつもりだ！　我々は……」

「今さらそれは無理があるだろ」

声を発することが許された、と言った方が正しかったかもしれない。

しかし、その言い訳を最後まで聞かずに、少年は死体から引き抜いた剣を回して、首を刎ねた。

これで五人か、と。確認するように呟く。

「いいや、六人だ」

直上。仲間が殺されても機会を窺っていた狡猾なもう一人が、巨大な斧を薪割りの要領で振り下ろした。

エルフには、人間にはない特徴がある。背中から生えた、虫のような翅。それは当然飾りなどではなく、空中を自由自在に駆け、人間の戦士とは異なる立体的な戦闘を可能にする。

そもそも、人間の警戒が最も薄くなると言われているのが、頭上という死角。人である以上、少年もそれは例外ではなかった。

避けることはもちろん、反応することすら叶わず、少年の頭に、薪を割るように分厚い刃が直撃する。

「あ……あぁ!?」

ただし、その少年はただの人間ではなく、勇者だった。

近接戦を得手とするそのエルフにとって、直上からの奇襲は完璧なタイミング。頭どころか、股の下まで裂けて真っ二つになってもおかしくはないほどの、全力の振り下ろしであった。にも拘わらず、エルフが感じた手応えは、まるで鋼鉄の塊に斧をぶつけたようなもので、

「な、なんだお前……!」

「勇者だ」

ぐりん、と。頭で刃を押し返した少年は、軽く話しかけるような気安さで斧を持つ腕を掴み、中

ほどからへし折った。と、同時に開いた手のひらで顔面を掴みこみ、前に突き出す。

　さながら身を守る盾のようになったそのエルフの体に、前方から三本の矢が突き刺さった。顎が絶叫で開きかけたところを見るに、おそらく毒矢なのだろう、と。判断した少年はまだ息のある盾を矢の方向に向けて投擲した。次に右手の槍を、最後に斧を回転をかけて放り投げる。それらはまるで自分から吸い込まれるかのように、樹上に息を潜めていた射手達に命中した。

「……バカな」

　槍が心臓に突き刺さり、斧に頭を割られた二人が、呆気なく息絶える。仲間の体をぶつけられた一人だけは、潰れたカエルのように地面に落下して呻いた。

「くそっ。なぜ、こちらの場所が……」

　立ち上がろうと地面についた手のひらを、刃が貫いて縫い止める。

「ぎっ⁉」

「仲間は？　あと何人いる？」

　どこまでも冷たい声だった。

　問いかけと共に、ねじ込まれた剣が回る。だが、エルフは少年を睨めつけて言った。

「……人間如きが、図に乗るなよ」

「わかった」

　頷いて、首を落とす。

「まだ、いそうだな」

勇者とは、魔王を討つ者。人々を導き、救う者。

それが敵に回るということが、何を意味するか。彼に刃を向けるエルフ達は、身を以て知ることになる。

◇

エルフの血の匂いも、そんなに人間と変わらないらしい。うれしくない発見だ。

ふっと息を吐いて、鉄臭い空気を肺の中に入れる。

おれを待ち構えていた集団は片付けた。あとは、親玉が残るのみ。

わざとゆっくりと、振り返る。気配の主は、おれが気がつくのを待っていたようだった。

長老（クソジジイ）が、立っていた。

「……いつから、生かして帰す気がないと気がついていた？」

「なんとなく、価値観が違うなって思った」

笑顔と言葉で、それは巧妙に取り繕われていたが、違和感は拭いきれなかった。

「夕食の席の時。あんた、シャナのことを思い遣るような言い回しをしてたけど、一度もシャナのことをエルフって言わなかったんだ」

人間、とだけ言っていた。村の誰もが、一度たりともシャナのことをエルフとは呼ばなかった。

自分たちと同じ種族だと言わなかった。それが、もうそのまま答えだ。

付け加えれば、やはり最初からこの老獪はおれの体を……魔法を目当てにしていて、逃がす気など毛頭なかったのだろう。

「シャナは連れて行く。あんたを殺しても」

「良い威勢だ。しかし、これを見てもそう言えるかね？」

無造作に、長老は右腕を振って、地面に何かを放り捨てた。

それは、死体だった。見覚えのある剣は折れていて、見覚えのある服装はボロボロになっている。

なにより、見覚えのある顔が、恐怖で歪んだまま固まっていた。

「わしが殺した」

——おれの、死体だった。

「……そっか」

この老人はどうやらおれを殺せるらしい。状況は、明らかに悪化した。

でも同時に、少しだけ良かったとも思った。

自分と同じ存在を、殺される。シャナの気持ちがわかるようになったから。

「自分の敵討ちをさせてもらえるなんて、貴重な体験だ」

救いたいのは、きみのすべて

魔術戦において、情報はある種最大のアドバンテージである。

扱う属性、得手とする攻撃距離。それらを知られるだけで、戦闘の有利は簡単に覆る。

故に、魔術を扱う人間の戦闘の鉄則は、一つ。先手必勝だ。

「やはり若者は威勢がいいな」

「うっせぇ」

跳躍、接近。一太刀で首を落とすつもりで、剣を振るう。

だが、おれが横に薙いだ刃は、クソジジイの首を捉えることができなかった。手応えのないその感触に舌打ちする。

「飛べるのか、その翅で」

「飛べるのさ、こんな翅でもな」

回避された、というのは正確ではない。厳密に言えば、刃が届く範囲から逃れられた、と言った方が正しい。

顔を上げ、天を仰ぐ。

まるで枯れ枝のような老体が、風に攫われて浮いていた。地面から両の足を離して、エルフの長は宙に浮かんだまま、静止している。

エルフが飛べることそのものに、驚きはない。さっきの戦士も、おれの頭上を取って奇襲してきた。ただ、あの明らかに衰えきった翅で飛べるのは、完全に予想外だ。

しかし、剣が届かないからといって、やりようがないわけではない。

「・・・」

「コール」

その名を呼ぶ。

「——ゲド・アロンゾ」

思い出して、行使する。

体の内側から、魔法を引き出す、独特な感覚。

「『燕雁大飛（イロフリーゲン）』」

エルフの戦士たちが使っていた武器を拾いあげ、クソジジイに狙いを定める。瞬間、おれが触れた武器に、魔の力が宿る。

ナイフと剣を、投擲。物理法則を無視して回転するそれらは、まるで吸い込まれるかのように、目標に向かって飛翔する。

「ああ……投げたものが必ず当たる魔法だったな」

だが、阻まれる。

浮遊する老人の、さらに頭上から舞い降りたのは、重装騎士が携えるような大盾だった。ジジイの体と同様に宙を舞う鉄の塊が、投擲したナイフと剣をあっさりとはじきとばす。

身を守る盾を周囲に回転させながら、老獪は笑う。

「それは、さっき見た」

やはり、というべきか。

魔術戦において、情報はある種最大のアドバンテージである。

そして、魔法戦における情報の重要性は、魔術戦のそれよりもさらに上。すでに息絶えているおれは、きっと持てる力を以てあのジジイに抵抗し、手持ちの魔法を駆使して、全力を尽くした上で殺されたのだろう。

つまり、おれが所持している魔法が、すべて把握されているかもしれないということだ。

「では、反撃させてもらおう」

軽い声と同時に、それらは降ってきた。

「……ちっ！」

人が抱えられない質量の、岩。

おそらく砂岩（さがん）系の魔術に分類されるであろう塊が、十数発。着弾と共に、地面を揺らす。

避けられなかった。直撃だった。

「コール──シエラ・ガーグレイヴ」

とはいえ、おれは落石が全身に直撃した程度では死なない。

「『百錬清鋼（スティクラーロ）』」

衝撃は気合で耐える。砕けた石の粒を、払い除ける。

もちろん、痛みがなかったわけではない。粉塵を掻き分けて、喉もとにこみ上げてきた血の塊を、地面に吐き出した。クソジジイは、おれを見下ろしたまま目を細める。

「体を鋼に変える魔法だな。ナイフはもちろん、剣も斧も通さない。実に優れた防御魔法だ。不意打ちで死ぬこともない」

だが、と。

長老はいやらしいほど間を置いて、言葉を紡いだ。

「なによりも素晴らしいのは、他者の魔法を奪い、自由自在に操る……きみ自身の魔法だ」

まるで足元の虫を相手にしていたかのような口調に、はじめて明確な熱が宿る。

「素晴らしい……素晴らしい素晴らしい！　本当に、実に素晴らしい！　複数の魔法を自在に操る魔法使いなど、聞いたことがない！　直接目にして、戦って、殺してみたあとでも信じられない！ああ……っ！　きみは本当に、噂と違わぬ勇者殿だ」

噂と違わぬ勇者殿だ。

最初に出迎えられた時と同じ言葉を言われて、痛みからくるものとは違う吐き気を催しそうになった。

「正直に言えば、きみを一目見たときからその脳髄を開いてみたくて堪らなかった。臓物の色を、一つ一つ確かめてみたかった。きみの体に宿る神秘を知ることができれば、魔法という魔術とは異なる力の真実が、きっと解き明かされる。この世すべての魔法を手にすることも、夢ではないだろう」

「ジジイの与太話に興味はない。体をいじりたいなら、そこの死体を使ってくれ。調べ放題だろ」

「………………ふむ、それもそうだな」

深く考えたわけでもない、脊髄反射で返した悪態。

けれど、それを聞いた老人は少し考え込む様子を見せて、髭を撫でながら言った。

「ならば、やめよう」

「は？」

次にどう動いて、どのように相手の息の根を止めるか。会話に付き合って時間を稼ぎつつ、それだけを考えていたおれは、耳を疑った。

何を言われたかは、わかる。でも、どうしてそんなことを言われたのかが、わからない。

「いや、きみの言う通りだと思ってな。未来の勇者殿。もう、きみの死体は手に入れた。べつに、わざわざ骨を折って三人目を殺す必要もあるまい」

さらり、と何の事も無げにクソジジイはそう言ったが、それはつまり最初に増えたおれも殺されている、ということで。

「……つまり？」

「見逃してやろう」

生きるか、死ぬか。

選択の瀬戸際に立たされたおれにとって、それはなんとも魅力的な提案だった。

「理由は？」

「才能に満ち溢れた未来ある若者の命を奪うのが惜しい……とでも言えば信じるかね？」

「いいや、全然」

「だろうな。わしも正直、人間の命はどうでもいい。が、我らエルフとて同じ世界に生きるもの。闇に包まれつつある世界を、憂う気持ちはある」

もはや本性を隠そうともしないのが、いっそ清々しい。しかし、何も隠そうとはしていないからこそ、今この瞬間だけは語る言葉に嘘が含まれていないことがなんとなく伝わってきた。

「きみは思う存分、その魔法を成長させ、研ぎ澄まし、魔王を倒して、世界を救ってくるといい。そこにいるシャナも連れてな」

まずいな、と思った時にはもう遅かった。

「私、も……？」

あれほど隠れているように言い含めたはずなのに、小柄な銀髪が物陰から顔を出す。

思わず舌打ちしそうになったが、釣り下げられた甘いエサに反応するな、という方が無理な話だ。それだけ、クソジジイの提案が魅力的な証拠でもあった。

「長老様……いいの？　私、お兄ちゃんと一緒に、冒険に行っていいの？」

「ああ、いいとも。どうせ、まだ里にお前の代わりはいる。これからお前は、いくらでも増える。彼と一緒に、この村の外で生きていくといい」

意外にも、シャナを見下ろす老人の瞳には、労りがあった。声音はぬるく、そのまま浸かれば引き込まれるような優しさを含んでいた。

ただし、それはどこまでいっても、人間に対する言葉ではなかった。

いくらでも代わりがいる、いくらでも新しく作ることができる、消耗品をゴミ箱に放り捨てる前に、ほんの少しだけ名残惜しくなるような、そんな感情の向け方だった。

「……シャナ、戻れ。隠れてろ」

短く言って、老人を見上げる。

「魅力的な提案だ。見逃してくれるならありがたい」

「ふむ。賢明な判断だ。きみは幸運だったな。わしと会うのが最後だったおかげで、殺されずに済む」

「ああ、そう思うよ。土産代わりに、最後に質問をしていいか？　長老殿」

「わしに答えられることなら、良いとも」

「じゃあ聞こう。あんた、シャナを今まで何人殺した？」

「そんなこと、覚えているわけがないだろう」

ほんの少しでも、あの子に情があったか、なんて。

悪辣の中にほんの一匙の善性を期待していたわけではない。

「……とか。そういう返事を、望んでいたのかね？」

それでもやはり、返答はバカみたいなおれの期待よりも、ずっとずっと黒い感情に塗れていた。

「もちろん、すべて覚えているとも。最初にアレが生まれてから、ずっとずっと……世話をして、管理してきたのが誰だと思っている？」

おれの問いの意図が、どこにあったのか。

「喜びも悲しみも苦しみも。魔力を絞り尽くされて、息絶える瞬間の涙の一滴まで……アレから排出されるすべてがエルフという種族の財産だ。記録し、保管し、この頭の中に焼きつけているに決まっている」

見透かすように、嘲笑された。

「アレは貴重な魔法だ。世界を変える魔法だ。いくら調べ尽くしても、興味は尽きない。しかし……使い潰してきた数をきみに教えてやる義理はないな。それもまた、貴重な資料なのだから」

「ああ、よくわかったよ」

どこまでいっても、そういうことだ。

人間とエルフでは、価値観が違う。

おれがシャナを連れて行っても、また別のシャナがこの村で死んでいくことになる。

そんな事実を許容して、のうのうと世界を救いに行くおれを……死んでしまったおれは許さないだろう。

「シャナを全員解放しろ。それなら、この村から出て行ってやってもいい」

「やれやれ。一人だけならくれてやると言っているのに。少年……強欲は、身を滅ぼすぞ」

「強欲、大いに結構」

ちびっ子をたくさん連れて戻ったら、アリアにはなんて言われるだろうか。きっと「旅は遠足じゃないんだよ！」とか言いながらも、文句たらたらでお世話してくれるに違いない。

おれはまだガキで、あの子に対して、何の責任も持てないけど。幸せにしてやると、断言することはできないけど。それでも、道具としてではなく、人間として彼女の隣に立つことだけはできるから。

「これから世界のすべてを救いに行くんだ。欲が深いくらいじゃないと、勇者なんて名乗れない」

「……なら、仕方ない。死んでくれ」

どうやらここが、おれの甲斐性の見せ所らしい。

◇

威勢よく啖呵を切った少年の最初の行動は、結局のところ先ほどまでと同じだった。

地面を這いずり回って、武器を拾い上げる。その行動を見下ろして、エルフの長は嘆息する。

(惜しいな)

若者らしい蛮勇だと思う。

センスはある。研鑽も年齢を考えれば、十分過ぎるほどに積んでいる。そして、身に宿す魔法はこの世の理を根底から覆しかねないもので。ともすれば、あの少年はあの魔王を打ち倒し、世界に光をもたらす存在になれるのではないか、と。エルフの長は、たしかにそう思った。

だから、見逃そうと考えたのだ。シャナの一人は貴重なサンプルだが、またいくらでも補充できる。くれてやることに、不満はなかったのだが……。

「本当に、残念だよ」

殺してしまおう。

少年を見下ろして、長老は手をかざす。喉をからして叫ばなければ声が届かない高さまで、さらに高度を上げる。

間合いのアドバンテージは、最初から最後まで、こちらにある。自分は飛べる。少年は飛べない。いくら足に魔力を流して強化したところで、人間の跳躍力には限界があるのだ。唯一、届く攻撃手段は、先程のような武器の投擲のみだが、それはこちらの魔法で防御に用いる大盾で十分防げる。

故に、エルフの長は余裕を持ったまま、少年を殺す方法を思案していたが、

「あ？」

眼下の光景に、思考の停止を自覚した。

膝を曲げ、地面を踏みしめて。

少年の体勢は、その構えは、まるで「そこまで届くぞ」と、声なく告げているようで。

事実、次の瞬間に弾丸の如く飛翔した体は、あまりにもあっさりと空中を駆け上がった。

「いつまで、上からもの言ってんだ」

囁くような、声が聞こえた。

振り下ろされる斧と体の間に、咄嗟に盾を挟み込む。それでも、少年はその上から斧を叩きつけた。

結果、長老の体は垂直に落下し、大地に叩き落される。

「あっ……が⁉」

胸を打ちつけた衝撃で、胸の中から空気が漏れ出した。

「やっと同じ目線になったな」

自分を見下ろす、声が聞こえた。

「あんたは最初から大嘘吐きだ。そんなくたびれた翅で、若いエルフみたいに飛べるわけがない」

――飛べるのか、その翅で
――飛べるのさ、こんな翅でもな
交わした言葉は、どちらも欺瞞だった。

ある意味、当然だ。最初から、どちらにもわかりあう気などなかったのだから。

「自分自身と触れたものを浮かせる。そういう類いの魔法だろ？」

口の中の砂利を噛み締めながら、顔を上げる。

大盾を地面すれすれの高さまで下げ、追撃を警戒しながら、それでも老いたエルフは精神的な優位を保つためだけに、言葉を紡いだ。

「……よく、見破ったな」

「ああ。逆に、こっちの魔法は全部知られてるわけじゃないみたいだな。安心した」

「……ッ」

理解する。

世界を救う。そんな大言壮語を当たり前のように口にし、当然のように成し遂げようとする人間が、普通であるはずがない。

一度、二度、殺せたとしても。三度目まで、黙って殺されるとは限らない。

「言われた通り、おれは強欲だよ」

ここに至って、エルフの長は理解する。

奪ったつもりでいた。見下ろし、上に立っているつもりでいた。

「あんたのそれは、とても良い魔法だ」

違う。

アレは、最初から自分を獲物として見ている。

「クソジジイにはもったいない。おれに寄越せ」

命と魔法を。

奪うか。奪われるか。

「……若僧が」

人間とエルフ。

異なる種族の魔法使いの、殺し合いがはじまる。

その勇者、未だ最強ではなくとも

不意打ちで地面に叩き落されたとはいえ、老人の立て直しは早かった。重力も慣性も一切を無視して、枯れ枝のような体が不自然に浮き上がり、再び上昇。距離を取る。

その動きを見ながら、少年は思考する。エルフの長の魔法は、物体の浮遊に関連する能力でほぼ確定したといっていい。だが、まだ疑問は残っている。自身を含めた物体を自由に浮遊させる……たしかに強力な魔法だが、それだけで『百錬清鋼（スティクラーロ）』によって体を硬化させた自分を殺せるとは思えない。

（浮遊の魔法以外に、何かもう一手。おれを殺した隠し玉がある）

それを見極めなければ、あのクソジジイには勝てない。無策で挑んでも、あそこに転がっている死体が二つに増えるだけだ。

考えをまとめつつも、動きは止めない。暗闇の中を、少年は疾駆する。

そして、思考を回しているのは、そんな彼を見下ろす老人も同じだった。

(……想像以上の跳躍力だった。先ほどは身体能力を見る前に殺してしまったが、認識を改めるべきだな)

エルフ族は、そもそも魔力の扱いに秀でた種族である。村を守る屈強で若い戦士達は、当然魔力による身体強化も高いレベルで習熟している。しかし、眼下の少年は長老が知るどの戦士よりも高く高く跳んでみせた。人間として、異常な脚力と魔力操作と言う他ない。

(そもそも、異常でなければ勇者は名乗れない、か)

もっと高度を取れば少年の攻撃範囲から逃れることができるかもしれない。が、このまま攻めてもこちら側に勝ち筋はない。

魔法戦とは、つまるところ互いの腹の探り合い。思考の先読みである。自分の魔法で、何ができるか。相手の魔法で、何をされるか。それらを予測した上で、己の強みを押し付けた方が勝つ。

両者の思考がまとまったのは、奇しくも同時だった。

(――次で終わらせる)

(――次で仕留めよう)

先に動いたのは、エルフの長だった。

位置取りで常に優位に立つ長老は、魔法戦のセオリーに従って、己の強みを押し付けることを選択する。

「もう一度だ。潰れてくれるなよ」

体の中身を調べるための死体は、いくつあっても困らんからな、と。呟きは胸の内に収めて、攻撃を再開する。

振り上げた手の動きに合わせて、飛来するのは岩石の雨。

それは、体を鋼に変化させる少年の耐久力を見極めるために最初に放った攻撃だった。ただし、今度の数は先ほどよりもさらに多い。

通常、岩を砲弾として操る砂岩系の魔術は、形成した岩の弾丸を相手に向けて撃ち放つ過程で、最も魔力を消費する。しかし、長老は自身の魔法で適当な大きさの岩石を浮遊させ、敵の頭上に落とすだけで、同等の破壊効果を獲得していた。

それは言うなれば、自分の腕の力を一切使わず、弓に矢を番えて放つような暴挙である。

「……っ！」

再び轟音が鳴り響き、大地が揺れる。舞い上がる噴煙の中に消えた少年の姿を見据えながら、それでもなお長老は岩石の砲弾を投下し続ける。

いくら体を鋼の硬さに変化させることができたとしても、激突の衝撃を殺すことはできない。直撃を受ければ、少年の内臓にはそれ相応のダメージが入る。

戦闘のために事前に用意し、空中に配置した岩石は、およそ五十と少し。このペースで投下し続ければ、頭上に待機させている残弾はあと十数秒で使い切ってしまう。きっとあの少年は、その瞬間を虎視眈々と狙っているはずだ。だが、懐に向かって飛び込んでくるのであれば、こちらにとっても望むところ。

やはり、というべきか。応戦のリアクションは、すぐにあった。粉塵の中から飛び出してきたのは、攻撃に用いていた岩石である。

「ははっ！　岩を投げ返してくるか！」

落下して砕け、サイズそのものは小ぶりになっているとはいえ、投擲した物体に必中効果を与える『燕雁大飛（イロフリーゲン）』の魔法効果もあいまって、少年の反撃は極めて厄介だった。普通ではありえない軌道を描きながら、岩の塊が追ってくる。

「ちっ……！」

身を守るためには盾を使わざるを得ない。結果、防御に用いた大盾が衝撃で吹き飛ばされ、守りが手薄になる。

当然、少年がその隙を見逃すはずもなかった。

二度目の跳躍。一度目よりもさらに速い。自分に向かって突進してくるそのスピードと勢いに、長老は少年の身体能力をまだ甘く見積もっていたことを実感した……。

「しかし、読み通りだな」

……が、動きそのものは、どこまでも予想通りだった。

老人の表情に驚愕はなく、少年の表情には困惑が満ちた。

轟音と共に、頭上からそれが降り注ぐ。

岩ではない。岩石の弾丸であれば、少年には砕く自信があった。武器ではない。剣や弓の類いであれば、少年には打ち払う自信があった。

しかしそれは、砕くことも打ち払うこともできない、最低最悪の武器だった。

「あ……がっ……ゴボッ……⁉」

冷たい、と感じた時にはもう間に合わなかった。

まるで、池をまるごと宙に浮かべたような、大量の水。不定形の質量の塊が、流れ落ちる滝のように少年の体を飲み込んだ。

視界が、真っ青に染まる。竜の尾のようにうねる濁流に押し流され、跳躍の勢いが殺される。為す術もなく、少年は水の中に飲み込まれた。

「我が魔法の名は『雲烟万理（ブレオヌーベ）』。わし自身とわしが触れたものを一切の重量や物理法則を無視して浮遊させる。重装騎士が携える大盾、巨大な岩石、そして……水のような不定形の塊も例外ではない」

このままでは、水に押し流されて地面に叩きつけられる。そんな少年の懸念を払拭するように、長老は指先を折り畳み、拳を握りしめた。

「故に、このような芸当もできる」

瞬間、流れ落ちる水の動きがぴたりと止まって、少年を中心に球形に変化して浮遊する。本来なら、重力に引かれて地面に落ちるはずの体が、魔法の浮遊効果で操作された水流によって、木の葉のようにくるくると回る。いくらもがいても、どんなにも水をかいても、決して逃れ出ることができない。

それは、空の中に作られた、水の牢獄だった。

「空中で溺れて死ぬ。貴重な経験だろう？」

この方法で、多くの人間を長老は葬ってきた。

水が喉の中に侵入し、声帯に入れば、気管が凝縮反応を起こす。本来、肺には水の侵入を防ぐ機能が備わっているが、一度でも肺の中に入ってしまえば意味はない。酸素が欠乏し、やがて死に至る。

絶命する瞬間まで、その苦しむ様を見届けるのも、老いたエルフの楽しみの一つだった。

「……ぷっはぁぁぁ！」

故にこそ。

その悪辣で傲慢な楽しみを、少年は真っ向から否定する。

水牢を叩き割り、中から飛び出してきたその勢いに、長老は目を見張った。

「……なに？」

「……ふぅぅ……わかっってても、息が詰まるもんだな」

声を発して、会話を行う。

それが行える時点で、少年が水牢の中から見事に脱出してみせたことは、十分に証明されていたが……それだけではない。

長老が形作った水球の上に、彼は悠然と立っていた。

「どうやって、おれを殺したか。自分の死体を見るのはいやな気分だったけど、なんとなく苦しんで死んだのはわかったし……なによりも、髪や服が濡れていた」

付着した水滴を振るって落としながら、まるで他人事のように言う。

「空中に浮かべた水の塊の中で、溺死。趣味の悪い殺し方だ。たしかに、なんでも浮かすことができるあんたの魔法なら、そんなありえないこともできるんだろうが……そういう攻撃がくる、とわかっているなら、対応はできる」

エルフの長は、絶句する。誤算は二つ。

一つは、彼が彼自身の死体に恐怖せず、ただ淡々と『どのように死んだのか』観察していたこと。

そしてもう一つは、彼の魔法特性の応用を、見誤っていたこと。

「なぜ、沈まない。なぜ、そこに立てる⁉」

「水を硬くしたから」

コンコン、と。踵でつついた水面から、ありえない音が響いた。

原則として、魔法とは、自分自身と触れたものの理を、己の現実に書き換える力である。

少年は今、自身の足で水の塊を踏み締めていた。足で触れたそれらの水を、鋼の硬さに定義していた。ならば、踏み締めて立つことに、なんの不都合もありはしない。

「良い足場だ」

「……っ！」

長老の判断は素早かった。即座に水の塊に対して働かせていた浮遊の魔法効果を切り、落下させる。

少年の判断も素早かった。水の塊が落下する前に『百錬清鋼（スティクラーロ）』によって押し固めた足場を最大限に活かし、力強く踏み締めて跳ぶ。

それは、地面からの跳躍ではなかった。宙を舞う両者の間に、今までのような距離はない。最速かつ最短で、少年が振るう剣は、長老に届き得る。

「見事……！　だがなぁ！」

はず、だった。

枯れ枝のような老いた体が、まるで突風に晒されたように、加速する。

『雲烟万理（プレオヌーベ）』の魔法効果は根本的には『浮かぶ』だけで『飛行』を可能にするわけではない。魔法による急上昇、重力に引かれて落下する急降下は可能でも、自由自在に旋回し、移動できるわけではない。

長老が行ったのは、魔法と魔術の併用。迅風系の魔術によって、自身の体から圧縮空気を押し出し、運動エネルギーに変換する……横方向への急旋回と回避だった。

「惜しかったな」

剣の切っ先が頬を掠める。だが、届かない。すれ違う少年の瞳が、大きく見開かれる。

いくら足場があろうとも。

いくら跳躍したところで。

自由に空を飛ぶことができるわけではない。

少年は空中で、自由に方向転換できない。長老は空中で、自由自在に方向転換できる。ほんの少し、横にずれて避けるだけで、攻撃は当たらない。

空中戦という土俵で、勇者の少年は最初から致命的なまでに敗北していた。

最後の足掻き、と言わんばかりに。横に逃れた標的に向けて、剣が投げられる。それすらも、エルフの長は余裕を持って回避する。

そうして、足場を失い、武器を失い、空中で足掻く少年の体は、

「『燕雁大飛（イロフリーゲン）』」


この世の一切の物理法則を無視して、直角に折れ曲がって加速した。

「あ？」

避けきれずに、それは直撃した。

押し固めた手刀が、老人の薄い胸に突き刺さる。

鋼の指先が、内臓を貫いて鮮血に染まる。

「なぜだ……その魔法は……投げたものを、必中させる……はず」

喉元からこみ上げる血の塊と共に、エルフの長は疑問を吐き出した。

吐き出しながら、己の致命的な思い違いに気がついた。

「そうだ。おれの『燕雁大飛（イロフリーゲン）』は、定めた目標に向かって自分自身と触れたものを射出する」

忘れてはならない。

魔法とは、自分自身と触れたものの理を、己の現実に書き換える力である。

跳躍する前の大げさな準備動作も、溜めの時間も、すべてがフェイク。異常な身体能力と魔力強

化に見せかけていただけで、最初の跳躍から、少年は魔法を使用していた。

ただ、それを駆け引きの手札にしていただけで。

「見誤ったな。クソジジイ」

「……くっ。このわしを、嵌めたか」

自嘲に塗れた笑みが漏れる。その全身から、力が失われる。

自信があった。驕りがあった。慢心があった。

だが、なによりも、それ以上に。

互いの能力を欺き合う魔法戦という土俵で、老人は最初から致命的なまでに敗北していた。

「その名と魔法、貰い受ける」

体の中を貫く指先が、心臓に触れる。

「複数の魔法の、使い分けと組み合わせ……あぁ……やはり、なんと、素晴らしい魔……」

言葉は、最後まで続かず。

心が破裂する音を、どこか遠くに聞いた。

◇

「馬鹿な……！」

「長老が……負けた」

つまるところ、最初からエルフの長は自分が敗北した時のことも想定していた。

雑兵では、勇者に無駄に殺されるだけ。しかし、自分が戦い、手の内が割れ、消耗したあとなら、複数の魔導師で包囲して討ち取ることができる、と。

「狼狽えるな！　長老の指示通りに動くのだ。あの勇者も疲れ切っている。取り囲んで不意を突けば、必ず殺せるはずだ！」

両者の戦いには参加せず、伏せていた三十ほどの兵達と魔導師は、各々に杖や剣を構えた。

「弔い合戦だ！」

「必ずあの人間を殺し、あの魔法を我らのものとするのだ！　さすれば、我らが悲願も……」

「うーん、でも、あの黒の魔法は彼だけのものだから……あなたたちには使えないと思うの」

「え……あ？」

気づいた時には、周囲を鼓舞するために腕を振り上げていたエルフの首が、落ちていた。

まるで、森の果実を無造作にもぎ取るかのように。ぽたぽたと血の雫を落として、取った頭を掲げて眺める少女がいた。

少女が、いた。

「こんばんは」

一体、いつからそこにいたのか。

そもそも、結界が張られているこの村の中に、どうやって入ったのか。

そんな疑問がどうでもよくなるほどに、その場に佇む少女は、ただただ美しかった。

月光の光を受けて艶やかに透ける白銀の髪が、滴る血の色と相まって、目も眩むような強いコントラストを作り出している。

「あの子はね、これから勇者になるんだって」

エルフ達は、誰もが口を開くことすらできなかった。

目を合わせてはならない。そう理解しているはずなのに、見てしまう。

声を聞いてはならない。そう理解しているはずなのに、耳を傾けてしまう。

そこに在るだけで、心惹かれてしまう。

それは紛れもなく、生まれながらの魔性だった。

その魔性が。蠱惑の塊といっても過言ではない存在が、一心に勇者の少年に見惚れている。

「だからね……ダメよ？　翅虫（はむし）如きが、抜け駆けはよくないわ」

エルフの長にとって、なによりも誤算だったのは。

魔の王が、すでに黒の魔法の虜になっていることだった。

幼女を助けたら、エルフの森が焼けた

「シャナ！　シャナ！」

不格好に地面に転がった。噛み締める砂利は、とても青臭い味がした。

「シャナっ！」

それを吐き出す勢いで、ひたすらに叫ぶ。

おれの油断だった。

なるべく、巻き込まずに戦闘を行っているつもりでいた。あのクソジジイの狙いはあくまでもおれと、おれの魔法。だから、こちらに引き付けて戦闘を行えば問題はないはずだ、と。そう思っていた。

だから、勝った瞬間に。

その命を奪った瞬間に。

致命的なまでに、選択を間違えていたことに、気がつけなかった。

忘れていたのだ。おれが息の根を止めた魔法使いが、何を『浮かせていた』のか。

「シャナっ！　どこだ！　返事をしろ！」

クソジジイを殺した、その瞬間。直上に残されていた、大量の岩の砲弾のコントロールが、すべて失われた。

おれの『黒己伏霊（ジン・メラン）』は、殺した相手の魔法を奪う。だが、奪うだけだ。奪い取ったその瞬間から、決して上手く扱えるわけではない。

すべて落ちた。

留めきれなかった。制御なんてできるわけがなかった。おれの周囲は、辺り一面がまるで凄まじい土砂崩れに飲み込まれたかのような有り様で、

「シャ……ナ」

おれが助けたかった小さな女の子の下半身は、岩に潰されていた。

「お兄……ちゃん」

息はまだある。だが、息があるだけだった。

何も、わからなかった。

何をしてあげればいいのかわからない。どうすれば治療できるのかなんて、わかるわけがない。

ただ、この子がもう絶対に助からないことだけは、わかった。

「ごめん……ごめんね。私は、やっぱり……人間じゃないから。エルフだから。お兄ちゃんとは一緒に行けないみたい」

「そんな、そんなことはない。そんなはずない！」

否定しながら、手を握る。

どうすればいい？

「村の東の、外れ。地下室に……最初の、私がいるの」

最初の私。今にも消え入りそうな声音で。

「やめろ、もう喋るな！　おれが絶対に助け……」

「うん。お願い」

絡まった指の、その力が、とても強くなった。

「絶対に、助けて。お兄ちゃん」

けれど、それは本当に一瞬で。

繋がった指から、熱が失われていく。

「私は、もうダメだけど……でも、私は、まだいるから」

嘘だ。代わりなんていない。

最初に出会って。言葉を交わして、花を摘んで、一緒に笑った。

おれが知るシャナは、今ここにいるシャナしかいない。

「いやだ……だめだ。シャナ」

「大丈夫だよ。お兄ちゃん」

平気だ、と。

「私は、私だから。きっとまた、お兄ちゃんのことを、大好きになるよ」

少女は、最期まで強く笑っていた。

まるで、明日から冒険の旅に行くような、そんな明るい笑顔で。

「……」

熱が失われた指を離して、立ち上がる。

立ち上がらなければ、勇者にもなれないおれに、価値はなかった。

「……助けなきゃ」

◇

きみしかいない、と言ったはずの少年は。

少女の影を探して、炎の中をさまよい歩く。

そんな彼を、魔の王は炎の中から眺めていた。

「あーあ。こんなに燃やしちまって。皆殺しにする必要はなかったでしょうに」

背後から響く、男の声。

「仕方ないわ。だって。全員、抵抗してきたんだもの」

鈴を鳴らすように、魔王は答えた。

彼女がエルフという種族に対して出した答えは、明白である。

森が、燃えていた。

一方的な鏖殺（おうさつ）を終えた王は、その血と炎に揺れる真紅の中でも、なお美しかった。

「会わなくて、いいのか？」

気安い口調で、男が問う。

「うん。そうね。今はまだ、会わなくていい」

「どうする？　死体の一つでも持って帰ってやれば、ギルデンスターンのやつが生き返らせてくれると思うが」

「いらないわ。エルフの一人や二人、部下に増やしたところで何の意味もないでしょう？」

「へいへい。しかし、こういうヤンチャはなるべく控えてほしいもんだなぁ。グリンクレイヴに怒られるのは、いつも俺なんだから」

「うん。いつもわたしのために怒られてくれて、ありがとう。シャイロック」

「そういうことじゃなくて、自覚があるならやめてほしいっていう話をしているんだよ。俺はさ」

シャイロックと呼ばれた男は、魔王の少女の頭を気安く撫で回した。

「いいじゃない。だってそういうのが、あなたの仕事でしょう？」

「勘弁してくださいよ。きみのこういうやんちゃに付き合ってたら、こっちの身が持たんでしょうが」

「でも、退屈はしないでしょう？」

「あのねえ」

少女は、彼に向けて問いを投げた。

「ねえ、シャイロック。わたし、森はただそこに在るよりも、燃えて消えてしまう瞬間の方が、ずっとずっときれいだと思うの。これは、おかしなことかしら？」

命が焦げついていく匂い。

生きながら体を焼かれていく者たちの呻き声。

それらを感じながら、彼は答えた。

「ん。べつに、いいんじゃないの」

地獄の中心で、男は少女の行いを静かに肯定する。

「何を美しく感じて、何を尊ぶかは人の自由だ」

それに、なによりも。

「きみは、魔王なんだから」

瞬く間に広がっていく炎の光を受けて、透明な髪が妖しく煌めく。

魔の王は微笑んだ。

これは試練だ。彼が勇者になるために必要な、通過儀礼。

人が強くなれるのは、何かを得た時ではない。失いたくない何かを、取りこぼしてしまった時だ。

勇者には、たくさん悲しんで、たくさん泣いて、もっともっと、強くなってもらわなければならない。

でなければ、彼は勇者にはなれないから。

もう死ぬのかな、と。少女の意識は、諦観と失意の底にあった。

最初の一人であるが故に、少女はそこに囚われていた。日も当たらず、変化もなく、ただ暗く冷えた地下牢の中で、鎖に繋がれて観察されていた。

だから、地下室にまで回ってきた火の手を見たときの感情は、恐怖でも驚きでもなく、やわらかな安堵だった。

ああ、これでようやく死ねる。楽になれる。そんな安心だった。

一つだけ、気掛かりがあるとすれば。魔法によって増えた自分がどうなったのか。それだけは、知りたかった。ろくな扱いを受けていないのはわかっている。それでも、きっと他の自分は、ここにいる自分よりはましな生活をしているはずだから……もしかしたら、この村から逃げ出して、外の世界で幸せに暮らしている自分もいるかもしれないから。

そう考えることだけが、少女の希望だった。

そう考えることだけが、少女の希望だったはずなのに。

扉が開いた。

「……よかった」

はじめて見る少年だった。そして、はじめて見る人間だった。

「あぁ、よかった、生きてる。よかった」

うわ言のように呟きながら、少年はシャナの口に嵌められた自決防止の口枷を、次に手足の動きを封じていた鎖を外してくれた。

「にん、げん？」

「ああ、人間だよ。遅くなって、ごめん」

炎の光に目を焼かれそうになりながら、それでも少女は懸命に少年の表情を見た。

少女には、わからなかった。

どうして、この人は……こんなにも、泣きそうな顔をしているんだろう？

「お兄さん、誰？」

「……きみを、助けに来たんだ」

助けに来た。

諦観と失意の底にあった少女の意識は、その一言で、引き上げられた。

もうほとんど諦めていたはずの、生への渇望が顔を出した。

「私、エルフじゃないのに……人間なのに、助けてくれるの？」

「……そっか」

また、もう一つ。

確かめるように、少年は頷いた。

「きみは、エルフじゃないのか……」

おそるおそる、血まみれの手が少女の頬に伸びた。

不思議と、こわくはなかった。

まるで、自分を決して壊すまいとするかのように触れる指先に……鉄の臭いがする手に、やさしさがあったから。

「……よし」

その一言で、彼の中の何かが切り替わった。

面と向かって、少年は聞いてきた。

「この村は、好きか？」

面と向かって、少女は首を横に振った。

「じゃあ、一緒に行こう」

それ以上は何も聞かずに、少年は少女に手を差し伸べた。

理由はない。事情もない。たった一つの質問と答えだけで、少年は少女を連れ出すことを選択した。

少女の名は、シャナ。

「あー、でもちょっとお願いがあるんだ」

わざと、おどけるように。

少年は、少しだけ悩む素振りを見せて、シャナに言った。

「おれ、これから世界を救うために魔王を倒しに行くんだけど……手伝ってくれる?」

シャナには、そもそも世界が何かわからなかった。

シャナには、魔王がどれほどおそろしい存在なのか理解できなかった。

しかし、目の前の少年が救いたいものは救いたいと思ったし、倒したいと思ったものは、倒さなければならないと確信した。

だから、
シャナにとって、手を差し伸べてくれた少年が、はじめて知る世界の全てだった。

「あの、私……いっこだけ、特別な魔法が使えます」

気持ち悪い自分の力も、役に立てるかもしれないと思った。

けれど、それを聞いた彼はなぜか笑った。

ただ、笑って、答えた。

「うん。知ってるよ」

長い夢を見ていた気がする。

記憶の中で、一番古い夢を見ていた気がする。

「あ、賢者さん。起きましたか？」

はっきりしない頭で声の方を見ると、赤髪の少女が力なく微笑んでいた。

がちゃり、と。腕の感触が重い。

ああ、手枷を括り付けられているのだな、と。すぐに理解できた。

「賢者さん、あの白い魔導師さんの顔を見た瞬間に、気を失ってしまって……」

「ええ。わかっています。覚えていますよ。お見苦しいところを、お見せしましたね」

棘のある言葉で返してから、シャナは周りの見張りを見た。いつの間にか、自分たちの仮面は剥がされている。これから、牢屋にでも移送されるのだろうか。

「それ、もういらないでしょう」

ぞんざいに。シャナは、見張りに立つ二人に向けて言った。

「け、賢者さん……？」

「すべてわかりました。というよりも最初から、思考停止せずにもっと考えるべきでした」

なぜ、仮面を被る必要があるのか。

顔を隠す。そのイメージに引っ張られて、シャナたちは別の要素を見落としていた。木を隠すなら森の中、とでも言えばいいのだろうか。

この村で用いられている仮面には、独特の特徴がある。顔の下半分は隠さず、口元は露出していて、逆に顔の上半分を完全に覆ってしまうような造形。最初は、仮面をつけたまま食事をするためだと思った。もちろん、そういった目的もあるのだろう。しかし、一番の目的は、きっと違う。

二人の門番が、仮面を脱ぐ。その素顔を見て……否、顔の側面に備えられた器官の特徴を見て、赤髪の少女は目を見張った。

「賢者さんと、同じ……」

仮面の下には、尖った耳が隠されていた。

もう一人の自分が、一体どのような思いで、こんなことをしているのか、シャナにはわからない。

けれど、その事実だけは、明らかであった。

「この隠れ村の住人は、そのほとんどがおそらくエルフ。この村は……再興したエルフの里だったんですね？」

あの日、炎の中に忘却したはずの過去が、そこにあった。

◇

長い夢を見ていた気がする。

目蓋を開くと、腹に鈍い痛み。無抵抗で、あの商売上手のバカ悪魔に蹴られたことを思い出して、今度は自分のバカさ加減に頭が痛くなってくる。

「ひさしぶり」

声が聞こえた。顔を上げる。

白いローブを羽織って、仮面を被った少女が膝を折っておれを見ていた。

「お兄ちゃん、誰？」

お兄ちゃん、なんて。もう賢者ちゃんには、呼ばれることすらない。

とてもきれいな子だった。かわいい、とも思った。

「聞かなくても、わかるだろ」

「うん、そうだね。お兄ちゃんは、勇者だ」

そう。あの日、最初に出会った時も、おれはそう思ったはずだ。

「何年ぶりになるのかな？」

「……さあ？」

「私のこと、覚えてる？」

「忘れるわけがない」

くすくすくす、と。喉の奥で鈴を転がすような高い笑い声が鳴った。

そういう笑い方をする子だとは知らなかった。

責めているわけではない。好きとか嫌いとか、そういう話でもない。

ただ、そういう笑い方をするようになったこの子を、おれは知らなかった。

「ようやくお目覚めか。待ちくたびれたぜ、勇者さま」

自分と同じ声がこんなにも寝起きの頭に響くとは。正直、まったく嬉しくない発見だ。

「……やあ、どうも。ひさしぶり」

「ああ。元気そうで何よりだよ」

髪の長さも、体つきも、肌の色も、微妙に異なる。

ただ、それがおれであることは、顔を見ればすぐにわかった。

おれは、おれと同じ顔をしたそいつを見上げて聞いてみた。

「なあ、お前。まだおれと同じパンツ穿いてんの？」

本当に、すごく下らない質問だった。けれど何故か、おれの顔したそいつは、少し嬉しそうに口元を吊り上げた。

「そんなわけないだろ。もうとっくの昔に捨てたわあんなもん」

馬鹿馬鹿しい質問ではあったけれど、それが明確な答えだ。

コイツは、おれであっておれじゃない。

「オレはお前だが、勇者じゃない」

「私はあの子。でも賢者じゃない」

二人はおれを見下ろして告げた。

「……ああ。知ってるよ」

思わず、自嘲めいた笑いを漏らしそうになる。

世界を救い終わってから、一年あまり。

でも、世界を救い終わってから一年あまりも経ったそのあとで。

「わかるだろ。覚えてるだろ、勇者さん」

「私たちは、まだ未完成だったあの子の魔法で増やされて、生き抜いてきた……あなたたちのコピ

――だよ」

あの日、救えなかった過去が、おれに追いついてきたのだ。

賢者の師匠

シャナ・グランプレは、アリアやムムとは違い、最初から賢者として仲間入りしたわけではない。

まだ幼かったシャナには、戦う力を得るために、学ぶための環境が必要だった。

だから、シャナは一度。勇者と別れる選択をした。

彼の役に立つためには。

彼の側にいるためには。

魔術が必要だと思った。

なによりも、生まれ落ちたその時から自分の体に宿っていた力を制御するために、魔を扱う術を理解しなければならないと思った。

だから、シャナは自分が求めるものを最も効率よく学ばせてくれる人物を選んだ。

「……へんな場所」

その教室は、異様な空間だった。

床も壁も、すべてが白一色。窓はなく、扉は入口の一箇所だけ。そして、机と椅子が一組になって、百の数が並んでいる。それだけの生徒を収容できるほどの広さが確保された、学びの場だった。

そんな広い教室の中で、たった一人。シャナは、適当な席を選んで座った。普通よりも広く作られた机の上には分厚い魔術の教科書と新品のノート、ペンなどの筆記用具が完璧に用意されている。隣の席を見やれば、やはり同じものが整然と並んでいる。当然のように、これらの教材も百組あった。

シャナが席につくと同時。一箇所しかない扉が開いて、一人の女性が入室してきた。

「……おいおい。なんだそれは」

挨拶はなく、シャナを見やった彼女がこぼしたのは、ただひたすらに呆れたような声だった。

翻るのは、深い緑色のローブ。丁寧に編み込まれた長い二房の黒髪には、赤に青、加えて緑と、色とりどりのリボンが編み込まれている。

大股でかつかつと教室を横断した彼女は、喉を震わせた。

「おいおい。おいおいおい！　なんでそんなところに座ってるんだ！　講義を受ける時は常に一番前に座れって習わなかったのか⁉」

「習ってない」

返事はなかった。

手のひらが黒板を叩く音が響いた。

「違ぁう！　違う違う違う！　違うだろ！　いいか、我が愛弟子よ！　アタシは今、お前に教えを授ける以前の問題を！　どのような心持ちで学びを得るかという、心構えの話をしている！　世界で最も優れた魔導師であるこのアタシが！　貴重な時間を割いて！　未来の勇者の力になる賢者を育成してやろうと言っているんだ！　にもかかわらず、これから学ぼうとする当人がそんな後ろに座っていちゃあ何の意味もない！　そもそも！　このアタシの講義で最初から後ろに座ろうとするヤツは最初から……」

「座った」

「素直だなぉおい⁉」

一番前の一番中央の席に座り直したシャナを見て、教師は大袈裟に仰け反った。そんなに驚かれることではない。シャナにも、教えを受けるという自覚はある。前に座れと言われれば、前に座るのは当然だ。そもそも、あんな生活をしていたのだから、誰かの命令に従うのに抵抗はなかった。

「あなたから、私は魔術を学ぶ。だから従う。疑問は持たない」

「……あー、そりゃダメだ」

「ダメ？」

「よくないってことだ。お前は一つ、勘違いしてるよ」

不思議な女性だった。

あれほど高く興奮した音で紡がれていた声が、今度はゆったりと落ち着いている。

「学び、習うことは世界で最も自由な行為だ」

彼女がシャナに最初に教えてくれたのは、学習の定義だった。

「自分から叩かなきゃ、学問の扉ってのは常に閉じたままだ。アタシがなによりも重視するのは、疑問を持ち、学ぼうとする意欲。だから、最初に確認しておきたい。お前にそれはあるか？」

聞かれて、少し考える。

シャナはずっと、あの閉ざされた村の、薄暗い部屋の中で生きてきた。

自分は何も知らなくて。何も知らない自分は、勇者を目指す彼の役には立てなくて。だから、彼のために魔術という知識が必要だと思った。

「意欲は、あるつもり。助けてあげたい人がいる。その人の役に立ちたい」

「他人のために学ぶのか？　アタシの指導は厳しいぞ。それで、本当に耐えられるのか？」

「耐えられる」

「即答だな」

「あの人の役に立てないなら、私には価値がないって思うから」

「なるほど。わかった」

ぱん、と。彼女は一つ、手を叩いた。

「ならば、偉大なるこのアタシが、自己肯定感の低いお前という可愛そうな生徒に、価値を与えてやろう！」

「ほんと？」

「無論、本当だとも！　偉大なるこのアタシは、生まれてこの方嘘というものを吐いたことがない！　さあ、まずはその教科書の最初のページを開いてみろ！」

「せんせい」

「どうしたぁ!?　我がかわいい生徒よ！　早速質問か!?　世界最高の魔導師であるこのアタシのこ

とを知りたいってわけだな⁉　いいぞ！　質問は常に受けつけている！　アタシのことを知りたいなら、まずは教科書の最初のページを開け！　そこに美しい顔が大きく載っているだろう！　アタシだっ！」

「せんせい」

「ああ！　皆まで言わなくてもわかる！　学者というのは常に成果を求める生き物。己の見た目には無頓着な人間も多い！　だが、世界最高の魔導師であるこのアタシは、その美貌すらも最高だ！　なぜなら回復魔術の応用によって肌の張りと艶を保つ努力を……」

「せんせい」

三回目。

それでようやく、

「……ちっ。アタシの有り難い話を遮る不躾な人間は基本的に例外なくブチ殺すことにしているが、まぁお前はかわいいかわいいかわいい愛弟子だからな。そこまで発言したいことがあるのなら、特別に発言を許可しよう。で、何かなシャナ？」

「私、字が読めない」

彼女は、そこで大きくずっこけた。リズミカルに硬質な床を叩いていた高いヒールの足首が、ごりっといやな音に変わってすっ転んだ。

如何にも魔導師らしい大きく背の高いとんがり帽子が、ふわりと宙を舞って落ちる。

「は？　はぁ⁉　字が読めない⁉」

「うん。習ったことがないから」

彼女は、ぶるぶると唇を震わせて、頬を真っ赤に染めた。

教科書に載ってる顔と実物はやはり違うな、と。シャナはぼんやり思った。

「ふ、ふ……ふざけやがってぇえ！　あのちんちくりんの勇者志望のクソ小僧が！　アタシは魔術の指導を引き受けるとは言ったが、読み書きから赤ん坊のはいはいみたいに教えるなんて、そんな慈善事業みたいな青空教室を開いてやるとは一言も言ってねぇんだよ……くそったれがぁ！」

それこそまるで赤ん坊のように四肢をじたばたとさせて、一通りとても教師とは思えない口汚い罵詈雑言を吐き出し尽くして、それでようやくシャナの師匠は息を切らして上体を起こした。

「はぁ、はぁ……じゃあお前、何か？　自分の名前も書けないのか？」

「うん。わからない」

「よぉし！　わかった！　もうわかった！　そういうことならやってやる！」

世界で最も偉大な魔導師であると言われている彼女は、勢いよく黒板にチョークをはしらせた。

黒い板の中に、白い文字が並ぶ。たったそれだけの板書も、何も知らないシャナにとっては目新しいものだった。

「読めっ！　我が愛弟子よ！」

「だから読めない」

「ならば、大きな声で復唱しろ！　シャナ・グランプレ！　これが、この世界でお前の名を証明する、文字の羅列だ！」

「シャナ、グランプレ」

慣れないペンで、たどたどしく。けれど大きくしっかりと、シャナは開いたノートの最初のページに、はじめて習った自分の名前を書いた。

シャナ・グランプレ。

真っ白な紙の上に、黒いインクでそれを書いただけで、何かが自分の中にしっくりと収まる気がした。

「せんせい。グランプレってなに？」

「ああ、それはアタシの母方の苗字だ。いらないからお前にやる」

「いいの？」

「びくびくと聞き返すんじゃあない！　このアタシがくれてやると言ったものは一も二もなく受け取れ！　そして感動に咽び泣いて感謝しろ！　わかったか⁉」

「うん。ありがとう」

「よぉし！」

一つ、頷いた彼女はそこでようやく床に落ちていた自身のトレードマークとも言えるとんがり帽子をかぶり直して、整えた。

「そして愛弟子よ！　お前が自分の名前の次に覚えるべきものは、これだ！」

また勢いよく、チョークが唸る。

「さっきよりも大きな声で！　尊敬と敬愛と崇拝を込めて復唱しろ！」

彼女は、王国における魔術指導の基礎を築き上げた教育者である。

彼女は、それまで無秩序に乱立していた魔術体系を、万人に理解できる属性として定義した研究者である。

彼女は、理屈の通らない神秘であった魔術を、魔力によって運用される学問にまで落とし込んだ開拓者である。

彼女の名は、この世に轟く伝説。世界最高と謳われる、四人の賢者の一人である。

「アタシの名は、ハーミット・パック・ハーミア！　この世界で唯一にして絶対！　魔術のすべてを解き明かす、最高の魔導師にして大賢者だ！」

「あたしの名は、ハーミット・パック・ハーミア。この世界でゆいいつにして、ぜったい。魔術のすべてをときあかす、最高の魔導師にして大賢者、だ？」

「誰がそこまで復唱しろと言った⁉　名前だ名前！　とにかく偉大なるこの私の名前を刻み込め！」

やはり声が大きくて圧が強かったので、シャナはカリカリとノートに名前を書き込んだ。

「どうだ？　言葉の意味を理解して、白い紙に文字を刻む気持ちは？」

「……わからない。私、まともにペンを持ったこともないバカだから」

「馬鹿？　はは、なるほど。馬鹿ときたか。そうか。いいだろう。なら、最初に一つ。簡単な道徳の授業をしよう。柄じゃあないが、これでもアタシは教鞭を執る身だからな」

それまでひたすらに熱が篭っていた言葉から、熱さが失われる。

「お前の環境には同情するよ。恵まれない生まれであることも、あのボウズから聞いている」

眼鏡の奥の瞳が、すっと細くなる。

シャナは知っている。そういう声音と視線と、雰囲気には覚えがある。

罰を受けるのだと思って、シャナは目を閉じた。慣れているから、こわくはなかった。

「よく聞け、シャナ・グランプレ。お前はその席に座った瞬間から、偉大なるこのアタシの弟子にして、愛すべき生徒だ。そして、偉大なるこのアタシの生徒である以上、己を卑下する発言は、その一切を許さない」

しかし、頬に痛みはなかった。

目を開ける。

ハーミアは、シャナのノートに、赤いペンをはしらせた。

文字ではない。だから、文字を知らないシャナにも、その意味がわかった。

「お花？」

「そう。はなまるってヤツだ。よくできました、と。教師が生徒を褒めるのに使うマークだ。覚えとけ」

自分のノートに、花が咲いた。

なぜだかシャナには、それがたまらなく嬉しくて。

「でも、私の文字、へたくそだよ？」

「はぁ？　何度も言わせせんな。へたくそかどうか決めるのはアタシだ。お前をバカと侮辱する権利を持つのは、今この瞬間からお前を教育するこのアタシだけだ。それを肝に銘じておけ」

「はい」

「よぉし、良い返事だ」

「せんせい」

「なんだ？」

「私、字も書けないけど、魔術をおぼえること、できる？」

「できるとも」

百の席が用意された教室を見渡して、ハーミアは言う。

「お前の魔法は、分身のような見せかけの誤魔化しとは違う。そっくりそのまま、目玉も心臓も、脳ミソに至るまで、まったく同じものを用意することができる」

増えてみろ、とハーミアは言った。

言われた通り、シャナは増えた。

増殖の魔法。それが、シャナの力である。

二人になったシャナは、用意された席に座る。一瞬で、生徒が二人になった。

「お前は、一人で学ぶわけじゃない」

リングを嵌めた細い指先が、今度は違う席を指す。その指示に従って、シャナは三人に増えた。

「二人で学ぶわけでもない。三人で学ぶなんて、甘っちょろいことは言ってられない」

三人になった生徒に向けて。

声のトーンが、落ちる。やはり一転して落ち着いた口調になったハーミアは、淡々と告げる。

「自分の魔法のコントロールは？」

「まだ、難しい。できても、自分は、三十人くらい」

「結構。今日は初回だ。無理をするなとは言わない。ゆっくりでいいから用意してみせろ」

「はい。せんせい」

増えて、増えて、増える。

静かだった教室に、椅子を引く音と、ペンを手に取る音と、ノートを開く音が、幾重にも重なって響く。

たった一人の生徒しかいなかった教室は、一瞬で一つのクラスに変化した。

それは、異常な光景である。同じ顔で、同じ背格好の少女が、同じようにノートを開き、同じようにペンを握る。

しかし、三十人に増えたシャナを見て、ハーミアはただ一言。満足気に呟いた。

「素晴らしい」

それは、己の愛弟子に向けられた、はじめての賞賛だった。

「それで良い。最初は三十人だ。慣れたら、数を増やしていく。次は五十人。六十、七十、八十……そして、最終的には百人。そう、百人だ。お前は単純に計算して、常人の百倍のスピードで、物事を学ぶことができる。偉大なるアタシの教えを、誰よりも最大最高の形で吸収することができる」

ハーミット・パック・ハーミアは、根本的に人でなしの魔導師である。

「アタシは天才だ。人類最高の天才だ。お前がエルフの血を引いていると言っても、アタシに比べれば凡才もいいところだろう」

彼女は、自分が史上最高の魔導師であることを、欠片も疑っていない。

「だが……どんな凡人であろうと、百人で学べばその学習効率は天才を上回る」

彼女は、自分以外の人間に価値があるとは思っていない。魔術を教育するシステムを構築したのは、研究の過程でそれを他者に伝え広げる必要があると感じたからに過ぎない。

彼女は、世界を救おうとは思っていない。魔術の探究が第一の目的である以上、自分の命が失われるリスクを冒してまで、魔王と対峙しようとは考えない。

だからそんな彼女が、シャナという少女の教育を引き受けたのは、世界を救うためではない。未来の勇者の頼みだからでもない。

自分を超える魔導師になれる可能性があるから。

たったそれだけの理由で、ハーミアはシャナのために己の知識と時間を注ぎ込むことを選択した。

故に、告げる。

「このアタシが、保証しよう」

百余年の時を生きてきた伝説の賢者は、断言する。

「お前の魔法は、この世界で最も学ぶことに向いている」

シャナを見て、ハーミアは笑う。

それは、馬鹿にしているわけでも、嘲っているわけでもない。

はじめてだ、とシャナは思った。

「さあ、わかったらペンを握れ。ノートを開け。授業をはじめよう」

自分を見て、こんなにも期待に満ちた笑みを浮かべてくれる人は。

「死ぬ気で学べ。学べなければ死ね」

もう一人の勇者、もう一人の賢者

「捕まっちゃいましたね」

「ええ。完膚なきまでに捕まりましたね」

自然に漏れ出たのであろう隣からの呟きに、シャナはどこか他人事のように答えた。

寝起きよりは、多少は気分も持ち直してきた。

連れて来られたのは、おそらく谷の最深部。地下牢のような場所ではあったが、待遇はそこまで悪くはなかった。ひどい扱いを受けるのかと思いきや、腕こそ体の後ろで固く縛られているものの、質が良さそうなやわらかいソファーに体重を預けることを許されている。人質とは思えない好待遇だ。口枷や目隠しの類いはつけられていない。言葉を交わすのも自由だ。

妙に扱いが丁重なのは、やはり隣の赤髪の少女のせいか、と、シャナは思った。

「わたしたち、どうなっちゃうんでしょうか？」

「わざわざ手間をかけて村まで誘導してきたんです。何か目的があるのでしょう」

「やっぱり、あの行商人さんは悪い人だったんでしょうか？」

本当になんというか、この赤髪の少女は人を疑うことを知らない。

シャナは呆れを滲ませた言葉をなんとか喉の奥に飲み込んで、言葉を紡いだ。

「あの偽物勇者と猿真似私はもちろんですが、私が考える限り、あの行商人が一番やっかいです。武闘家さんの相手をして、あまつさえ攻撃を当てるなんて、私でも難しいことです」

「じゃあ、賢者さんよりも強い、ってことですか？」

「ふん。魔術と魔法さえ使えれば、私の方が強いことをすぐに証明してやりますよ」

口に出して言ってはみたが、今の状態でそれができないことは明白である。隣の少女の表情も、どこか暗いものだった。

「勇者さんたちが、心配です」

「……騎士さんは怪我をしていましたし、すぐにどうこうされることはないと思います。武闘家さんだって、簡単にやられるはずがありません。むしろ、私たちがピンチだっていうのに、勇者さんはなにやってるんだって感じですよ」

「あれ。死霊術師さんは？」

「あれはバラバラに解体して川に流しても死なないので、本当に心配するだけ無駄です」

「あ、はい」

「それよりも、今は自分たちの身を最優先に考えるべきです」

げんなりと、シャナは腕に貼り付けられた呪符を見た。都で襲撃された際に使用されたのと同じものだ。これがある限り、シャナは魔術を一切使用することができない。そして、今のシャナは自身の魔法を……白花繚乱（ミオ・ブランシュ）を使用することもできない。最悪である。魔術を使えない魔導師なんて、剣がない騎士以上に使えない存在だ。

「賢者さん」

「皆まで言わないでください。私だって不安です」

「や、やっぱりそうですよね……」

「はい」

「ちゃんと、ご飯は出るのでしょうか⁉」

「はい？」

隣の少女があまりにも楽天的だったので、シャナはたまらず聞き返した。

なに言っているのだろうか、この赤髪少女は。

「あなた、さっきお肉をたらふく食べてませんでした？」

「でも、お昼ごはんと夜ご飯は別じゃないですか！」

「……」

この状況下で食事の心配しかしていないのは、いくらなんでも肝が太すぎる。さすが、元魔王というべきだろうか。

なんだか、命の不安を抱いていたことすらばかばかしくなって、シャナは深い深い溜め息を吐いた。

「賢者さん？　大丈夫ですか」

「ええ、大丈夫です。あなたの脳天気っぷりに当てられていると、悩んでいたことがバカバカしくなってきました」

「それはよかったです！」

「……」

この底抜けの明るさの前には、皮肉すら通じない。困ったものである。

「なんだか、賢者さん。さっきからすごく元気がなかったみたいだったので。いつもみたいに溜め息を吐いてくれて、わたし、ほっとしました」

それでいて、人の気持ちの変化には妙に敏感なのだから、本当に困ってしまう。

シャナは押し黙るしかなかった。

「原因は、やっぱり襲ってきた人たちですか？」

「……やれやれ。あなたにそこまで心配されるとは、私もまだまだですね」

今度は溜め息を吐くことはせずに、シャナは少女と視線を合わせる。

「ジェミニも非常に面倒な敵でしたが、厄介さという意味では今回の襲ってきた連中はそれを上回るかもしれません。なぜなら……」

言い切る前に、薄暗かった部屋の照明が点いた。暗闇に慣れていた目が、急な光量の増加に驚いて、細まる。

「ひさしぶり、であるなぁ……我が宿敵。世界を救った、憎き賢者よ」

自分を役職で呼ぶ、低く、鋭い声音。その重さに、シャナは体を硬くした。

歯車が軋むような音を伴って、目の前の床が真横に開き、その中から人影が浮上する。

「吾輩の平穏を奪った恨み。こんなところで晴らす時が来ようとは、夢にも思わなかったのである」

真っ白なバスローブに、手には真っ赤なワイン。なによりも特徴的なのは、口元に豊かに蓄えた、そのヒゲであった。

「あなたは……」

「おうとも。吾輩の顔、忘れたとは言わせないのである」

ごくり、と。

その男を見上げて、シャナは呟いた。

「誰でしたっけ」

「……」

長く、長い。

奇妙な沈黙が、部屋に満ちた。

「ええっ⁉　賢者さん、この方のこと知ってるんじゃないですか⁉」

「いえ、全っ然知りませんね。記憶にありません」

「……」

部屋の中に響くのは、赤髪の少女の元気な声だけだった。

ぱちん、とひげ面の男は再び指を鳴らした。それが合図だったのだろう。再び歯車が噛み合うような音がして、ひげ面が乗っていた足場が下降していき、真横に割れていた床が閉まり、部屋の中が薄暗くなって、元に戻る。

そして、さっかり十秒ほどの間を置いて、再び部屋に明かりが灯った。

「かつて知略を競った吾輩の顔を、よもや忘れたわけではあるまいな。賢者よ？」

どうやら、最初からやり直すつもりのようだった。

シャナはげんなりとしたが、隣に座る赤髪の少女は凝った仕掛けに表情を輝かせた。やはり脳天気である。

ほんの少し冷や汗を浮かべながら、ひげ面の男はワインを一口飲んで言った。

「感動の再会、というやつである。もはや、懐かしさすら感じるのではないか？　我が宿敵。世界を救った、憎き賢者よ」

「いや、だから誰でしたっけ？」

「……ふん。恐ろしさのあまり、吾輩との暗く陰惨な謀略の駆け引き。その記憶を忘却の彼方に送っているようであるな」

「賢者さん、がんばって思い出してあげないとかわいそうですよ。何か、お知り合いみたいですし……」

「いや、でも覚えてないものは覚えてないんですよね」

「あの、その……まさか本当に、吾輩のこと忘れちゃったのであるか？」

「だから誰です？」

「ほら、お前を潰そうとしていた勢力がいたであろう？　王都に」

「いや、勇者さんと別れてからこの一年は、王室周りのいざこざで数え切れないくらい策謀に巻き込まれてましたし。そんなのいちいち覚えてないんですよね」

「お前に後一歩のところで敗れた田舎出身の成り上がり領主がいたであろう？」

「えー、いましたっけ。そんな人……」

「賢者ぁ！」

ワインのグラスが、握力で粉々に砕け散った。

「吾輩である！　タウラス！　タウラス・フェンフである！」

「あ、はい。おひさしぶりですね」

「反応ぁ!?」

迫り上がる床とバスローブとワインで雰囲気を完璧に作っていたひげ面の最上級悪魔、タウラス・フェンフは、キレた。それはもう、その場で足をバタつかせて、キレ散らかした。

「なんであるかなんであるかその反応は!?　吾輩がこれだけ完っ璧なシチュエーションを用意したにもかかわらず、その冷たい反応は!?　もっとこうなんか……あるであろう！　宿敵との再会に、喜びと驚きを滲ませるような反応がっ！」

「まさか、まだ生きていたとは。正直驚きましたよ、タウラス」

「そう！　そんな感じの！」

「相変わらずしぶとさだけはゴキブリ並みですね」

「例えが雑ぅ！」

息を切らして体をくねらせている最上級悪魔を、シャナは冷たい目で見下ろしていた。状況的にはまったく見下ろせる状況ではないのだが、見下ろしていた。

「賢者さん。この方、悪魔なんですか？」

「ええ。こいつは、タウラス・フェンフ。人間に紛れ込んで王都で悪さを企てていた、最上級悪魔です」

「最上級、ということは……」

「そうですね。格としては、あの双子悪魔……ジェミニと同格にあたります」

「え。ほんとですか？」

「はい。残念ながら本当です。よく私にちょっかいをかけてきて、そして一方的に撃退されて追放されました。まさかこんな土地に落ち延びて生き残っているとは思わなかったですけど」

「もう少しマシな紹介をしてほしいのである！」

がばり、と顔をあげたタウラスは息を切らしながら自慢のひげだけは整えて、少女の方に近づいた。

「ご機嫌麗しゅう。我が至高の君よ。このタウラス、魔王様一の忠臣として、耐え難き日を耐え、忍び難きを忍び、ジェミニのクソ共にも先を越され……しかしようやくこうしてお迎えに！」

「そのおひげ、あんまり似合ってないですね」

「なあ、賢者。吾輩、何か魔王様に嫌われるようなことしたのであるか？」

「いえ、単純に似合ってないだけだと思いますよ」

最上級悪魔、タウラス・フェンフは本当に泣きそうだった。

シャナは両手を縛られたまま、やはりタウラスを見下してふんぞり返る。

「ていうか、あなたじゃ話になりません。さっさと今回の襲撃の首謀者を連れてきてください」

「はあ⁉　何を隠そう、この吾輩こそがばっちりがっつり黒幕であるが⁉」

「あの、タウラスさん」

「なんでしょう魔王様？」

「今は真面目なお話をしているので……」

「魔王様っ⁉」

最上級悪魔は、どこまでも舐められ腐っていた。

「もういいだろ、タウラス。オレから話すよ」

「だから、最初からタウラスに任せない方が良いって、私は言ったのに」

見かねた、といった様子で二人分の声が割り込んできた。

かつかつ、と。ブーツの底が、床をリズミカルに叩く。ひげ面の悪魔は舌打ちをしながらも、会話の主導権を譲るように、一歩後ろに下がった。

仮にも最上級の位を冠する悪魔が、人間に何かを譲る。

その事実が、二人の力をなによりも雄弁に証明していた。

襲撃してきた時とは違い、今度は顔は隠していない。部屋に入ってきた二人の顔つきを見て、シャナの隣で少女が事実を確認するように呟いた。

「……勇者さんと、賢者さん」

「あらためて、はじめまして、元魔王のお嬢さん。でも、オレは勇者じゃない」

青年は形だけは朗らかな笑みを浮かべたが、その笑顔は勇者とは似ても似つかなかった。

「シナヤ。シナヤ・ライバックだ。今は、そういう名前を名乗らせてもらっている」

「ルーシェ。ルーシェ・リシェル。シャナなんて名前じゃないから、間違えないように気をつけて」

シナヤとルーシェ。

まったく同じ顔の人間が、まったく違う名前を名乗る。その状況の異常さに、シャナは顔をしかめた。

「生きていたんですね。二人とも」

「うん。残念だった？」

嘲るように、もう一人のシャナ、ルーシェが鼻を鳴らす。

あまり好意的な態度ではなかったが、タウラスよりは話が進みそうだ。

「口を塞がれていないということは、対話の意思があると解釈しています。質問の許可をいただけますか？」

「ああ。オレに答えられることなら、答えるよ」

「では……」

色々と聞きたいことはあったが、シャナにはまず何よりも問い質したいことがあった。

「……あの、どうして、お姫様だっこを？」

それは、純粋な疑問であった。

ルーシェは、甘えるように全身の体重を預けて、シナヤの首に手を回している。シナヤは、ルーシェをお姫様だっこしている。

要するに。簡潔に。

一言でまとめてしまえば。

この二人は、シャナの目の前でめちゃくちゃイチャイチャしていた。

「え。どうして、と聞かれても……なあ？　一日一回はこうしてるし」

「は？」

「シナヤ。真面目に取り合う必要はない。私たちの仲の良さに嫉妬してるだけ」

「は？」

自分と同じ顔をした少女が、勇者と同じ顔をした青年といちゃついて、バカップルをしている。

その事実は、シャナ・グランプレという賢者の脳を破壊するには、十分に過ぎた。

魔法を使えなくなった原因も、精神を乱された原因も、ほぼこれである。

つまり、間接的には、シャナはイチャラブに敗北を喫したことになるのだ。

辛い。ちょっとまた吐きそうだ。もう舌を噛み切って死んでしまいたい。

「賢者さん！　賢者さん！　しっかりしてください！」

「だーから、こいつらは呼ばずに、吾輩だけで話を進めたかったのである……所構わずイチャつかれても、目に毒であろう？」

なんだか、悪魔の言葉の方がまともだった。

シャナは震える唇で、なんとか言葉を紡ぐ。

「み、見るに堪えないですね。こんなのが私だなんて、し、信じられません」

「嫉妬は見苦しいね。シナヤ」

「そうだね。ルーシェ」

「はぁぁ？」

ちょっと、でかい声が出た。

自分を増やすことはシャナにとって日常茶飯事だったが、自分自身にここまで見下されるのは、新鮮な体験であった。

「いくら冷静でクールな私でも、限度がありますよ、これは……」

「もうキレてると思うんですけど……」

「吾輩もそう思うのである」

「何か言いましたか？」

「なんでもないです」

「気の所為である」

余計なことしか言わない元魔王と悪魔を視線だけで黙らせて、シャナは砂糖を吐きたくなるほどに二人だけの空間を形成しているバカップルを睨みつけた。

「どうして、あなたたちを攫ったのか。その理由が聞きたいんでしょ？」

シナヤの肩に頭を預けながら、シャナと同じ顔の少女は言った。

「目的は一つだけ。あなたたちを殺して、私たちが本物になること。それだけ、かな」

殺害。告げられたシンプルな目的に反論したのは、シャナではなく赤髪の少女だった。

「ま、まってください！　お二人は、賢者さんの魔法で増えた存在なんですよね」

「端的に言ってしまえばそう」

「おかしいです！　そんな、自分自身を殺すようなこと……」

「私とこの子を一緒にしないで」

シャナと同じ色の瞳が、シャナを深く深く睨みつける。

「私は、こいつとは違う。でも、こいつの魔法から私たちが生み出されたという事実は変わらない。変えられない。だから、こいつを殺して、私たちが本物になる」

「そんな、そんな勝手な理屈で賢者さんと勇者さんを傷つけないでください！」

振り乱した赤髪。一喝。口調こそ丁寧なものではあったが、反論を許さない強い語調に、ルーシェは一瞬気圧される。しかし、なおも言葉を重ねようとした少女を止めたのは、それまでずっと言葉を発してこなかったシャナだった。

「大丈夫です。赤髪さん」

「賢者さん、でも」

「彼らの行いは、決して許されるものではありません。しかし、彼らを生み出してしまった責任は、間違いなく私にあります」

「……自分が消えることを、認めるってこと？」

「ああ、それとこれとは話がべつですね」

飄々と、シャナは言い切った。

「魔王を倒して世界を救い終わったとはいえ、私もまだまだこの世界でやりたいことがたくさんありますので。黙って殺されてやるほど、物分かりが良いつもりはありません」

「強がるのも大概にしたら？　あなたのご自慢の魔術は、その呪符で封じてる。そして、頼みの綱の魔法も、今は使えないでしょう？」

「え？」

驚いたようにこちらを見る赤髪の少女の視線から、シャナは顔を逸した。

「私っていうコントロールできないイレギュラーを認識して、魔法が正しく作用しなくなってる。わかるよ。だって、私も同じ魔法を持っていて、私自身が今もそういう状態のままだもの」

「一緒にされるのは、心外ですね。あなたの場合は、魔法を鍛える努力をしてこなかっただけでは？」

「ふざけてるのは、そっち。そもそも、自分という存在を自由に増やして、自我をまともに維持できるわけがない。最初から、この魔法で自分自身を増やすのは無理がある。だって」

「ルーシエ」

シャナの心を刺す言葉は、しかし最後まで続かなかった。

「は？」

シャナは、目を丸くするしかなかった。

シナヤが、ルーシェの唇を強引に塞いだからだ。

それは、世間一般にキスと呼ばれる行為であった。

「っ……!?」

ルーシェの指が、シナヤの手のひらに絡む。喘ぐ目尻に、涙が浮かぶ。

「はあ?」

何か、言おうとしたが。

ちょっと、言葉が出てこない。

「ちょっと!? タウラスさん! なんでわたしの目を塞ぐんですか!? 見えないじゃないですか!?」

「ダメなのである。魔王様にはちょっとこれはまだ早いのである」

忠誠心の高い最上級悪魔は、しれっと主の目元を手で塞ぎ、刺激の強すぎる光景を見せないようにしていた。

しかし、賢者の目を塞いでくれる人間は誰もいない。ただ、見せつけられるだけである。

おそらく、耐えきれなくなったのだろう。首を振って重なっていた唇を引き剥がしたルーシェは、潤んだ両目でシナヤの顔を見上げた。

「シナヤ、あなたね……」

「黙らせるには、これしかないと思った。だめだったか?」

「だ、だめじゃないけど」

なんなのだ。なんなのだ、これは。

「じゃあ、いいな？」

「ん……」

再び、顔が近付く。

二回戦が、はじまった。

「……タウラス」

「なんであるか」

「頼みがあります」

「聞くだけ聞いてやるのである」

「私の心が羞恥心で焼き尽くされる前に、殺してください」

最上級悪魔、タウラス・フェンフはこの日、はじめてあれほど苦しめられた世界を救ったパーティーの賢者の、泣きそうな顔を見た。

◆

それは、まだおれが十六のガキだったころの話だ。

生きている、と認識するのに、少し時間がかかった。

「……あー、死ぬかと思った」

わざわざ呟いたのは、まだ震えている自分の膝を鼓舞するためだ。おれは起き上がって、周囲を見回した。幸い、敵の気配はない。

あのクソジジイの長老から逃げるために、崖の上から川に飛び込んだ。そこから先の記憶は、自分でも曖昧だ。

もう一人のおれは、目の前で間違いなく殺された。おれはたまたま偶然、二分の一の確率で狙われなかったから生き残ったに過ぎない。シャナちゃんの魔法で増えたおれの人数は三人。死体が見つからなければ、生き残ったおれをあの執念深い老獪は必ず捜しに来るだろう。

逃げようか、と。少し思った。

たまたま偶然、立ち寄った村だ。べつに、執着する必要はない。運良く生き残ることができたのだから、ここで起こったことはすべて忘れて、アリアのところに帰ればいい。冒険を、再開すればいい。それだけだ。でも、村にはまだもう一人のおれと、シャナちゃんが残っている。

自分自身を見捨てるのは、卑怯なことなのだろうか、と。少し思った。

最悪なのは、おれという存在が、ここで全滅してしまうことだ。魔王を倒すこともできず、アリアのところへ帰ることもできず、道半ばで勇者として倒れてしまうことだ。だから、大丈夫だ。きっと、もう一人のおれも、おれを見捨てて逃げることをわかってくれるはずだ。

そんな風に言い聞かせながら、おれは川を辿って、村へと戻った。

自分自身を見捨てることはできても、花をくれたあのハーフエルフの女の子を見捨てることはできなかった。勇者として失格の烙印を押されてもおかしくはない、愚かな決断だった。

それでも、おれはまだ自分自身を信じていたのかもしれない。もう一人のおれは、シャナちゃんを守り抜いて、きっとまだ生きている。もしかしたら、あのクソジジイを倒して、もうすべては終わっているかもしれない。そんな、淡い期待を抱いていた。

結論から言ってしまえば。おれが再び村に辿り着いた時には、たしかにすべてが終わっていた。

「なんだよ。これ……」

赤々と燃える火が美しかった森中に広がり、木と葉と、肉が焼けるいやな臭いがそこら中に充満していた。なぜか、ほとんどの村人が事切れていて、視界の中で動くものは揺らめく炎だけだった。

「おい！　しっかりしろ！　なにがあった⁉」

まだ辛うじて息があった住人を、抱き起こす。しかしこちらを見詰める瞳は、どこまでも虚ろだった。

「……ゆるさない。なにが、勇者だ。なにが、魔王だ」

吐き出された血と同じくらい、その怨嗟の言葉は黒かった。

「私達はお前を、絶対に、ゆるさない」

息を切らしながら、村中を走り回った。まだ生き残っているはずのおれと、シャナちゃんを捜した。走って、走って、何も考えることができない動物のように、ひたすらに駆けずり回って、

「あ」

ようやくおれは、捜していたものを見つけた。

それはもう、息をしていなかった。それは、もう死んでいた。

おれが助けたかったはずの女の子は、丸太の下敷きになって死んでいた。

「なんで……」

どうしておれは、この子を助けられなかったんだ？

一緒にいたはずだ。一番近くにいたはずだ。守ることができたはずだ。

なのに、なんで、どうして？

なにをやっていたんだ、勇者は？

「お兄さん……？」

本当に微かに、呻くような声が聞こえて。おれは顔をあげた。

最初に出会った、もう一人のシャナちゃんが、そこにいた。ボロボロの姿で、丸太の下敷きになっている自分自身を、感情の抜け落ちた表情で見詰めていた。

おれは、何を言えばいい？

おれは、この子に何を言ってあげられる？

「……ごめん」

結局、口をついて出たのは、許しを請うような最悪の言葉だった。

でも、おれを見下ろすハーフエルフの女の子は、それを笑わなかった。

「お兄さん」

おれは、たった一人の女の子すら救うことができなかった。

何もかも遅くて、間に合わなくて、届かなくて。

「私を、助けてくれますか？」

けれどそれは、勇者になれなかったおれが、最も欲しかった言葉だった。

◆

彼に助けてもらったあと。少女の生活は、とても恵まれたものに変わった。

暴力を振るわれることもない。理不尽な命令を強いられることもない。二人で旅をして、ご飯を食べて、笑い合って。

そんな、生温い生活に浸りながら、しかし少女は心のどこかで諦めをつけていた。

この人は、勇者だから。これから、勇者になる人だから。

こんなにも、やさしくて強い人だから。

だからいつか、もう一度世界を救いに行くのだろう、と。

その旅に、自分が付いていくことはできない。以前から不安定だった魔法の制御が、あの日のトラウマで使い物にならなくなっていた。魔術の練習だけは彼に見えないところでひっそりと続けていたが、勇者の隣で戦うのに相応しい実力ではないことは、自分自身が一番よくわかっていた。

「ねえ。もう大丈夫だよ。私、一人でも生きていけるよ？」

「だめ。自分で大丈夫っていう女の子が、一番大丈夫じゃないんだよ」

一緒に生活を続けている内に、いつの間にか染み付いた敬語は抜け落ちていた。距離感が少しずつ縮まっていくのを感じる反面、どこか一線を引かれているな、とも思った。

関係が変わるのが、こわかったのかもしれない。

もう大丈夫、と言いながら、穏やかな彼との生活が終わってしまうのが、やはり恐ろしかったのだ。

「……あれ」

それは本当に、ただの偶然だった。

いつものように立ち寄った村で、人々から歓声を受けて囲まれているパーティーがいた。

彼と同じ顔の、勇者がいた。

自分と同じ顔の、賢者がいた。

彼らは村人たちから口々に感謝の言葉を述べられ、賑やかで温かな輪の中心で、笑っていた。

「どうする？　あの人たちに、会いに……」

会いに行かないの、なんて。そんなことを言いかけた自分は、どこまで馬鹿だったのだろう。

彼の服の袖を掴みながら。見上げたその横顔を、少女は一生忘れない。

憧れ。後悔。憎しみ。焦燥。葛藤。懐かしさ。

絵の具の色を感情の赴くままに、パレットの上でぐちゃぐちゃに混ぜていったような。決して一言では表現することのできない、その表情を見て、悟ってしまった。

ああ、この人はもう、あそこには戻れないのだ、と。

「……彼らと顔を合わせるのは、まずい。この村はやめよう」

言い訳をするように、温かな声に背を向けた。

どうして、私たちが逃げるように去らなければならないんだろう。

どうして、私たちがこんな惨めな思いをしなければいけないんだろう。

どうして、自分たちの存在が、偽物のように感じてしまうんだろう。

彼の背中を見上げながら、少女は考えた。

私は、何を言えばいい？

私は、この人に何を言ってあげられる？

「ごめんね」

結局、口をついて出たのは、謝罪の言葉だった。

それは、許してほしいという自分の我儘だ。ごめん、という言葉は己の非を認めているようで、本当はどうしようもなく身勝手な一言だと思う。

「私のせいで、勇者になれなくてごめんね」

許してほしい。認めてほしい。自分を見てほしい。

しかし、我儘で身勝手でもいいのだ、と少女は気がついた。

「でも、私がいるから」

いつも撫でられて、慰められてばかりだったから。

その日だけは、自分よりも大きい彼の体を抱き締めて、自分よりも高いところにある彼の頭に、手を伸ばした。

子どものように泣きじゃくりはじめた彼の頭を撫でていると、はじめて何かが満たされた気がした。

「……おれは、勇者じゃない」

「うん。知ってるよ」

「どうしようもなく情けない男だ」

「それでもいいよ」

「本当はきみに、こんなこと言うのは、違うかもしれないけど」

情けなくていい。かっこよくなくていい。

彼の言葉は、どこまでも勇者らしからぬものだったが、

「おれを、ずっと側で助けてほしい」

けれどそれは、賢者になれなかった少女が、最も欲しかった言葉だった。

◆

「本当に助けるのか？」

「うん」

「でも、あいつらは」

「同じ種族ってだけ。それだけで、私はあの人たちを恨めない」

視線の先には、奴隷のエルフがいた。背中の翅を毟られ、逃げられないように傷つけられ、ひどい扱いを受けていた。けれど、彼女は彼らを助けたいと言った。自分も、彼らから同じ扱いを受けていたはずなのに。

最初は、手の届く範囲で助けるだけだった。

いつの間にか助けられた人が、また別の人を連れてくるようになった。

村ができた。生活の基盤が育まれた。けれど、人間のふりをして、どこまで豊かな生活ができるのか。

「私の魔法で、みんなを豊かにするんだ」

たとえ、自分自身を増やすことができなくても。村人たちが丁寧に作った品物を、少女が増やすだけで、それは村の経済を支える産業として成立した。

いつしか、彼はエルフたちから、長と呼ばれるようになっていた。

それはあまりにも皮肉に思えたが、隣で彼女が笑っているのなら、彼は構わなかった。

息を潜めながらの暮らしだったとしても。その村は二人にとって、間違いなく第二の故郷になった。

そうして、偽物の勇者と偽物の賢者は、本物になることを諦めた。

「名前を、決めよう」

勇者になんて、ならなくていい。

賢者になんて、ならなくていい。

「名前？」

世界なんて、救えなくても構わない。

「ああ。おれの……いや、オレたちの、新しい名前」

たとえ自分たちの存在が、魔法によって形作られた偽物だったとしても。

そのはじまりが、価値のない空虚な白だったとしても。

重ねていった感情は、決して色褪せることはない。

「どんな名前が良い？」

「……あなたが決めてくれるなら、なんだっていい」

一から十まで。十から百まで。

自分のすべてを捧げたい。

それが、人を愛するということ。

「私は、あなたの全部になりたい」

偽物たちは、その日。はじめて、本物の愛を理解した。

オレの人生は。

私の人生は。

きっと、この人を幸せにするためにあったのだ。

賢者の師匠　その二

ハーミット・パック・ハーミアは、教え子を静かに見下ろしていた。

「せ、せんせい……こわい。こわいよ」

「焦るな。ゆっくり呼吸をしろ。十八番」

より正確に言うのであれば。教え子の一人を観察していた、と言ったほうが正しい。

ハーミアは、複数人に増やした教え子を見分けるために、番号を振ってそれぞれを呼称していた。

「無理……無理だよ。だってわたし、息をしてるのに……あれ？　息してるのわたし？」

小さな体が、小刻みに震える。

目の焦点が、ズレていく。

「ねえ、わたしが見ているものはなに？　わたしの前にわたしがいるのに、わたしは本当に呼吸してるの？　息をしてるの？　ねえ、先生……！」

「シャナ」

吹かしていたキセルから口を離して、ハーミアは言った。

「コイツはもうダメだ。消せ」

「はい。先生」

「いや待って、せんせ……」

ハーミアの背後に立つシャナが、手をかざす。それだけで、呼吸困難に陥っていた別のシャナは一瞬でかき消えた。

「……ふぅ。十八番は何日保った？」

「六十三日です」

「比較的長生きだったが……やはり自我の喪失からは逃れられない、か」

また煙を吸い込んで、ハーミアは堪えきれない気持ちを吐き出した。

十八番は、昨日の食事の際に、ハーミアにデザートを持ってきてくれた個体だ。二週間ほど前から、食事の好みや笑い方に、他の個体とは違う変化の兆候が見受けられた。

そう。個体である。個人ではない。ハーミアはシャナを一人の生徒として尊重していたが、同時にモルモットを扱うのと同じ感覚で分析も行っていた。

ハーミット・パック・ハーミアという魔導師の中で、それらの価値観は、決して相反しない。

「シャナ。十八番の学習内容は問題なく共有できているか？」

「はい。同化して得ています」

言いながら、ハーミアの背後に並んでいるシャナの内の一人が、黒板に魔術式を書き記した。

それは、ハーミアが別室で、十八番にしか教えていない魔術式だ。

「二十五番。これの性質と戦闘における有効な利用を簡潔に解説しろ」

「はい。この魔術は……」

ハーミアが最初にシャナに授けた魔術は、二つ。

共有と同化。

共有魔術は、近くにいる人間と魔術的なラインを繋ぎ、視覚や聴覚などを共有する術式である。

ハーミアはこれを用いてまず、個人ではなく集団となったシャナに、感覚の共有を行わせた。同じものを見て、同じ音を聞き、同じ感覚を共有する。これにより、シャナという集団は魔術的に思考と感覚を分かち合い、複数の脳で複数の思考を処理する、ある種の群体として完成した。

「……よし、良いだろう。よく理解できている」

「ありがとうございます」

同化魔術は、触れた人間の脳神経に魔力を通じてアクセスし、その人間の知識や記憶、技術を得る術式である。これはハーミアが自ら開発したもので、主に拷問や諜報活動などの後ろ暗い目的を達成するために用いられてきた。比較的簡素な魔導陣を用いる共有魔術に比べて修得難度はかなり高い。が、ハーミアは共有魔術と並行して、この術式を最優先でシャナに叩き込んだ。

他者の脳から知識を情報として抜き出すのに、この魔術が最も適しているからだ。

「よく聞けお前ら。お前らは集団であり、個人であり、全員がシャナ・グランプレという存在だ。そこに矛盾は存在しない」

白花繚乱（ミオ・ブランシュ）はともすれば世界を変える可能性すらある魔法だったが、他の多くの魔法がそうであるように、人間に対して使用するには致命的なまでに生命倫理に反しており……また重大な欠陥を抱えていた。

単純な話、自分と全く同じ顔で、同じ性格の人間が、数十人以上いたとして。自分自身が複数人存在する事実を認識しながら、何食わぬ顔で共同生活を営むことはできるだろうか？

不可能である。

自分の分身が複数いる現実に、知らず知らずの内に精神は摩耗し、焼き切れ、耐えきれなくなって、狂い果てていく。今さっき消した、十八番のように。

だからハーミアは、シャナ達に常日頃から感覚を共有させ、個人というアイデンティティーを徹底的に塗り潰した。そして、自我の喪失に耐えきれなくなった個体はその存在を消去し、同化魔術で個体が得ていた知識と経験を個別に吸い出し、引き継がせる。

「シャナ。十八番が消えた分を追加しろ」

「はい」

新しいシャナが現れ、ナンバリングを加える。

現在、並行して学習を行っている個体は、九十一人。ハーミアの予想を遥かに上回るペースで、シャナは増殖した自分自身の集団としてのコントロールを、ものにしていた。

そして、シャナ・グランプレには間違いなく、ハーフエルフという血に恵まれた、魔術の才能があった。

「さて、今日の授業をはじめようか。シャナ」

「はい。よろしくお願いします、先生」

最初はバラバラだったその声は、今や少しのズレもなく、完膚なきまでに重なって響いている。

魔導師としてのハーミアは、シャナを一人の生徒として、優しく尊重している。

しかし、同時に。

研究者としてのハーミアは、シャナを一つの群体として、つぶさに観察している。

これは矛盾だろうか？

人間であるハーミアは、シャナという存在を使い潰すかのようなこの学習に、どうしようもない嫌悪を抱いている。

賢者であるハーミアは、シャナという存在が到達できるかもしれない魔導師の高みに、ひたすらに興奮している。

重ねて、己に問う。

これは、矛盾だろうか？

「……いや、関係ないな」

矛盾していても、構わない。

魔術の発展は、常にその矛盾を乗り越えた先にある。

悪魔と二人の関係・インターミッション

タウラス・フェンフは、魔王の最も気高き十二の使徒の一柱。第五の雄牛である。

その位階だけで言えば、タウラスはジェミニよりも高い最上級悪魔だ。

魔王軍全盛の時代の前から、より正確に言えば彼女が魔王と呼ばれるその以前からタウラスは彼女に仕えていた。しかし、リリアミラ・ギルデンスターンをはじめとする四天王や、他の最上級悪魔たちから、信頼されていたかといえば決してそうではない。むしろその逆。幹部の中にはタウラスを軽んじるどころか、そもそも彼の存在を知らない者までいた。

タウラス・フェンフは、平穏を望む悪魔だったのである。

「魔王様。吾輩は悪魔に向いていないみたいなのである」

それを告げた瞬間に、あの主の美しい顔が満面の笑みに歪み、しばらく戻らなかったのを、タウラスは今でもよく覚えている。

「そうであるか？」

「タウラス、あなた最高よ！　最高におもしろいわ！」

「ええ！　だってわたし、自分の欲望がそこまで薄い悪魔なんて、見たことも聞いたこともないもの！」

「失礼ながら、魔王様。吾輩は今、あなたの前で呼吸し、あなたにどのように意見を伝えるか思考し、あなたの前で頭を垂れて、今ここに存在しているのである。吾輩の存在を、紛れもない事実として、あなたの瞳と記憶に、刻んでいただきたく……」

「うん、うん！　そうね、タウラス。ごめんなさい。たしかにあなたは、存在しているわ。わたしの目の前に、争いを望まない悪魔として存在している」

だから、と。魔の王は、タウラスの顎に指先を触れて告げた。

「あなたの存在が、わたしは堪らなくおもしろいの」

触れる、ということは、ほとんどの魔法に共通する、行使の準備段階。言い換えてしまえば「お前に触れているわたしは、お前をいつでも殺すことができるのだ」という、一つの意思表示に他ならない。

「あなたは、悪魔失格ね」

しかしタウラスは、その指先の冷たさに恐怖することも、唇にかかる吐息の熱さに溺れることもなく、ただ顔を上げて毅然と答えた。

「恐縮である。魔王様」

たった一言。命乞いですらない、そのつまらないことこの上ない返答を聞いて、魔の王がますます喜んだのは、言うまでもない。

タウラス・フェンフという悪魔は、魔王軍において決して重用されることはなかった。魔王が己に最も近しい十二の使徒を、表立って幹部として重用しなかったように……否、それらの特別な事情を差し引いてなお、最もつまらない閑職にタウラスは追いやられた。あまり発展してない、戦略的な重要性も一切ない、地方の領主として振る舞うという、悪魔にとっては地獄のような日々。

しかしそれが、タウラスという悪魔の魂に平穏をもたらすことを、魔王は見抜いていた。

領主として民衆と交流し、地方独自の文化の発展に尽力し、時には自ら作物や名産品を売り、いつの間にか本来の主である魔王は勇者に倒され……気がつけばタウラスは一地方の領主として相応の力と地位を持つようになり、耳触りの良い人間の言葉に乗せられ、そのまま流されるように王都に進出した。

そして、平穏を望む悪魔は人間の悪意に利用されるだけ利用され、あっさりと地位を失い、都での生活から追い落とされた。賢者とその周辺の政争にいつの間にやら巻き込まれ、もしかしたらちょっと主の敵が討てるんじゃないかな？　みたいな勘違いをして、気がついた時には最悪の形ですべてが終わっていた。

結果は追放である。雄牛の悪魔は人の中に紛れた平穏な生活を試みたが、失敗した。

タウラスは、権力が欲しかったわけではない。特別な地位が欲しかったわけでもない。

朝は、コーヒーの香りを楽しみながら、庭を訪れる小鳥の囀りに耳を傾ける。

昼は、草花を愛でながら、飼い猫の背中を撫でて、共に欠伸を漏らす。

夜は、空の中で輝く月に思いを馳せながら、ランプの光の下で読書に耽る。

そういう、人並みな生活がしたかっただけである。

しかし、叶わなかった。タウラスには地方を治める程度の器はあっても、人の悪意の中で逆に人を操り、人を利用するだけの知略や野望がなかったのだ。

だから、もうやめようと思った。大きな街と交流がない隠れ村に受け入れてもらい、そういった村々を転々としながら、平穏な暮らしを享受しよう、と。

「そう思っていたのに……どうしてお前らは世界を救った勇者どもをわざわざ連れてきたのであるか？」

タウラスは、心底呆れを滲ませた声で呟いた。

目の前では、タウラスと契約を結んだ人物たち……シナヤ・ライバックとルーシェ・リシェルが手を繋いで二人だけの時間を楽しんでいる。具体的には互いの頬をつつき合っている。タウラスは砂糖を吐きそうだった。

「シナヤ、ルーシェ。聞いているのであるか？」

「ああ、聞いてる。聞いてるよ、タウラス」

「あんまりそういう小言ばっかり言ってると、ハゲるよタウラス」

「吾輩はハゲてないのである」

この二人が目の前でイチャつくことには、もう慣れた。いや、本当は慣れていけない気がするのだが、愛を育むこともまた、自分が望むような人間の平穏の一つの形であると、タウラスは理解している。なので、二人の甘い時間を咎める気はなかった。

とはいえ、勝手も過ぎれば限度がある。

「お前たちの生命を吾輩の魔法で維持する代わりに、お前たちはこの村での平穏な暮らしを、吾輩に約束する。そういう契約であろう？」

「もちろんわかっているさ」

ただ、と。言葉を繋げたシナヤはそこでようやくルーシェといちゃつくのをやめて、最上級悪魔に向き直った。

「元々、厄介事をこっちに持ち込んできたのは、あの行商人さんだ。オレたちはお前との契約を反故にする気はない。契約を結んだパートナーとして、それだけは明確にしておきたいし、理解もしてほしい」

「もちろんわかっているのである」

タウラスは鷹揚に頷いた。

「あの行商人は、とびっきりのトラブルメーカーである故。吾輩もあまり好きではないのである」

「ああ、わかるよ。ただ、アイツの力を借りなきゃ解決できない問題もある」

シナヤは、悪魔の手を取った。

「タウラス。オレたちは、本物になりたいんだ」

「本物、であるか？」

「そう。本物だ」

言葉巧みに人間を操り、陥れて契約を結ぶのが悪魔である。しかし、現在のタウラスは人間の言葉に対して、真摯に耳を傾けていた。

「どこまでいっても、オレたちは魔法によって生み出された存在。オレたちの命は、魔法から生まれたものでしかない。事実、今もお前の魔法で、オレたちは命を繋いでいる。感謝しているよ」

シナヤの言葉に、タウラスは歯を見せて笑った。

「感謝の気持ちは有り難く頂戴するのである。しかし、吾輩にとってもお前たちとの契約は、利益があってのこと。過剰な感謝は不要である」

「それでも、感謝は言葉にしないと届かないものだろ。何度も繰り返し伝えたいんだよ」

「そういうものなのであるか？」

「うん。そういうものなの」

タウラスのちょびひげを、ルーシェがつっついた。

少し、くすぐったかったが、悪い気はしない。

「ありがとう、なのである」

「こちらこそ」

シナヤは今度はタウラスの肩に手を置いた。

「だからこそ、オレたちは本物になりたいんだ。お前の魔法に頼らずに、平穏な生活を過ごすことができる、本物になりたい」

「それは、吾輩が不要になる……ということではないのであるか?」

「いいや、違う」

会話を始めてから、はじめての明確な否定だった。

タウラスは、あまり否定されることを好まない。何かを否定することは、常に他者を脅かすことと繋がっているからだ。

しかし、シナヤは少なくとも自分にとって真摯な契約者である。好きではないが、すぐさま反駁しようとは思わなかった。

「ところでタウラス」

「吾輩にまだ何か用であるか?」

「いや、行商人さんに聞いたから少し気になっただけなんだけど。あの赤髪の女の子は、魔王の残滓なんだろ? しかも勇者パーティーは、お前の同胞であるジェミニをすでに殺してる。魔王の復活とか敵討ちとか、そういうことに興味はないのかな、と。少し気になった」

もちろん、答えたくなかったら答えなくても良い、と。シナヤは契約を結んだ悪魔に対する気遣いを見せながら、そう質問を締め括った。

ふむ、と。タウラスは自慢のひげを軽く撫でた。タウラスはべつに、シナヤとルーシェが好きでも嫌いでもない。ただ、二人で幸せを求めるその姿勢に感じ入るところがないといえば嘘になるし、シナヤとルーシェが互いを尊重し合い、愛しあう様は尊いものだという理解はあった。なにより、ルーシェに対するそれとは比べるべくもないが、人間であるシナヤが悪魔である自分に対して向けてくれる気遣いは、好ましいものであるとは思う。そう、一人の悪魔として、だ。

なので、タウラスは契約者の質問に応じた。

「まあ、賢者に復讐しよう、とか。蘇った魔王様に尽くしてみてもいいかな、とか。ちょっと考えなかったわけではないのである」

「うんうん」

「でも実際は、賢者は吾輩のことを覚えてないとか言うし、魔王さまもなんだか別人みたいだったのである」

「ああ……」

たしかに軽んじられていたよなぁ、と。

シナヤは同情の目で、哀れな最上級悪魔を見た。

「吾輩は、魔王様を敬愛していたのである。ジェミニも、吾輩を見下して小馬鹿にするようなところはあったが……魔王様ともう一度会いたい、という気持ちは理解できるし、なによりその高い忠誠心は、吾輩にはないもの。同じ悪魔として、十二の使徒の一人として、心から尊敬しているのである」

「なるほど」

「しかし、そこで吾輩は逆に疑問に思ったのである」

質問に質問で返すのは、礼を失した行いだ。そう思いつつも、悪魔は聞き返さずにはいられなかった。

「どうして吾輩が現在の生活を捨ててまで、あの二人に報いる必要があるのであるか？」

それは、心の底から溢れ出た、純粋な疑問。未知であるが故の不思議。

「……うん。そうだな。その通りだよ、タウラス」

「つまらないことを聞いてごめんね」

「いや、良いのである。お前たちは、吾輩を理解してくれる数少ない同志である故」

繰り返し頷いて、タウラスは部屋を出ていった。

悪魔の背中を見送って、シナヤとルーシェは息を吐く。

「どう思う？　ルーシェ」

「うん。こわいよ。悪魔よりも悪魔らしいなって」

シナヤの肩に、ルーシェは頭を載せた。

「契約したタウラスの魔法に頼っている限り……私達に平穏はないと思う」

◇

「……こまった」

武闘家、ムム・ルセッタはむむ、と唸っていた。

突然の襲撃を受け、応戦。そのままやられることこそなかったものの、完全にシャナたちと分断されてしまった現状は、はっきり言って最悪に近い。

ムムを襲ってきた相手……あの仮面の行商人は、最初からこちらを倒すことは考えていなかったらしい。ムムを谷底に突き落として、パーティーの戦力を分断させる。あれはそれしか考えていない立ち回りだった。

静止の魔法という絶対の防御を持つムムに対して、シンプルだが有効な一手である。

「うーん。困りましたわね。これ、登れる気がしませんわ〜」

ムムの隣で、全裸の死霊術師が脳天気に言った。

「登れる登れないの問題じゃない。すぐに助けに戻らないと」

「とは言いましても、わたくしたち一回負けてるわけですし、無策で戻ってどうにかなる相手ではないのは明らかではありませんこと？」

敵に為す術なく全身をバラバラにされて崖下に突き落とされたリリアミラ・ギルデンスターンは、のほほんとそんなことを言う。ムムは、渋い顔でまた唸った。

「でも、勇者たちが危ない」

「敵の狙いは魔王さまか賢者さまでしょう？　すぐにどうこうされることはないと思いますわ。あの勇者さまと同じ顔の不届き者の存在、この村の経済の回り方……どこをとっても、きな臭いことだらけですから」

まったく、とんだ村に来てしまったものだ。

腕を組んで、ムムはリリアミラの言葉に耳を傾けた。

「勇者が、もう一人いた。こんなことができる魔法は、シャナの白花繚乱（ミオ・ブランシュ）しかない」

「ええ、その通りです。であればむしろ、賢者さまももう一人いる……と。そう考える方が自然というもの」

敵の正体は、もう一人の勇者と賢者。もう一人の自分。

あまりにも馬鹿らしい話だが、馬鹿らしい想像を現実のものにしてしまうのが魔法である。

「それにしても……商売人としては先を越された気がして、少しおもしろくありませんわ」

「……何の話？」

「あらあら、単細胞の武闘家さまはまだ気づかれておりませんのね。あ、うそです。拳を構えないでください。ジョークですジョーク」

拳を振り上げて先を促すと、リリアミラは後ろに下がりながら言葉を紡いだ。

「この村の産業。おかしいとは思いませんでしたか？」

「おかしい？」

「はい。作られている品物の、高い品質。そして、その品質に不釣り合いなほどに用意された品物の数々。基本的に、量産品というのは品質にある程度の折り合いをつけて、生産性を担保するものです。ですが、この村に並んでいる品々は、すべてまったく同じ最高級の品質を保ちながら、店頭に並び、取引されています」

ムムは、村の中に広がる夥しい数の造花を思い出した。恐ろしいほど精巧に丁寧に織られた、まったく同じモノにしか見えない、造り物の花たち。美しい人工の絨毯。

それに目を奪われたのは否定できない事実だが、同時に言い様のない違和感を覚えなかったといえば、それもまた嘘になる。

あんなにきれいな花が、あんなに咲いているわけがない。そんな、マイナスの違和感。

「シャナの魔法で、生産したものを増やしている？」

「ええ、そうとしか考えられませんわね」

ムムの言葉を、リリアミラは肯定した。

一を百にする。ムムたちはそんなシャナの魔法の力を当たり前のように享受してきたが、少し見方を変えてみれば、その魔法は世界の在り方そのものを変えかねない力である。

「そうですわね。一つ、例え話をしましょう」

自分より千も年上の武闘家に向けて。しかしリリアミラは物怖じする様子もなく、話し始めた。

「三十年の経験を持つ、腕の良い刀鍛冶がいました。彼の技術は大変素晴らしいもので、簡単には替えが利きません。そんな人物が暮らす土地では、彼の存在そのものが一つの産業として成立します」

つらつらと、色素の薄い唇が言葉を紡ぐ。

「彼は拘りが強く、素材も最高品質のものしか使いませんでした。彼が一年に制作する刀剣は、最大で二十四本。それ以上の数を制作したことはありません。彼の刀剣は王侯貴族から前線で戦う兵士たちにまで分け隔てなく評判がよく、常に強く求められてきました」

ある種の極論になってしまうが。

職人が大切にされるのは、その職人が唯一無二の存在であり、たった一人しかいないからだ。

だが、それだけの技術を有する職人の数が、一気に百倍になるとしたら？

「賢者さまの魔法があれば、それだけで二十四という数字は二千四百になります。賢者さまの魔法があるだけで、生産力は百倍になるのです」

ムムは何も言い返せなかった。あまりにも、恐ろしい話だった。

谷の上を見上げて、花に包まれたその村を睨む。普通とは違う方法、魔法に頼った特別な方法で、この村は閉鎖的な環境でありながらその力を伸ばしてきたのだ。

「……ゆるせない」

「ええ、ええ。まったくもって本当に許せませんわ！」

珍しく両手を握りしめて、生粋の商売人でもある死霊術師は荒い息を吐いた。

「実はわたくし、以前賢者さまに提案させていただいたことがあるのです。賢者さまの魔法でわたくしが仕入れてきた品物をどんどん増やして、ばんばん輸出して、一緒にガッポガッポと儲けませんか、と」

「うわ」

普段のリリアミラに対するそれとは別の意味で、ムムは引いた。魔法を完全に金儲けに使うことしか考えていない発想である。さすが、魔王軍の財布を管理していた死霊術師は、汚い。あまりにも金に汚い。

「ですので、この村の産業の在り方はかなりわたくしの理想に近いというか、先を越された気分というか……むきーっ！　こんな辺境の閉じた村ではなく、全世界を股にかけるわたくしの会社が一枚噛めば！　もっともっと莫大な利益を生み出すことが可能なはずなのにっ！　ますます腹がたってきましたわ！」

「……」

全裸のままジタバタするたびに、質量のある双丘がぶるぶると揺れる。

いつも思っていることだが、なんでこの女が味方なんだろう？

ムムはなんだか悲しくなった。

「……とにかく、方針を決める」

「と、仰いますと？」

「最優先に考えるべきは、賢者と赤髪ちゃんの救出。次に勇者と騎士。そのためにはまず、この崖を登って村に戻る必要がある」

「あ、わたくしそういう肉体労働は本当に無理なので、良い感じに背負って行っていただけると助かります。もちろん抱っこでも結構ですわ」

「……」

なんでよりによってこの女と二人組になってしまったんだろう？

わりと真剣に、ムムは素っ裸の死霊術師を置いていくことを検討し始めた。

「あと、そもそもの話なのですが」

「なに？」

「上に着いたとして、みなさんをお助けする策はあるのですか？　我々、一度見事にしてやられているわけですし」

「……さっきは油断した。次は勝つ」

「それは一度負けた人間が、もう一度チャンスを得た時にだけ吐くことができるセリフですわね」

耳の痛い指摘だった。

いつもなら殴って黙らせるところを、ムムは黙ってリリアミラを見上げて睨み据えた。

「倒せなくても、止めてみせる」

「いけませんわ。武闘家さまがあの仮面のエセ商人にかかりきりになったとして、その場合他の相手は誰がするのです？　偽物の勇者さまと賢者さま、あの村の兵士たち。無策で戻って勝てる相手ではありません」

「でも、死霊術師」

「ムムさま」

名前を呼ばれて、ムムは押し黙った。

「簡単な話です。倒せなくても止めてみせる、というのは、天下無双の武闘家さまにしては気弱に過ぎます」

ムムの頬に指を這わせながら、死霊術師は満面の笑みで微笑んだ。

「死んでも殺す、と。それくらいの覚悟で臨まなければ、アレを倒すことは困難でしょう」

「……わたしは、命を使い捨てにする、お前の考え方が、昔から好きじゃない」

「ええ、ええ。もちろん存じ上げております。でも、致し方ないでしょう？」

リリアミラの笑みの種類が、皮肉を含んだそれに切り替わる。

「たくさんあるもの。替えが利くもの。数が用意できるもの。そういったものは、唯一無二のものと比べて、どうしてもその価値を落としてしまうのです。ですが同時に、数は強さでもあります。意地を張って口論を重ねるよりも、今は協力し合うべきですわ」

その言い様は、本当に賢者の魔法を皮肉っているとしか思えなかったが、反論のしようがない正論でもあった。

「……話はまとまったかい？」

横入りするような声が、聞こえた。

仮面とローブ。あの村に出入りする人間特有のその姿にムムは身構えたが、声の主は敵対する意思がないことを示すように、両手を上げげた。

「そこのちっちゃいアンタ、あの勇者のボウズの師匠なんだろ？　アタシも同じなんだ」

不自然なほど黒い黒髪が、ずるりと剥けて落ちる。変装用だったのだろう。カツラを取って仮面を外し、その下から出てきた顔には、ムムもリリアミラも見覚えがあった。

シャナ・グランプレが世界を救った賢者として知られる前から、魔術を極めた最高の賢者と謳われた頂点が、四人存在する。

砂岩系の術式を極め、土塊に指先一つで命を宿すと謳われた世界最高のゴーレムマスター。鋼鉄（こうてつ）のオセロ。

純粋な魔術攻撃の威力のみを突き詰め、それらの悪用と普及によって成り上がった史上最悪の魔術犯罪者。朱炎（しゅえん）のバーナーダイン。

この世で唯一、魔導陣を使わない魔導師として知られる異端、生きた伝説。口遊（くちずさ）むシャイロック。

そして、あらゆる魔術を解き明かし、現在の魔導学院における教育の基礎を築いたと言われる女傑。清澄（せいちょう）のハーミア。

合わせて、その名を。

「……四賢」

「これはこれは、見知った顔が出てきましたわね」

世界を救った、賢者の師。

ハーミット・パック・ハーミアは、武闘家と死霊術師に向けて、笑いかけた。

「ウチのバカ弟子たちを助けたい。アタシにも、協力させてもらえるかい？」

再起のために

「騎士ちゃん、生きてる？」

「死んではないから生きてはいるよ。お腹に穴は開いてるけど」

「ならよかった……いや、よくはないけど」

同じ牢に入れられたおれと騎士ちゃんは、冷たい床に寝そべりながらぼんやりとそんなやり取りをしてた。

「ごめんな、こんなことに巻きこんで」

「べつにいいよ。勇者くんの隣にいたら厄介事に巻き込まれるのは、いつものことだし」

ああ、でも……と。

軽めの口調で否定を接続に使って、騎士ちゃんは言った。

「賢者ちゃんのことは、やっぱり……ちゃんとあたしにも話してほしかったなあ」

「ごめん」

時間だけはたっぷりあったので、大まかな事情は話し終えてある。話し終えた上で「どうしてそういう大事なことをもっと先に言わなかったの？」と騎士ちゃんは言っていた。まったくもって、返す言葉もない。

「いやな思い出だろうから、話したくないのもわかるけどさ。でも、前もって聞いてたら、やっぱり違ったと思うよ。いろいろね」

「……ごめん」

「ごめんしか言わないのはずるいなぁ」

またからからと、笑い声が響いた。

「……多分、おれは隠しておきたかったんだと思う」

「それは、賢者ちゃんが、たくさんいたってことを？」

「それもあるけど……いや、それ以上に、おれがあの時、たくさんの人を助けられなかったってことを」

取りこぼしたものが多すぎて、そんな自分が情けなくて。だから、おれは今の賢者ちゃんを大切にすることで、あの日の自分が助けられなかったものを、忘れようとしていた。

「……なんでもかんでも、すべてが救えるわけじゃないよ。今までの冒険だって、そうだったでしょ？　手を伸ばしたもの、全部を救えるのなら、それはもう神様だよ」

「そうだなぁ」

苦笑する。逆立ちしたって、人間の勇者が神様になれるわけがない。

賢者ちゃんがパーティーメンバーに加わったあとも、おれが救えなかったものはたくさんある。数えきれないほどのものを犠牲にして、前に進んで、血反吐を吐きながらもっと前へ、さらに前へと進んで。そうやっておれたちは魔王を倒して、世界を救った。

だからこれはやっぱり、おれ個人の心の問題なのだと思う。

一番最初に、救えなかったもの。一番最初に、助けたかったのに、助けられなかったもの。

おれと賢者ちゃんの出会いの記憶は、言い換えてしまえばそんな思い出だ。

「勇者くんは、あの二人をどうしたいの？」

「……おれは」

「名前をね。呼ばれたんだ」

ぽつり、と。

騎士ちゃんは呟いた。

「勇者くんがもう呼べない名前を、アイツは呼んできた。はっきりと。昔みたいな口調で。それだけで、あたしは固まって、何もできなくなっちゃった」

あの日、賢者ちゃんの魔法で増えたもう一人のおれは、他のパーティーメンバーのことをほとんど知らない。

おれがその後、千年の時を生きる武闘家に弟子入りしたことを知らない。

おれがその後、絶対に死なない死霊術師と血で血を洗う殺し合いを演じたことを知らない。

おれがつい最近、元魔王の女の子をひろったことを知らない。

でも、現在のパーティーメンバーの中で、賢者ちゃんを除いて、一人だけ。賢者ちゃんに出会う前から共に旅をしていた、騎士ちゃんのことだけは、もう一人のおれも知っている。

「良いように利用されたのはわかってる。あの勇者くんが、今は敵なのもわかってる。でもね、あたしはやっぱり思ったよ。昔みたいに名前を呼ばれて、笑いかけられて」

それは、どこか懐かしむような声だった。

「ああ、やっぱりこの人も、あたしが知ってる勇者くんだったんだな、って。そう思ったよ」

魔法によって生まれた、もう一人のおれ。

本物とか偽物とか。そういう話ではない。今まで、違う時間を生きてきた、もう一人のおれ。

「……騎士ちゃんはどうしたい？」

「えー、そうだなぁ……とりあえずアイツにはお腹に穴開けられたし、顔の形が変わるくらいまでボコボコにしたいかな？　ほら、勇者くんと見分け付いたほうがいいし」

「……」

「勇者くん？」

「ああ、はい。そうですね。おれもそう思います」

騎士ちゃんの声は、底冷えする床よりも冷たかった。勘弁してほしい。

「ていうか、それをあたしに聞くのはずるいよ。自分のことは、自分でちゃんと決めなきゃ」

しかも、耳が痛いお説教まで貰ってしまった。

なら、きちんと答えを出さなければ、もっと怒られてしまう。

「おれは……あの二人を、助けたい」

「こんなひどいことされてるのに？」

「うん」

「あたしはお腹に穴開けられてるのに？」

「いやそれはほんとにごめんなさいっていうか、おれがおれに代わって謝るっていうか」

「うそうそ。冗談だよ」

うそつけ。絶対ちょっと怒ってただろ。

「まあ、勇者くんがそう言うなら仕方ないなあ、うん。仕方ない。そういうことなら、あたしも力を貸しましょう」

「いつもありがとう、騎士ちゃん」

「どういたしまして。まあ、方針が決まったとして、まずは脱出しなきゃいけないんだけど……」

まずはそれである。おれたち二人は手枷を付けられている上に、ここは地下深くの牢だ。まずはなんとかして自由の身になりたい。最低限、鍵の一つでも奪わなければお話にならない。

と、そこで足音が近付いてきて、牢の鍵が開いた。

「入れ。お仲間だろう」

「いやん。えっち……」

「黙って入らんか！　まったく……」

声を荒らげながら、見張り役がそれを地下牢の中に放り込む。おれと騎士ちゃんの前に、肌色の物体が転がされた。どうにも見覚えのある肌色だった。

「勇者さま、騎士さま。ご無事で何よりですわ。わたくしが助けに参りました」

というか、見覚えのある全裸の死霊術師さんだった。

「何しに来たの？」

「無論、お二人を助けに参りました」

「どうなったの？」

「ご覧の通り捕まりました」

「馬鹿なの？」

檻の外で、見張り役がやれやれと頭を振る。

「その格好のおかげで、妙なものを隠し持ってないか調べる必要もなかったが……まさか素っ裸で仲間を助けに来るなんて。世界を救った勇者パーティーってのは、どいつもこいつもこんなイカれたヤツばっかなのか？」

「すいませんそれは違うので訂正してください」

とんだ風評被害である。しかし呆れた様子の門番さんは、そのまま階段を上がって上に戻ってしまった。

「ふふ……うまくいきましたわね」

「どこが？」

騎士ちゃんが呆れた表情で、全裸で身動きの取れない死霊術師さんの体をゴロゴロと転がす。

「落ち着いてくださいまし、騎士さま。わたくしがこのような醜態を晒しているのには、理由があります」

「全裸が醜態なら死霊術師さんはいつも醜態でしょ」

「外では武闘家さまが脱出の準備を進めております。わたくしはそれをお二人に伝えに来たのです」

おれと騎士ちゃんは黙って顔を見合わせた。どうやら、さすがになんの考えもなしに全裸で助けに来て捕まったわけではないらしい。

「賢者さまと魔王さま。勇者さまと騎士さまがそれぞれ別に捕らえられていることは事前に探っておりましたので、スムーズに救出に移行するべく、まずはこうしてお二人に会いに来た次第です」

「でもよくおれたちの牢に連れて来られたね？」

「ええ、それはもうがんばりました。捕まったあと、死ぬ前に勇者さまと一目会いたいと泣き喚きましたので」

「死霊術師さんは殺しても死なないでしょ」

騎士ちゃんの冷たいツッコミが冴え渡る。

「まあ、いいや。とりあえず助けに来てくれてありがとう」

「どういたしましてですわ〜！」

「それで、おれたちはどうしたら良い？　師匠が動くのを待って逃げる？」

問いかけに、死霊術師さんは首を横に振った。

「いいえ。それでは脱出の手が足りません。申し訳ありませんが、お二人には自力でこちらから出ていただきます」

「いや、あたしたちもそうしたいのは山々だけど……脱出しようにも方法が」

「はい。ですので、脱出に必要なものを、このわたくしがお持ちしました」

にこやかにそう言われて、ようやく気付く。

ああ、なるほど。たしかに、死霊術師さんなら、それが可能だ。

「鍵をピッキングできるものとか、その口の中に入ってるのかな？」

「ええ、もちろん。捕まった時の必需品ですわ」

「じゃ……お言葉に甘えて」

腹ばいに伏せって、死霊術師さんが大きく開いた口の中に、おれは手を突っ込んだ。後ろ手に拘束されてあまり自由が利かない手のひらで、懸命に必要なものをまさぐる。

率直に言おう。多分、絵面的には中々アウトな光景である。

「ふぁ……あ」

事実、見守っている騎士ちゃんは赤面しているし。なんか死霊術師さんはえっちな声出してるし。

「ちょ……勇者くん！　もっとテキパキやれないの⁉」

「いやこれ結構難しくて……」

「うぶっ……はぁ……勇者さまの（手）、おっきい……」

「死霊術師さんわざとだよね？　絶対わざとだよね？」

「牢屋の中で無理やりというこのシチュ……ふふ、正直滾ります」

「吐け。喉ちんこまで指突っ込んでやるからさっさと吐け」

「あ、冗談です騎士さまたしかにわたくし無理矢理組み敷かれる状況も大好物ではありますが、あまりにも力尽くなのはちょ……うぉえ、ぶおっ⁉」

「騎士ちゃん騎士ちゃん！　出ちゃう！　それ以上は違うもの出ちゃうから！」

おかげさまで、脱出には無駄な時間を要した。

◇

ルーシェ・リシェルのシャナ・グランプレへの拷問は、留まるところを知らなかった。

当然である。捕まえた捕虜の人権を慮るほどの良識を、残酷な少女は持ち合わせていない。

地下水路に面した、村の中でも最も薄暗い地下牢。その中で、ルーシェは淡々と拷問を続けていた。

「それでねそれでね？　シナヤったら私が後ろから抱き着くと照れちゃって……」

「うっがぁぁぉあああ！」

囁くような声音で、すでに数時間。ルーシェによる惚気話はずっと続いていた。すでにシャナの精神は崩壊寸前。全身を鎖と手錠で拘束されていなければ、もっと暴れていただろう。

「うっぐぅううう……」

「でもね、ほら。おはようのキスとおやすみのキスってやっぱり違うものだから」

「え！　そうなんですか⁉」

「うん。そうなの」

「何が違うんですか⁉」

「味」

「味！　なるほど！」

そして、同じ牢の中。シャナの隣では赤髪の少女が熱心に与えられた紙とペンでメモを取っていた。完璧な聞き役であった。シャナの周りには敵しかいなかった。

「なるほどじゃねーんですよこの頭ちんちくりんがぁ！」

「あいたぁ⁉」

唯一まともに動く足で、赤髪の少女の後頭部を蹴り上げる。シャナは赤い瞳に涙目で睨まれた。

「うー……何するんですか、賢者さん」

「それはこっちのセリフなんですよ！　なんでコイツの惚気話をそんな興味深くメモまで取って聞

き込みしてるんですか⁉　おかしいでしょう⁉　コイツ敵ですよ！　敵！」

「いやだって、普通に恋の勉強になるので……」

「敵からも貪欲に学び取ろうとするその姿勢。私が保証する。あなたはきっと伸びる」

「ありがとうございます！」

やっぱコイツ元魔王だ。元魔王だからこんな残酷なことができるんだ。そうに決まってる。シャナはまた泣きたくなった。

「何か質問はある？」

「いいんですか？　じゃあ、ちゅーのタイミングについて教えてください！」

「したくなったらしてる」

「なるほど！」

「むがーっ！」

もう暴れるのも疲れてきた。いい加減そろそろ殺してほしい。

「ルーシェさんすごいです……大人の女性って感じです」

「そうでしょうそうでしょう。……ちなみにちょっと聞きたいんだけど、そっちの私は、あの勇者のお兄ちゃんとはどうなの？　その……どれくらい進んでるかとか、私と比較してどんな感じかとか」

「え」

メモを握った手が、明らかに固まる。視線が気まずさを誤魔化すように、あちこちに泳ぐ。

「……賢者さんの勇者さんは、その、お二人ほどの進展は、そこまで……」

「やっぱそっかぁ……曲がりなりにも私なのに情けない……」

「何上から目線で哀れんでやがるんですかぶち飛ばしますよ」

「かわいそうに」

「かわいそうって言うなぁ！」

シャナとの会話をさっさと切り上げ、ルーシェは自分の話を熱心に聴き込んでくれる少女の方へ向き直った。

「やっぱり、私たち気が合うね。赤髪さん。似た者同士だからかな？」

「似た者、同士？」

素直に首を傾げる赤髪の少女に、ルーシェは屈託なく笑いかける。

「うん。だってそうでしょう。あなたは、かつての魔王が遺していった残り滓のようなもの。タウラスからは、そう聞いた」

くるくる、と。二人の前で、ルーシェは気ままに回る。

「自分以外に、本物がいて。自分よりもすごい、本物がいて。自分以外の誰かが、その影を追い求めてる。それってすっごく、辛いことじゃない？」

「それ、は……」

「わかるよ。私もそうだったから。辛いよね。悲しいよね。でもわかるよ。きっとこの世界で私だけ。あなたと同じように偽物の私だけが、あなたの気持ちを理解できる」

「黙りなさい。それ以上赤髪さんに……」

これ以上はいけない。そう思って口出ししたところを、手で制してきたのは、意外にも赤髪の少女の方だった。

「たしかに……わたしのことを、魔王だと呼ぶ人は、たくさんいます。わたしは、わたしのことを全然知りません。だからわたしは、いつも新しいことをたくさん知りたいって思ってます」

お前は魔王だ、と言われて。少女は一度、自ら命を捨てる選択をした。

それは悩みに悩み抜いた選択で、ある意味、己の恋心というエゴを自分自身で肯定したもので。

でも、そんな自己犠牲は、勇者の一声で粉々に砕かれてしまった。

きみはきみだ、と。彼は言ってくれた。

だから、偽物だとか本物だとか、そんなことはもう知らない。

「わたしは……わたしが、わたしであることを知っています」

そこに関して、ブレる必要もない。

毅然とした返答に、ルーシェはしばらく目を見張ったままで、それから小さく吹き出して、ころころと笑った。

「すごいね、あなた。もう覚悟完了してるって感じだ」

「……今度は、わたしの方からも質問させてください」

「いいよ。なに？」

「どうして、こんなことをするんですか？」

今度はルーシェのほうが、押し黙る番だった。

「わたしは……お二人がすごく、お互いのことを大切にされてるのがわかりました。それはとっても素敵なことで、尊敬します。だからわたしは、お二人が悪い人ではないと思っています。なのにどうして、こんなことをするんですか⁉　あの悪魔に、裏で脅されているんですか⁉　だったら、諦めないでください。勇者さんに事情を話せば、きっと助けてくれます。勇者さんなら……」

「黙って」

それは今までで、最も冷たい声音だった。

「ごめんね。ひどいことをしてるのは、わかってる。でも、私たちにはこれしかないの。悪魔に脅されてるわけでもない。あなたたちを捕えて、賢者と勇者を殺そうとしているのは、本当に一から十まで私達自身の意思」

「ルーシェさん、どうして……」

「消えちゃうの」

それは、触れればなにかを溢してしまいそうな、危うい声音だった。

「消えるって……」

「言葉通り。私の……ううん。私たちの白花繚乱(ミオ・ブランシュ)っていう魔法には、重大な欠陥があるの」

何でも増やせる、万能の魔法。

しかしそこに、明確な弱点があるとしたら？

「増やしたものはね。いつか消えるの」

「え……？」

あまりにも単純な種明かしに、声が出なかった。

「でも、だって……この村で作られているものは、ルーシェさんが増やして……？」

「もちろん増やしたものは、すぐに消えるわけじゃない。数年、あるいはそれ以上の単位で本物とまったく同じ状態で維持される。食べ物は噛み砕かれて吸収されるから関係ない。消耗品は使ってなくなってしまえば、誰も気づかない。でも、そこに同じ状態で在り続けるもの。高価な美術品や……人間は、そうもいかない」

白花繚乱（ミオ・ブランシュ）はその名の通り、花を咲かせる魔法だ。

一輪の花を、百の大輪に。一面の花畑に変える、理想の魔法。

けれど、花はいつか枯れるもの。枯れて地面に落ちるものだ。

「私とシナヤは実際に、数年前に一度消えかけてる。それを今は、悪魔の魔法と契約して、なんとか抑えてるの。私たちに時間はない。だから、本物から作られた偽物の私たちが、本物に成り代わる方法は唯一つ」

魔法は、常に本人も知らないルールに縛られる。

増やせるものは百まで。そのルールに基づき、己を百人まで増やすことができるはずのシャナは、今もルーシェを自分自身であると認識し、互いに互いを魔法効果の中で縛り合っている。

片方が死ねば当然、縛り合っていた縄はすっきりと解ける。当然の帰結だ。

「あなたを殺して、私は生きる。それが、この魔法によって生み出された私が生き残るために選んだ、たった一つの方法」

ルーシェは、簡素なパンと水が入ったプレートを、赤髪の少女の前に置いた。

「だから馴れ合うのは、もう終わり。食事も水も、もうあなたの分しか出さない。極限まで衰弱させて、あなたは私が殺す」

言い捨てて、ルーシェの後ろ姿は去っていく。

赤髪の少女は、隣で拘束されたシャナを見た。

「……」

普段、あれほど毒舌で、あれほど多弁な少女は、ずっと黙ったままだった。

◇

「賢者さん、ほらパンだけでも食べましょう?」

「……いりません」

「……そりゃ、硬くてあんまり美味しくないかもしれないですけど。ちゃんと食べないと、体持ちませんよ?」

「……あなたが、食べてください」

「じゃ、じゃあせめてお水! お水だけでも飲みましょう! 脱水症状は洒落にならないと聞きますし、ね!?」

「もう放っておいてください!」

一喝。自分でも、思っていたより大きな声が出て、シャナは荒い息を吐いた。

「私が……私が馬鹿だったんです。自分がどこかで生き残ってくれているなら、それは嬉しいことだって」

絞り出した声に、感情が滲む。

「どこかで、もう一人の私が、幸せになってくれていたら嬉しい、なんて……そんな馬鹿なことを考えていました。だからみなさんを、危険に晒して、勇者さんを巻き込んでこんな……」

「そんな……ご自分を責めないでください！　勇者さんたちは賢者さんを責めるようなことはしません！」

そう返しても、いつも自信に満ちみちていた瞳は、顔を背けるだけで。翠色の瞳の端に、光るものが落ちた。

「でも、赤髪さんも見たでしょう？　あの二人はこっちが憎らしくなるくらい互いを好き合って、名前を呼び合って……今も、幸せそうに生きてるんです」

「それ、は……」

「私、馬鹿ですから。思っちゃったんですよ。ああ、私も勇者さんと二人っきりで……世界なんて、救いに行かなくて、魔王の呪いも受けなくて」

言ってはいけない。これはだめだ。自分自身がそう思っているはずなのに、言葉が止まらない。

「騎士さんも、武闘家さんも、死霊術師さんも！　あなたも！　誰も彼もみんなみんないなくなって！　あの二人みたいに、私と勇者さんだけで静かに暮らせたら！　それはどんなに幸せだろうって！」

ピキリ、と。

シャナは、人の笑顔に罅が入る音を、はじめて聞いた気がした。

「……口では強がりを言ってきましたけど、もう無理です。あの二人の幸せを壊すことなんて、そんなこと……私には、できない」

「賢者さん……でも、そしたら賢者さんが！」

「はい。そうです。もういいんです。だから、お願いできますか？」

全身を拘束されたままのシャナは、自分の細い首を見せつけるようにして、赤髪の少女に差し出した。

「なに、を……」

「殺してください。お願いします」

いやになるほど、シンプルな願いだった。

赤い瞳が、揺らぐのがわかった。

「で、できません……そんなこと」

「ごめんなさい。でも、今はあなたにしか頼めないんです」

「なんで……他にもっと、だって！　普段の賢者さんなら！　賢者さんは天才なんですから、きっと何か別の方法だって！」

「あれ、嘘なんです」

強気な笑みでもなく。高慢な口ぶりでもなく。

ただ肩を落として共感を誘うような、そんな力のない笑み。けれどそれが、地下に囚われていた頃から変わらない、シャナ・グランプレの本質だった。

「私は、本当は……天才でもなんでもありません。ただ本当に偶然、私の魔法が学習効率に勝れたもので。そして、私の師匠が本当にすごい人だったから。だから私はこうして、賢者の真似事をできているに過ぎないんです」

自信に満ちた態度の薄皮を、一枚剥がす。たったそれだけで、人の本質は顕になる。

「だから、無理です。他の方法なんて、思いつきません。もう、絶対に無理なんです。このまま手をこまねいていたら、二人のバックにいる悪魔が、あなたをまた利用しようとするかもしれません。でも、私が死んだことを確認すれば……きっと、あなただけは逃してくれます」

「……どうして、そんなことがわかるんですか？」

「わかりますよ」

シャナは、鎖がついて重い手で、きれいな赤髪に触れた。

「だって、私のことですから」

だから、殺してください。

シャナは少女に向かって、残酷なお願いをもう一度繰り返した。

涙を流したまま、しばらく呆然と立ちつくしていた少女は、しかし目元のそれを拭って立ち上がる。

「わかりました」

歳はさほど変わらないが、体格はシャナの方が華奢だ。組み敷かれると、もう身動きは取れなかった。

「一気に首を絞めて、落としてください。なるべく、痛くないのが良いです」

「わかりました」

細い白い首に、鎖が巻き付けられる。

「賢者さん」

「なんですか？」

「何か。勇者さんに言い残しておくことは、ありますか？」

「……そうですね」

シャナは、思い返した。

さっき散々聞かされたイチャイチャは本当に聞くに堪えないものだった。どこまでいっても自慢ばかりの惚気話。けれどやっぱり、互いに名前を読んで、呼び合って、そんな関係が羨ましくないかと問われれば、嘘になる。

だから、たった一つだけ。望みがあるとすれば。

「キスは、してみたかったです。私、ファーストキスもまだだったので」

「わかりました」

三度目の肯定を伴って。

赤髪の少女は賢者の首に手を、

「へ……？」

手をかけることなく、硬いパンをさっと手に取って噛み千切り、そのまま口に含んだ状態で、自分の唇を賢者の唇に向けて押し付けた。

「ん～～⁉」

意味が分からなかった。

それは、はじめて感じるやわらかさだった。それは、はじめて唇で感じる体温だった。

あと、めちゃくちゃ小麦の味がした。

数秒、呼吸の限界まで唇を密着したままにされて、遂にシャナは少女を振り払った。

「ぶほっ……ぐほっ……おぇ。な、ななな、なにをするんですか⁉　あなたは！」

「ファーストキス」

「は？」

「ファーストキス、奪ってやりました」

勝ち誇った笑みで告げる少女を見て、賢者は絶句した。

「嫌ですよね？　最初で最後のキスがわたしだなんて。これでもう、死ねなくなっちゃいましたね？　今このまま、賢者さんを殺したら、未練で化けて出てきそうです」

「な、なな……あ、あなたは……」

二の句が、継げなかった。

何を言っているのだ、この子は。

「あと、それ。ちゃんと食べてください。食べるっていうのは生きるってことです。とても大切な

!!?

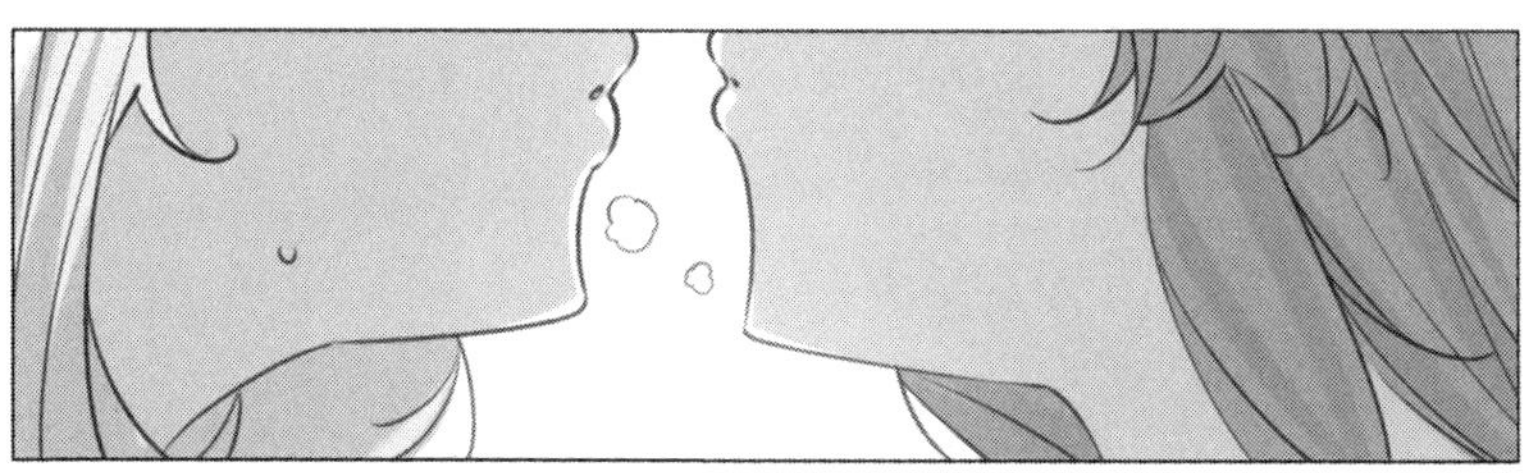

ことです。それを、蔑ろにしないでください」

「こ、この食いしん坊が……っ！」

「はい。そうです。わたしは食いしん坊です。でも、そんな食いしん坊が少ないご飯を分けるくらい、ここにいる食いしん坊は賢者さんのことを尊敬していますし、好きです」

その声に、淀みはなく。

「わたしが知っている賢者さんは、とてもたくさんの知恵を持っています。いつも冷静で、毒のあることを言いながらも、みなさんのことを後ろからよく見ています。パーティーに必要不可欠な存在です」

その瞳に迷いはなく。

「だから、諦めないでください。自分で命を諦めるなんて、そんな悲しい……わたしみたいなこと、言わないでください。賢者さんが迷って、悩んで、決められないのなら、代わりにわたしが言ってあげます」

その心は、どこまでも真っ直ぐで。

「生きてください」

その言葉は、なぜか自然に、シャナの胸を打った。

ああ、やっぱりこの子は魔王だ。

たった一言で、たった一つの行動で、こんなにも人の心を動かしてしまうのだから。

「大体、そんな弱気になった賢者さんなんてわたし、もう見てられません！　賢者さんって呼んでもあげません！　賢者さんなんてもう、シャナちゃんです！　シャナちゃん！」

「……うっせぇですね」

「そうそれ！　それが賢者さんです！」

「う、うざ……」

けれども、そういう少しうざったいくらいのお節介が、いつも人の感情を動かすのだ。

シャナがずっと背中を見守ってきた勇者も、そういうお節介を繰り返してきたのだから。

「……じゃあ、脱出の用意でもしてみますか」

「っ！　さすが賢者さん！　何か策があるんですね！」

「ありませんよ」

「えっ……」

「今は魔法も魔術も使えないし、手詰まりなのは本当なので。強いて言えば、そこ流れてる用水路はそこそこ深そうなので、うまく使えば脱出に使えるかな、くらいで」

「……使えな」

「は？」

「あ、なんでもないです」

「今使えないって言いかけました？　言ったよな？　こっち見ろ」

「い、言ってないです〜！　そんなことないです！」

「ぜってぇ言いましたよね!?　大体、あなたさっきは私のこと毒舌だのなんだのとほざいてましたけど、あなただって口悪いですからね⁉　ナチュラルに失礼なんですよ！」

「そ、そんなことないですから！」

「はっ！　かわいこぶっていても、いつか勇者さんにボロが出ますからね！」

「んなっ……ボロがでるってなんですかボロが出るって⁉　わたしがそんな普段から猫被ってるみたいに！」

「被ってるでしょうが～！　なんでもかんでも楽しそうに！　ご飯は美味しそうに食べて！　はい自分は純粋ですかわいいです～みたいな顔して歩いてるでしょうが！」

「ご飯を美味しく食べるのはべつにいいでしょう⁉　賢者さんがすましたかっこつけキャラ演じてるからって、わたしに当たらないでください！」

「あのぉ……二人とも……良いかな？」

取っ組み合いの喧嘩に発展するかと思われた、その直前。用水路の中から蒼銀の鎧が浮上する。

完全防水の頭兜を引き上げて、姫騎士、アリア・リナージュ・アイアラスは笑った。

「お姉さん、これでも結構がんばって、お腹の傷を堪えてここまで急いで来たんだけど……なんか二人とも、すごく元気そうだね？」

ちょっと怖いタイプの笑みだった。

賢者と赤髪は、黙って顔を見合わせた。

「騎士さん！」

「心細かったです！」

「変わり身早いな、この末っ子ども……」

鎧に引っ付いてきた二人を、アリアはぺいっと引っ剥がした。

「じゃあ二人とも、すぐ脱出するよ」

「はい！」

「この用水路からアリアさんが助けに来てくれる。私の予想通りでした」

「……絶対嘘ですね」

「は？　何か言いましたか赤髪さん？」

「いえ、なんでもありません賢者さん」

睨み合う二人の間に挟まれて、騎士は首を傾げた。

「なんで二人ともちょっと仲悪くなってるの？」

「唇を奪われたせいです」

「くち……え？　ちょっとなに⁉」

「なんでもない！　なんでもないですよ騎士さん！」

「いや何でもはあるでしょ⁉　あたしが死霊術師さんの喉に指突っ込んでる間に、そっちは何してたわけ⁉」

「すいません。そっちはそっちで何してたんですか？」

脱出までには、それなりの時間を要した。

◇

「や、賢者ちゃん」

「あ、勇者さん」

感動の再会とは言い難い気安さだった。

でも今は、それが自然と心地良い。

「大丈夫？　わりとボロボロみたいだけど？」

「人のこと言えます？」

「いやまあ、それはそうなんだけど。師匠からのスパルタなオーダー聞いた？」

「ええ。もちろん。時間は稼いでやるから、自分との決着をつけてこい、だなんて」

「スパルタだよなあ」

「スパルタですねえ」

肩を並べて、座り込む。それくらいの時間は、もらってもいいだろう。

「大丈夫？」

「なにがです？」

「いろいろと」

「正直、迷いました。泣きました」

「うん」

「辛かったです」

「うん」

「どうして私が助けてほしい時に側にいてくれないんですか？」

「ごめんね」

「もっと謝ってください」

「ごめんごめん」

「誠意が足りない」

「いたっ」

いつもの杖で、背中を叩かれた。取り戻せたようでなによりだ。

「勇者さんが側にいてくれなかったせいで、赤髪さんに気合をいれられてしまいました」

「ありゃりゃ。それは見たかったなぁ」

「絶対に見せません」

「そんな断言するほどに？」

「とにかく」

話を遮って、賢者ちゃんは言う。

「勇者さん。私は、あの二人が羨ましかったです」

「それは、名前を呼び合えるから？」

「そんな浅い話じゃありません。あの二人が、本当に愛し合っていたからです」

返答に困る話がきた。

「でも不本意ながら赤髪さんに諭されて、たくさん悩んで、気づきました」

フードが、風をはらんで、持ち上げる。

「私は、勇者さんが好きです」

瞳も、声も、背丈も。

おれの目の前にあるそれらすべてが、あの日の女の子がこんなにも大きくなったことを、否応なしにも証明しているようだった。

「あの偽物なんちゃって勇者よりも、私は今、私の隣にいてくれる勇者さんが好きです」

「おれは、賢者ちゃんの名前を呼べないよ。多分、あの二人みたいに、幸せにしてあげることはできない」

「馬鹿な勇者さんですね」

にっと。

ああ、この子はそういう笑い方もできるようになったのだ、と。

「賢い私が、一つ教えて差し上げましょう。女の子は、幸せになるために恋をするわけじゃないんですよ。幸せになれるかわからなくても、恋をしてしまうんです」

「そっか」

「ええ、そうです」

立ち上がり、互いに違う方向を向く。

「じゃあ、行こうか」

「はい。自分自身とかいうこの世で最も厄介な敵を、ぶっとばしに行きましょう」

考えてみれば、いつだってそうだった。

自分の最大の敵は、いつだって己自身だ。

仮面の正体を見る

魔女のとんがり帽子が、風を受けて揺れていた。

「はーあ。あのクソ勇者小僧め。助けてやっただけじゃなく、アタシに陽動なんてつまらんことこの上ない仕事までやらせやがって……でかすぎる貸しだぞ、これは」

ハーミット・パック・ハーミアは、すこぶる機嫌が悪かった。

ハーミアが勇者たちを助け出すために買って出たのは、敵の足止め。文字にしてしまえば極めてシンプルだが、その実態は数十人以上の魔術を扱うエルフを単身で相手取ることを意味する。

事実、屋根の上であぐらをかく行儀の悪い魔女は、エルフの魔導師たちに完全に包囲されていた。ネズミの一匹ですら、この囲みから抜け出すのは困難だろう。

「人間の魔導師。悪いことは言わん。投降しろ」

「こちらも好き好んでお前たちを殺すつもりはない」

「杖を捨ててくれれば、命までは取らない。我々の誇りに懸けて約束する」

意外にも、最初に勧められたのは降伏だった。

口々に告げるエルフの言葉に、ハーミアは大きな欠伸を一つ。噛み殺して、深く息を吐く。

「なんというか……アレだな。お前らエルフも丸くなったな。あのバカ弟子二号のおかげか？　昔はどいつもこいつも人間見下してる感じだったのに、変わろうと思えば変わるもんだな」

ハーミアの言葉に、彼らにも迷う気配があった。

「我々が望むのは、平穏な暮らし。ただそれだけだ」

それは、まあ。そうなのだろう。

彼らは、嘘を言っているわけではない。

しかし、ハーミアはいっそ慎ましいとも言える彼らの願望を一言で切って捨てた。

「都合良く言い換えるなよ。バカ弟子二号のずるっこい魔法に頼って楽して生きていきたい……の、間違いだろう？」

魔女は、眼下で杖を構えるエルフの魔導師たちを見下ろしながら、吐き捨てる。

「投降しろ、と言ったな。そりゃ逆だ」

深緑の瞳が、鋭利な敵意を剥き出しにする。

「おい、羽虫ども。まだアタシの機嫌が良いうちに、杖を捨てて地面に頭を擦りつけろ。そうすれば、互いに余計な魔力を労さずに済む」

最強と謳われる、四人の賢者。

その一角が放つ威圧感に、しかしエルフたちも退かなかった。

「……残念ながら、話しても無駄なようだな」

ルーシェが自身の魔法によって増やし、大量生産された質の良い杖が、一斉に構えられる。臨戦態勢。敵のそれに合わせて、ハーミアがゆったりと立ち上がる。

屋根の上で背筋を伸ばす魔女に、逃げ場はない。エルフたちが放つ魔術を避ける術もない。故に、ハーミット・パック・ハーミアは防御も回避も、最初から選ばなかった。

「まぁ、とりあえず。全員その杖を下ろせ」

パチン、と。魔女の指先が音を鳴らした。

十数にも及ぶ、魔術攻撃の射出音が響いた。

先手必勝。攻撃こそが、最大の防御。

「……ハァ」

肌が焼け付くような緊張感が漂う中、艶のある唇から漏れる吐息が、その空気を弛緩させた。

結果は明快だった。

エルフたちの攻撃よりも、ハーミアの攻撃の方が速い。否、より正確に言えばエルフたち全員の攻撃よりも、ハーミア唯一人の魔術の方が速かった。

「まったく、本当に欠伸が出る」

つまらなそうなその口調とはどこまでも対照的に、魔女は嘲笑う。

ハーミアを包囲していたエルフたち全員が、自身の杖を取り落としていた。数で優位を取っていたはずの彼らは、その実、攻撃のチャンスすら得ることができなかった。

指先を鳴らす。たった一つのそのアクションで、ハーミアは自身を包囲する魔導師すべてを無力化してみせたのだ。

防御を思考する暇はなかった。放たれたことにすら、手の甲を穿つ痛みがなければ気付けなかった。その事実に、エルフたちは息を呑み、言葉を失う。

それは、特別な魔術ではない。むしろ、初歩中の初歩とも言える砂岩系の魔術。小石ほどの礫を相手に向けて魔導陣から撃ち放つ、殺傷性の薄い攻撃であった。

ただし、それらの初級魔術は、杖を握る魔導師の手に向けて、まったくの同時に、正確無比に放たれていた、という注釈を付け加えなければならない。

「話にならん。魔術に長けたエルフ族が雁首揃えて、反応すらできないのか。アタシの教室の生徒なら、即刻全員落第だな」

ハーミアは鼻を鳴らす。

一般的に、魔導師が一度に行使できる魔術は、基本的に一つ。多くて二つか三つだと言われている。予め学習した魔導陣を杖を用いて展開し、魔術を行使することは、糸であやとりをする行為に近い。魔導陣とは、基本的には両手で形作るものであって、片手でそれを結ぶのは曲芸、同時に三つの糸を張るのは、足の指まで利用するような、イカれた芸当に等しい。

今の一瞬。ハーミアが一秒未満で展開した魔導陣の数は、合計三十七門。

もしも、シャナ・グランプレが同様の魔術行使を求められた場合、まだ年若い天才賢者は、それを簡単に達成するだろう。ただし、そのためには魔法によって三十七人に増えなければならない。つまるところ、王国最強の賢者が三十七人に増えてはじめて行える芸当を、ハーミット・パック・ハーミアという魔女は、たった一人、指先一つで行っていた。

「一つ。無学なお前たちに講義をつけてやろう」

パチン、と。また指が鳴る。それだけで、地面に足をつけていたエルフの半数が、腰まで地面に呑み込まれた。

「現代における魔術戦において、まず最初に考えなければならないのは、数の優位だ。攻撃の威力や範囲、その出力に若干の差があったとしても、魔導師が展開できる魔導陣は、基本的には一人一門。多くて二門。天才でも、まあ三か四が関の山だろう。つまるところ、数的優位は、原則としてそのまま火力の差に直結する」

地面はまずい。

そう判断したまだ戦意を失っていない勇敢なエルフたちは杖を拾いあげ、空中へ飛んだ。

「お、飛べるやつもいんのか。数的優位が戦略的に有効である以上、アタシという個人戦力に対して包囲、殲滅という選択をとったお前たちの判断は、そこまで悪いものではない。これが記述式の問題だったなら、花丸はダメでも三角を付けて中間点をくれてやってもいいかもしれん」

それでも、満点には程遠い。

何故なら、その解答には「相手がハーミット・パック・ハーミアであった場合」という仮定が抜けているからだ。

「なまじ飛べてしまうから、空中で優位を取ろうとする。アタシに対して包囲が有効でないことは、先ほど身を以て痛感したはずなのにな」

パチン、と。三度指が鳴る。それだけで、飛翔を試みようとしたエルフたちは突風によって地面に叩き伏せられた。そして、そのまま地面に呑み込まれ、自由を封じられる。

攻防はない。駆け引きも存在しない。ただ淡々と、一方的な制圧が完了する。

「殺しはしない。あの死霊術師の魔法でどうせ蘇生できるとはいえ、殺さないのが勇者の坊主への義理立てだからな」

ハーミアの魔術は、決して特別なものではない。その魔導陣に、特別な仕掛けが施されているわけでもない。

ただ起動が早く、とてつもなく正確で、運用に無駄がなく、途方もなく数が多いだけ。

それは、魔導師の基本を、愚直に突き詰めただけに過ぎない。だからこそ、彼女と対峙するエルフたちは、その底知れない研鑽を垣間見て絶句する。

「やれやれ。本当に、クソつまらん仕事だ」

勝てない。勝てるわけがない。

これを化物と呼ばずして、何を化物と呼べばいいのだろうか。

ハーミアは、決して簡単ではないこの役目を「つまらん仕事」だと言い切った。

当然だ。一流の魔導師を超える魔力を持つエルフが、高々数十人程度集まったところで、四賢の魔女にとっては準備運動にすらなりはしない。

「とはいえ、アタシが勇者や馬鹿弟子に直接手を貸しに行けば本末転倒だしな。せっかくだし、このまま最上級悪魔とやらを拝みに行くか」

「じゃあここは試しに一つ、俺と少し遊んでくれねぇですかい？」

不意に背後からかけられた声に、ハーミアは即応した。

今まで指先一つで済ませてきた起動をあっさりと放棄し、杖を構えて本気で撃ち放つ。

しかし、それまで放たれたどの魔術よりも巨大な火の玉を、声の主は片手であっさり打ち消した。

片手で、である。

「出てきたな。待ってたよ。クソボウズ」

「何を仰ってるやら、さっぱりわかりませんなぁ！　別嬪のねえさん！　俺ぁあんたと会った記憶もねぇが、どこかで顔を合わせたことでも？」

「おいおい。照れるなよ。同じ四賢に数えられる仲じゃあないか！」

ハーミアの、その言葉が答えだ。

瞬間、動きが僅かに鈍った仮面の行商人の頭を、ムム・ルセッタの拳が殴りぬいた。

完璧な奇襲。完璧な不意打ち。しかし、ハーミアの傍らに降り立ったムムは舌打ちを一つ。

「仕留められなかった」

「ま、この程度で殺せりゃあ、なんの苦労もないわな」

土煙の中から、男がゆったりと立ち上がる。

「あいたた……これはこれは、武闘家のねーさん。昨日ぶりですなぁ」

「よっ」

「あれだけ丁寧にぶっ飛ばして差し上げたのに、こんなに早く戻ってこられるとは……一体俺になんの御用で?」

「ん。リベンジ」

「ははぁ、左様で」

ゴキゴキ、と。体を鳴らしながら、仮面の男は頷いた。叩きつけられた岩盤は大きく穴が開いてるような有様だが、ダメージは見られない。

すっと。彼が指先を向けた瞬間、エルフたちを拘束していた魔術が解除され、囚われの身が自由になる。

「あ、みなさんは逃げてくださいな。ここ、これから危ないんでね」

「くっ……すまない」

三々五々に散っていくエルフたちを、ハーミアは追わなかった。

「あれぇ? 追わなくていいんですかい?」

「追おうとしたらその瞬間にアタシ殺すだろ、お前。そっちと真正面から対峙した時点で、他のことに構ってる余裕なんざないんだよ」

「つれねえ人だなぁ。まあたしかに、俺の目の前でエルフなんぞに浮気されちゃあ、男が廃るってもんで。後ろから撃ち抜いて終わりですけどね」

「試してみるか?」

「おーおー、それじゃあ……」

仮面の男の姿が、忽然と掻き消える。

「お言葉に甘えて」

魔術なのか。魔法なのか。

一瞬でハーミアの背後を取った仮面の男は、銃口のように伸ばした人指し指を、彼女の背中に。心臓の裏に、突きつけた。

「はい。バァン」

呟いた瞬間。しかし指先から発射されたそれはハーミアの体を穿つことなく、岸壁をどこまでも貫通するに留まった。ムムが、仮面の男の腕を拳で打ち上げたからである。

「うはっ……反応はや」

「お前は遅いな」

言いながら打った拳には、命中するという確信があった。しかし、避けられる。意識の外。本能と理性でこれは当たると確信した攻撃が避けられる、致命的な違和感。

「申し訳ないけど近接は苦手でね」

「撃ち合いがご所望かぁ⁉　なら、存分に付き合うといい！」

ムムの背後で、魔導陣の発射準備が整う。しかし、ムムは避けようともせず、ハーミアもまたそれらの魔術攻撃にムムを巻き込むことに、何の躊躇もなかった。

「おいおい、こりゃ嘘だろ」

「現実だ。受け入れろ……若僧っ！」

ハーミット・パック・ハーミアが選択したのは、炎熱と迅風の複合魔術。簡潔に言ってしまえば、それは最も殺傷力と速度がある、高等複合攻撃術式だ。

炎の竜巻が、幾重にも仮面の男に直撃し、そして直撃の度に彼はそれらを、腕でかき消す。

「お生憎様ですなぁ。どんなに優れた魔術でも、俺には効かないってわかってるでしょうに……あ⁉」

仮面の男のその余裕を。

千年の経験が、塗り替える。

すべて着弾したはずの炎の竜巻が、時間差でもう一発。まるで静止していた時間から動き出したように、襲い掛かる。

「なんっ……⁉」

ハーミアは最初から、前衛のムムを巻き込むつもりで攻撃を放っていた。ムムもそれは想定済み。受けた攻撃を静止の魔法で止め、時間差でターゲットに向けて流す。

「急造にしちゃ、良い連携だろう？」

意趣返し、と言わんばかりに。背後を取ったハーミアの魔術を、仮面の男は体を捻って避ける。

「むん」

避けたところに、武闘家の一撃が遂にクリーンヒットした。

仮面の男の体が、まるで錐揉みするように地面を転がり、のたうち回る。

「ぐっはぁ……洒落にならない痛み！」

そして、その顔を覆っていた仮面が、遂に砕けて割れた。

「ようやく素顔が御開帳だな。クソボウズ」

「あーあ……くそったれ。この仮面、結構気に入ってたんだけどなぁ」

口調も声音も、がらりと変わる。

仮面の下から出てきたのは、ムムの想像以上に柔らかで端正な顔立ちだった。

「ハーミアさん。あなた、二人がかりとかプライドとかはないわけ？」

「プライド？　もちろんあるさ。今頃、犬の肛門から排出されてると思うがな」

ハーミアはせせら笑う。

「アタシはなによりも勝つことの方が好きでね。そのためならプライドなんざ即行で犬の餌だ」

「勘弁してほしいなぁ……」

砕けた仮面を完全に放り捨てて、男は嗤う。

ハーミアは遂に、彼の名を口にした。

「かつて魔王に魔術を教えた唯一の師……人類最悪の、裏切りの賢者。口遊むシャイロック。お前は何が目的だ？」

素顔を晒した男に向けて、それを問う。

「すいませんね。ババアたちに教える気はないわ」

「そうか。なら、黙って消えろ」

戦闘は激化する。もう誰にも止められない。

己との決別

結局のところ。

おれの相手は、律儀におれの到着を待っているようだった。

「何をしにきた。勇者殿」

「決着をつけにきた」

もしかしたら、断られるかもしれない、と思ったが。

「なるほど」

さすがは、おれというべきか。

「では、喜んで受けて立とう」

好戦的なその笑みは、ぶん殴りたくなるほどに憎らしかった。

「それと、賢者ちゃんとは話をしたか？」

「ああ。牢の中に閉じ込めた」

おれの顔をした敵は、淡々と言った。

「水も食事も一切与えていない。一人で寂しくて、もう死んでるかもな」

「は？」

おれは言葉を失った。

「どうした。勇者殿。大事な大事な仲間が死んで、声も出ないか？　と、煽りたいところだがまぁ、その様子だと賢者の方も逃げ出しているのだろうし、揺さぶりにもならないか」

違う。そうじゃない。

「いいさ。お前の賢者は、オレのルーシェが殺す」

賢者ちゃんは死なせたくない。それは当然だ。だが、合理的に判断すれば、死んだくらいでは賢者ちゃんは死なない。死霊術師さんが生き返らせてくれるからだ。

「どうした？　何をそんなに震えている？　どうせ、あの魔王軍の幹部の女が生き返らせてくれるだろう？　何をそんなに焦る？」

ああ、そうだ。

世界を救うその過程で、おれの命に対する倫理観は、どうしようもないほどに歪んでしまっていて。頭のどこかで、大丈夫だと。必ず死霊術師さんが生き返らせてくれると、酷薄なもう一人のおれが囁いている。

ああ、けれど。おれが、こんなにも動揺しているのは。

「お前、本当に賢者ちゃんを牢に入れたのか？」

「だからそう言ってるだろう」

「食事も、水も、何も与えなかったのか!?」

「そうだ。暗い牢の中で、何も与えなかった」

「っ……お前はっ！　あのクソジジイが、小さかったあの子にしたことを！　まったく同じ仕打ちを、あの子にやったのか⁉」

「そうだ。肉体は、あの死霊術師がいくらでも蘇らせることができる」

おれの顔をしたそれは、おれの言葉を肯定した。

「でもほら、あの子の心を殺すには、そうするのが一番効率的だろう？」

おれの顔をしたそれは、おれの前ではじめて笑った。

純粋な疑問が、心の奥から、泥のように湧き上がってきた。


誰だよ、お前。


ずっと信じていた、鏡が割れる音が鳴った。

思考する前に、足が一歩。強く強く、地面を踏みしめた。

踏み込んだ瞬間に、それの全身が硬化したのがわかった。

その魔法を、おれは知っている。

なので、おれは迷わなかった。

その鋼の体を、右の拳で殴り抜く。

瞬間、吹き飛んだそれはなぜか驚いた表情になって。背後の岩壁に叩きつけられ、胃の中身をげえげえと吐き出してから、ようやく自分が何をされたか正しく認識できたようだった。

「ぐっ、うぅ。どうした？　まるで別人だな」

「ああ。お前とは違って、優秀な師匠に教えを受けたからな」

沸騰しながらも、やはりどこか冷静なまま動いている思考の一部分が、今の拳は落第だと告げていた。

右手の感覚がない。おそらく、骨は粉々に砕けている。もう使い物にならないだろう。

わかっている。自分自身が傷つく拳を、師匠は決して許さない。

でも、仕方がない。

おれは、それを殴らなければいけなかったから。

「なにしてんだ。早く立て」

脂汗を浮かべながらも、それは好戦的な笑みを崩さない。おれの言葉を受けて、ゆっくりと立ち上がる。

今、この瞬間。おれが世界で最も殺してやりたい男の笑みが、それの顔面に浮かんでいた。

「いくぞ。勇者」

それは、知っている顔だった。

それは、知っている魔法だった。

あるいはそれだけは、知っている心の、はずだった。

「お前を殺して、オレは。本物のオレになる」

「黙れ」

何もかも、違った。

おれは、勇者だ。それは、勇者じゃない。

これが答えだ。

だから、

「お前なんて知らない」

賢者の師匠　その三

シャナが一般的な教養の履修を終え、いよいよ本格的な魔術の学習に入り、増殖の魔法による多人数での学習にも慣れてきた頃。

「ふっざけるなよぉおお！」

大賢者、ハーミット・パック・ハーミアは、怒っていた。

有り体に言ってしまえば、ブチギレていた。

「アタシは！　かわいいかわいいお前のために！　半年で魔術のすべてを会得できる完璧なカリキュラムを用意したってのに！　あと少しで仕上げに掛かれるのに！　なんで一人足りないんだぁあああああ！」

絶叫であった。あまりにもうるさい声に、シャナは顔をしかめた。

怒りの理由は、ハーミアが口にした通り。

百人いるはずのシャナが、一人足りない。それだけの理由であった。

最初は、誤魔化せると思っていた。しかし、恩師の観察の目を欺くことはできなかった。

簡潔に、シャナは事情を説明した。

昔、勇者が自分を助けてくれたこと。

その時はまだ満足に魔法のコントロールができず、自分が何人に増えたかすらわからなかったこと。

そして、おそらく生き残った自分が、この世界のどこかにいること。

師の声が大きいのには慣れてきたので、シャナは素直に頭を下げて、重ねて謝罪した。

「ごめんなさい」

「なぜ言わなかった⁉　黙っていた⁉」

「怒られると思って」

「当たり前だぁ！　この馬鹿弟子がぁっ！」

シャナを馬鹿と罵る権利を持っているのはこの馬鹿師匠だけだったので、シャナはその罵倒を甘んじて受け入れていた。

「まったく！　アタシの完璧なカリキュラムを組み直さなきゃならん！　くそっ！　キリキリ学べよ、お前たち！　たかが一人！　されど一人だ！　抜けた穴は大きいぞ！」

頭を下げているシャナ以外、黙々と机に向かっているその他九十八人のシャナに向けて、ハーミアは声を張り上げた。

「あの、先生」

「なんだ。馬鹿弟子。言わなくてもわかると思うが、お前の隠し事のせいでアタシはすこぶる機嫌が悪いぞ。質問をするなら簡潔に要点をまとめた上で答えろ」

「その……怒らないんですか？」

ぶちり、と。

シャナは生まれてはじめて、人間の血管が物理的にキレる音を聞いた気がした。

「あぁ⁉ 怒っているだろうが！ 現在進行形でっ！ 怒鳴り散らかしてるだろうが！ これがキレてないっていうなら、何をすればキレていることになるんだ⁉ 手でも出してやればいいのか⁉」

「でも先生、私のこと絶対殴りませんよね？」

「当たり前だボケナスぅ！ 生徒に手を出す教師がどこにいるってんだ⁉ 感情に身を任せた暴力は人間の理性から最も遠い、品性に欠けた行為だろうが！ お前はいい加減その理不尽な暴力に慣れきった奴隷っぽい価値観の自己申告をやめろ！ 幸の薄さがこっちまで移ってきそうで背中が痒くなるんだよ！ そんなもんは、忘れて捨てて改めろっ！」

ハーミアの指導はひたすらに厳しく、一切の甘えを許さないものだったが、それでも彼女は戦闘を交えた魔術の訓練を除いて、決してシャナに手をあげることはなかった。

だから、どんなに怒鳴られようと、どやされようと、物怖じせずに真っ直ぐに相手の瞳を見詰めることができる癖がついたのかもしれない。

「もう一つ質問です」

「どんだけ図々しいんだお前は!? 本当にしばき倒すぞ!?」

「どうして先生は、ここにいない私を探そうとしないんですか?」

「……」

「効率を何よりも重視する先生なら、ここにいない私を探し出して、連れ戻して……消して同化して。完璧な形で、百人で学習させようとするんじゃないですか?」

「はあ? ふざけんな。どうしてアタシがお前のために手間暇を割かなきゃならないんだよ!」

「今もこうして、先生が私のために手間暇を割いて魔術を教えてくれているからですよ」

「……無駄に賢くなったな、お前」

「賢い弟子の方がお好きでしょう?」

「……かわいくねぇ教え子だなっ! くそがっ!」

学習活動と並行して、シャナは白花繚乱(ミオ・ブランシュ)のコントロールを、以前よりも格段に高いレベルでものにしていた。あれだけ苦しんでいたアイデンティティーの喪失も今や完璧に克服し、複数人のシャナが違う内容を学習しながら、ハーミアへの悪口で盛り上がって談笑できる程度には『集団としての個』を確立していた。

「……まあ、いいか。ちょっと全員、着いてこい」

あれほど効率と時間を重視する師が、この日だけはシャナ達を全員連れ出した。

まるで呼吸をするように、高位の空間魔術で、ハーミアは九十九人のシャナを全員移動させた。

「先生。これあとで教えてください」

「まだ早い。もう少ししたらな」

杖の一振りで百人を一気に移動させる師の魔術に、改めて感動して。そのせいで、九十九人いるはずのシャナは誰一人として、困ったように笑うハーミアの表情がいつもとは違うことに気づけなかった。

「……きれいな場所ですね」

転移した場所は、庭園だった。いくつもの花が植えられ、手入れも几帳面に行き届いている。中央には、数え切れない小さな石がいくつも並んでおり、それらすべてに花が添えられていた。

「へえ。ずぼらな先生にしては、管理が行き届いてますね。でもこの石、なんでこんなに並んでいるんですか？」

「見てわからないか？」

「わかりませんよ。同じような花ばかり並んでいますし」

「……そうだな。そうかもしれないな」

要領を得ない答えだった。

「らしくないですね、先生。一体、私に何を見せたかったんですか？」

「お前の墓」

「……は？」

簡潔な答えに、九十九人全員が、揃って固まった。

「だから、お前の墓だよ、これは。自我の喪失に耐えきれずに消えてったやつを、一人ずつ弔ってるんだ。まあ、アタシのただの自己満足なんだけどな」

自分の墓、と言われても。

シャナの中には、その実感がまるで湧かなかった。

「お前はさっき、供えられている花を同じと言ったが……ここに、同じ花なんてないんだ。ないんだよ、シャナ」

飄飄と指導しながら。

淡々と分析しながら。

擦り減っていたのは、シャナの精神だけではなかった。

シャナという特殊な魔導師を指導するハーミアの心も、少しずつ摩耗していた。

「アタシは教師だ。質問には答える義務がある。さっきの質問に、答えようか」

シャナには名前もわからない。すぐそばに咲いていた花を一輪取って、ハーミアは言葉を紡いだ。

「魔導師にならないお前がいても、良いと思った。ここではない場所で、呑気に笑ってるお前がいるなら、見てみたいと思った。アタシに出会わなかったお前に、生きていてほしいと……ちょっとだけ、そう思った。これが、答えだ」

「でも先生、それは……」

「あー、わかってる。わかってるよ。アタシは、お前が目指しているものを否定する気は毛頭ない。アタシのやり方が、間違ってるとも思わない。お前がこの短期間で魔術を極めて、本気で世界を救おうとしているあのバカボウズの力になるためには、この方法しかなかった。勇者のために、魔術の道に進んでいるお前を、これからも全力で指導してやるさ。理由や動機なんてもんは、どうだっていいんだ」

やはりシャナの頭の上に手を置いて、ハーミアは笑った。

「アタシは、お前がアタシを超える魔導師になると、確信している」

それはきっと、一人の賢者として自分に向き合ってくれているハーミット・パック・ハーミアの言葉であり、

「でもなぁ、理屈じゃないんだ。犠牲になったお前をアタシは知っているから。だから、どこかで生きてるお前がいるなら、やっぱり嬉しい」

それもきっと、一人の師匠として自分に向き合ってくれているハーミット・パック・ハーミアの言葉だった。

「笑ってくれていいぞ。いっそ、バカにしてくれて構わない。アタシがやってることは、完璧に矛盾してるからな」

「……バカにするわけ、ないじゃないですか。先生をバカにする権利なんて、誰にもありません」

「そうだなぁ。アタシは最高に天才だからな」

取り出したキセルから、煙が漏れる。

「シャナ。お前の指導は、もうすぐ終わる」

「はい」

「お前のその魔法と、最強のアタシが教えた魔術があれば、魔王だって倒せる。アタシは毛ほども興味はないが、こんな世界でも本気で救いたいっていうなら、存分に救ってこい」

「……はい」

「相変わらずちいせぇ返事だな。やれやれ」

横目で笑うハーミアの髪が、風を受けて揺れる。

「お前に教えられることは大体教えたつもりだが、最後に一つだけ。課題を出す」

「課題？」

「いつか、お前の目の前に。どこかで生きてる、お前とは違う人生を歩んできたお前が現れた時……もしかしたら、辛いかもしれない。受け入れられないかもしれない。認められないかもしれない」

否定し、否定し、否定して。

けれどその上で、

「でも、逃げるな」

ふっと吐き出した煙が、円を描く。

「その時が、お前が本当の意味で魔法に向き合う時。自分の心に、向き合う瞬間だ」

決着

その時が来てしまいましたよ。先生。

シャナ・グランプレは、心の中で静かに呟いた。

交戦の開始に、合図はなかった。

会話すらなく、殺意に満ちた魔術の撃ち合いがはじまった。

「あなたは、私とは違う！」

「ええ。あなたは私とは違います」

「私は、あなたみたいにはなれないっ！」

「ええ。私も、あなたは私のようになる必要はないと思います」

「っ……馬鹿にしてっ！」

「すいません。性格の悪い恩師から教育を受けたものですから。言葉のキャッチボールというものが、どうにも苦手で」

「もう黙れっ！」

ルーシェは、一喝と同時に魔導陣を展開。そこから生成される炎の矢が、シャナに向けて殺到する。

優秀な展開速度。及第点と言える威力。回避の先を読んだ狙い。

ルーシェの放った魔術はそれらすべてが優秀で、そして優秀であるからこそ、世界最高の賢者にとってはあまりにも迎撃が容易い攻撃だった。

「遅いですね」

呟きだけを漏らして、杖が軽く地面を叩く。

地面から噴水の如く垂直に伸び上がる水流が、賢者を守る壁となって、炎の矢の勢いを殺し、鎮火した。

「……このっ！」

「増えることができないのなら、互角だと思いましたか？」

ルーシェの手とシャナの手が、展開した魔導陣に触れる。

魔法が発動し、それぞれの魔導陣が増殖。互いに加減も手抜きもなく、総数百門に及ぶ魔術の砲弾が、向かい合わせで構えられる。

通常の魔導師が同時に起動できる術式は、精々三つが限度である。手で触れるというワンアクションで、それだけで二桁を超える数の魔導陣を一瞬で展開する白花繚乱（ミオ・ブランシュ）は、やはり魔術の理を捻じ曲げる、魔法であった。

ルーシェは再び、炎の矢を。

シャナも同じく、圧縮された高圧の水流を。

選択した魔術の属性は、さながら感情の表れであった。

炸裂は、やはり同時。

炎と水の衝突は、周囲に響く轟音と、圧倒的な破壊と、

「あぐっ……!?」

そして、明らかな結果をもたらした。

力負けである。どちらが負けたかは、言うまでもない。

シャナが放った水流に呑まれたルーシェは、流されるように地面を転がり、木の幹に背中を叩きつけられて、飲み込みかけた水を吐き出した。

「はぁ、はっ……はっはっ」

飛びかけた意識を、懸命に繋ぎ止める。

咳き込みながら、前を見る。

流水系の魔術は、他の魔術に比べて殺傷能力が低い。打ち放つ水を高圧水流に至るレベルにまで研ぎ澄ませばまた話は変わってくるが、基本的には多人数を相手にした際に狙いをつけない面制圧として用いられる。

もちろん、炎熱系の魔術に対する相性問題もあるだろう。しかし、

「まさか、手加減してるの？」

疑問が、口をついて出た。

歯軋りしながら立ち上がるルーシェを静かに見詰めて、シャナは淡々と告げた。

「次、いきますよ」

質問に対する答えではなかった。

濡れた水の冷たさとは種類の違う悪寒が、全身を駆け巡る。

ルーシェは半ば反射で迅風系の魔導陣を展開し、風の刃を放った。視認が難しい、速度に優れたその攻撃を、しかしシャナは杖の一振りで防いでみせる。

今度は、地面から隆起する土の壁だった。

「くそ……くそっ！　くそ！」

ルーシェの魔術を見たあとで、シャナは対応している。見てから、対応できてしまっている。

つまり、負けているのだ。

魔導陣の展開スピードも、術式の選択の判断も、攻撃と防御の駆け引きも。

すべてにおいて、魔導師としてのルーシェ・リシェルは、シャナ・グランプレに負けている。

「どうします？　大人しく負けを認めますか？」

「いやだっ！」

水を吸って張り付く服の感覚が不快だ。濡れた髪から滴る水滴が不快だ。

何よりも、絶対に勝てないことを悟り始めている己が、ルーシェは不快だった。

「……私は、消えたくない」

正面。再び相対した状態からの、魔術の撃ち合い。

「なんで私が、偽物みたいに扱われなきゃいけないの⁉　私が弱いから⁉　シナヤが、勇者になれなかったから⁉」

火花が散り、粉塵が舞う。

伴って吐き出される、叫びがあった。

「違う！　私たちは、あんたたちの偽物じゃないっ！」

空中に打ち上げられた水滴が、雨のように降り注ぐ。

シャナは、言葉を発しない。淡々と魔術で撃ち合いながら、前に歩を進める。

「シナヤは本当は、勇者になれた！　勇者になれたはずなのに、私を守ろうとしてくれたから、勇者になるのを諦めた！」

突風が吹き荒び、二人の銀髪を揺らして靡かせる。

シャナは黙々と、前に出る。

「世界を救ったからえらいの⁉　たくさんの人を助けた方が正しいの⁉　そんなの、私は絶対認めない！　認めてなんかやらない！」

粉々に砕け散った岩石の破片が、頬を切る。

一歩ずつ。しかし確実に。歩を進め続けたシャナは、遂に杖を振り上げれば届いてしまう距離まで、ルーシェに近づいた。

「あの日、私を助けてくれたのは、シナヤだった！　誰がなんと言おうと、あんたたちが、数え切れない人たちを救っていたとしても！」

やられる前に、やる。

そんな思考すら投げ捨てて、反射と意地だけで、ルーシェは杖を振り上げた。

シャナは見る。

涙と汗と血でぐちゃぐちゃになった、自分の顔を。

一人の女の感情の昂りを。一人の男を想う気持ちの昂りを。

「私の勇者は、シナヤだけだ！」

翠色の網膜に、焼き付けて。

鈍い音が、響いた。

「え」

困惑の声を漏らしたのは、ルーシェの方だった。

一方的に、圧倒的に。優位に立ち、相手を追い詰めていたはずのシャナは、魔術の行使ですらない、杖による原始的な殴打で、地面に倒れ伏した。

「なん、で」

呆然と。ルーシェは膝をついて、倒れた自分自身の顔に、手を伸ばした。

「……ったぁ。効きました」

両手両足を広げて、大の字になったまま。けれど、片手だけはなんとか引き上げて、シャナは自分を覗き込むルーシェの頬に、手のひらを当てた。

消される、と。ルーシェはそう思った。

「やっぱりあなた、間違いなく私より力強いですよ」

しかし、何も起こらなかった。

ルーシェが頬に感じたのは、自分のものとは違う、体温のぬくもりだけだった。

「私の負けです」

シャナは言った。

「なんで、消さないの？」

ルーシェは聞いた。

「最初はね。そりゃ驚きましたよ。成長していても、やっぱり自分と同じ顔ですし。わかっていても動揺して魔法は使えなくなりますし」

でもね、と。

呟いたのは、倒れ込んでいるシャナではなかった。

いつの間にか、ルーシェの隣に佇むようにして立つ、別のシャナがいた。

魔法が、使用できている。自己の増殖を、問題なく行えている。

それはつまり、シャナ・グランプレがルーシェ・リシェルの影響を受けず、自己の認識を確立したという事実に他ならない。

「あなたと言葉を交わしていたら、シナヤさんと人目も憚らずにいちゃついてるバカップルのあなたを見ていたら、認識が完璧に歪んでしまいましたよ」

上体を起こして。シャナはルーシェの頭の上に手を置いた。

破顔して、端的な一つの事実を告げた。

「あなたはもう、シャナじゃなくてルーシェなんですね」

きっと最初は、同じ恋だった。

同じ人を好きになって、同じ人に助けられた。

でも、同じだったのはそこまでだ。

違う選択をした。違う冒険をした。

そして、同じ恋を胸に抱いて、違う愛を育んだ。

「私は、あなたにひどいことをした……」

「それは、仕方ないでしょう。私は、自分に厳しいですからね」

「私は、あなたに謝らなくちゃいけない……」

「それも、仕方ないですね。許してあげますよ。私は、自分に甘いですからね」

それはきっと、胸に抱いた彼を好きだと思う気持ちを、なくしたくないからで。

シャナは、倒れ込む体を抱き止めた。

それは、自分とは違う重さだった。

「ああ、やっぱり。私よりも重いですね。そうだと思いましたよ」

「……あなたが細すぎるの。バカ」

「生まれつき食が細いんです。私だったなら、わかるでしょう?」

「そんな言い訳して。どうせろくに料理もしてないんでしょう」

「耳が痛いですね。何分、多忙なもので」

「……料理は、作ってあげたほうがいい。彼、なんでも食べて喜ぶから」

「どうですかねえ。こっちの勇者さんはシナヤさんと違って、どこぞの料理上手な騎士さんのせいで、無駄に舌が肥えちゃってますからね」

くだらないやりとりをしながら、互いの体温を感じ合う。

不思議な感覚だった。

そこにはたしかに自分の顔があるのに。今となってはもう、何故かそれを、シャナは自分の顔だとは認識できなかった。

「ルーシェ」

名前を呼ぶ。

かつて、自分だった少女の名前を。

「なに？　シャナ」

名前を呼ばれた。

だから感謝を込めて、それを告げる。

「ありがとう。生きていてくれて」

返事はなかった。

ただ、何かを噛み締めるような気配だけは感じられて、瞳から溢れた雫が地面を濡らした。

ああ、やはりもう、自分が抱き止めている彼女は。ルーシェ・リシェルは、自分ではないのだと。

シャナ・グランプレは、そう確信した。

「ごめん……ありがとう。ごめんね……」

「はいはい。泣かないでください。そんなにボロボロ泣かれると……私も困っちゃいますから」

「……そっちも、泣いてるくせに」

「はあ、泣いてませんが？」

だって私は、こんなに泣き虫ではないから。

勇者対勇者

相手の魔法のネタは、割れている。

それが、それだけがおれにとって唯一のアドバンテージだ。

おれの『黒己伏霊（ジン・メラン）』は、一先ず無視していい。今、この場で考える必要はない。

相手の手札は、二枚。

体を鋼の硬さに変える、防御特化の『百錬清鋼（スティクラーロ）』。

触れた物体を、視線の先へと射出し、的中させる遠距離攻撃用の『燕雁大飛（イロフリーゲン）』。

近づくためには、まず燕雁大飛（イロフリーゲン）の魔法効果で必ず直撃する投擲物の類いを捌かなければならず。

仮に近づいて剣を振るったとしても、百錬清鋼（スティクラーロ）の防御で刃は弾かれる。

崩すためには、相応の組み立てが必要だ。

「何を考えているのかは、知らないが」

おれの顔をしたそれが、おれに向けて剣を突きつける。

「魔法無しで勝てるほど、オレは甘くないぞ」

騎士ちゃんと同じ二刀流だ。

大小、長さが違う独特な形状の剣は、ブーメランに近い。それを握った腕が、無造作に振るわれる。

斬撃があった。

掠めた斬光が、おれの上着を削ぐ。

「いいだろ。お気に入りだ」

おれは答えない。答える必要もない。

腰から伸びているのは、鎖だ。ベルトに括り付けられているそれは、先端に剣の柄が繋がれており、まるで鞭の如くしなった。

間合いが、長い。空中で閃く剣の切っ先を注視しながら、後退して距離感を測る。

「無駄だ」

訂正しよう。

間合いが、異常に長い。おれの想像の二倍以上は伸びてくる。

「ちっ」

よほど長い鎖を腰に仕込んでいるのだろう。

横の切り払いは、体を屈めて避ける。戻ってくるそれを、今度は横っ跳びで躱す。避けて、躱しきれない斬撃は剣で止めるか、受け流す。

「慣れてきたぞ」

「……」

相手は、投擲する剣やナイフのコントロールを、魔法に頼っている。魔法に頼っている以上、ヤツの手元から離れた武器の狙いはある程度看破することができる。

何故なら、

「燕雁大飛（イロフリーゲン）は、視線でターゲットした目標にしか、ものを飛ばせない」

「よくご存知だ」

「昔使ってたからな。お前よりも上手く扱えていた自負もある」

「今は使えないいんだろうがっ！」

鎖で繋がれた剣の軌道はあまりにも独特だが、仕掛けと運用さえ理解してしまえば、問題無く詰められる。

斬撃の軌道が、変化する。慣れてきたはずの、パターン化していた攻撃が、再び読みづらくなる。

「もう二本、追加だ」

二刀ではなく、四刀。得物を多く持っているのは、投擲の際に無手になるリスクを嫌ってのことだろうか。

子どものお手玉のように。ヤツの手の中で剣の柄が入れ代わり立ち代わり、踊る。

「タコ足かよ」

「もう少しかっこいい例えをしてくれよ。勇者殿」

空中に浮かぶ刃の、密度が増す。

距離を詰めなければ潰せないのに、接近の難易度がどんどん上がっていく。せめて、障害物で身を隠すために森の中に入る。

「鎖が絡まれば、使えないとでも？」

鼻を鳴らす気配と同時。伸びる斬撃が、森の木々を切り飛ばしていく。そして、地面に落ちた手頃なサイズの枝に、あいつは触れていった。

「……いけ」

ダーツの矢、という形容すら生温い。串刺しにされたらただでは済まないことがわかる枝葉が、おれに向けて飛来する。

触れれば簡単に折れるような枝を『百錬清鋼(スティクラーロ)』で硬化。それらを『燕雁大飛(イロフリーゲン)』で目標に向けて射出。お手本のような、魔法と魔法の組み合わせだ。

「我ながら、無駄がないな」

やはり遠距離でちまちま撃ち合っていても埒が明かない。こちらの体力が持っていかれるだけだ。

木の幹を平行に踏み込んで、跳躍。おれは、攻勢に転じた。

「追いかけっこは終わりか？」

「ああ」

相手までの距離。その間にある、身を隠せる大木の数。

ここだ、と思った。

戦闘開始から、はじめて。おれの方から、敵に向けて接近する。

一本目は、剣で受けてはじく。ブーメランのような大振りな曲刀が、宙に浮いた。

二本目は、木の幹に突き刺さるようにギリギリまで誘導する。燕雁大飛(イロフリーゲン)の誘導は絶対だが、威力に関してはそこまで高くない。突き刺さったそれを、引き抜くまでには時間を要する。

三本目は、脱ぎ捨てた上着で絡め取った。はじめて、ヤツの瞳が驚愕で見開いたのが、わかった。もう、それがわかる距離だ。

ざまあみろ。

四本目……は、もう止める手段がなかったので、折れて使い物にならない腕でそのまま受け止めた。脳を突き抜けるような痛みに、歯を噛み締める。

だが、これで……。

「剣が届く間合いだ」

どこに、隠し持っていたのか。

腰の後ろから引き抜いた短剣が、ヤツの両手で輝いた。

「……」

認めてやろう。さすがは、おれだ。用意周到という他ない。だが、この距離ならおれの剣のリーチの方が長い。

「……なっ」

その思い込みごと、二刀で斬り裂かれた。

短刀、ではない。明らかに刃渡りが一瞬で伸びた長刀が、そこにあった。

「体捌きも、経験も、剣術も、戦闘の組み立ても。およそすべてで、オレはお前に負けている。だが、お前がなくして、オレがまだ持っているものがある」

こちらを見下ろす瞳は、やはり自分とはまるで違うもので。

「魔法だ」

おれが知っている、おれの魔法は三種類。

体を鋼の硬さに変える、防御特化の『百錬清鋼（スティクラーロ）』。

触れた物体を、視線の先へと射出し、的中させる遠距離攻撃用の『燕雁大飛（イロフリーゲン）』。

そして、殺した相手の魔法を奪う『黒己伏霊（ジン・メラン）』。

無意識に、可能性を排除していた。勇者ではないコイツが、それを使うはずがない、と。

「封糸長蛇（アダルラング）。お前が知らない魔法だ。触れたものを伸縮する。なんてことはない。殺傷能力もあってないような、大した使い道もない魔法だが……」

不自然に刃が伸びた刀剣を、一振り。刃に付着していた血が、点々と地面に落ちた。

「こういう時は、効果覿面だな」

おれの、知らない魔法だった。

今さらながらに、あのやたらと伸びる鎖の正体を理解する。あれは最初から長い鎖を仕込んでいたわけではなく、魔法効果のオンオフで伸縮を繰り返していたのだ。

「オレはたしかに、勇者じゃない。だが、オレはお前とは違う道を歩み……お前とは違う冒険をしてきた。その過程で、新たに得た力もある」

仰向けに倒れ込んだおれの喉元に、長刀が突きつけられる。

「ルーシェは、オレが守る」

その声音に、迷いはない。

その声音から滲み出る想いに、おれは心の内に抱いていた怒りが、消え失せていくのを感じた。

気づいてしまった。わかってしまった。

こんなやつはおれじゃない、と。一度は沸騰するようだったそんな激情が、霧散するほどに。

おれを見下ろす、おれの声は、震えていた。

同じなんだ。

おれが賢者ちゃんを守りたいように。賢者ちゃんの心を傷つけようとしたこいつを許せないように。

必死なんだ。

もう一人のおれは、もう一人の賢者ちゃんを守るために、何だってやろうとしているから。

だからこんなにも冷酷に、残酷に、震えながらも、おれの喉元に、刃を振り下ろそうとしているんだ。

「たとえ……世界を救った勇者を、殺すことになっても」

体に力が入らない。

もうおれに、立ち上がる力は残されていない。

突き抜けるような、青い空の中で。

雲の間を縫って飛ぶ、一羽の鳥を見た。

そしておれは、縋るようにもう一人のおれの足に触れた。

シナヤ・ライバックは、本当はこわかった。

自分の存在は、精巧な写し絵のようなもので。何かの拍子に、吹けば飛ぶような危うさの中に成り立っている。

それは、シナヤが守りたかったあの子も同じことで。

だから、シナヤの冒険は新たなものを得るためではなく、常に守るための戦いだった。

新しい力なんて、本当は必要なかった。ただ、彼女を守れるだけの力があればよかった。

欲しいものは、もうなかった。ただ、彼女が自分の隣で笑っていて、自分も彼女の隣で笑うことができれば、それでよかった。

偽物には、笑うことすら許されないのだろうか？

そんなはずはない。そんな残酷な現実が、許されていいはずがない。

シナヤはあの日、選択をした。

勇者をやめることを。世界を救うのを、諦めることを。

だから、今日も選ぶだけだ。

あの子を助けるために、自分を殺す。

ただ、それだけの選択を。

「……あ？」

気がつけば、シナヤの体は空中に浮いていた。

より正確に言うのであれば、空の中にいた。

「なんだ……？」

先ほどまで自分が立っていたはずの場所が。鬱蒼と茂る森が、遥か眼下に見える。

「なんだ、これは⁉」

攻撃の動作はなかった。魔術を使う素振りもなかった。ただ、シナヤは勇者に触れていて、勇者は力なく空を見上げていた。

たったそれだけで、こんな馬鹿げた芸当を成立させる魔法があるのか？

シナヤ・ライバックは知らない。

それが、すべてを失った勇者がもう一度立ち上がり、たった一人の女の子を救う過程で得た力であることを、知らない。

体が、重力に引かれて自由落下を開始する。単純な落下による運動エネルギー。しかし、いくら体を硬化できるとはいっても、それを全身に浴びてしまえばただでは済まない。

衝撃を、殺さなくては。

空中でもがくシナヤを、勇者は追撃する。地上から、突き抜けるような鋭さを伴って、数本の刀剣がシナヤに向けて投擲される。

「バカが……そんなものに当たるほど……」

そう。そんなものに当たるほど、自分が間抜けではないことを、勇者はよく知っている。

「……哀矜懲双（ヘメロザルド）」

今度は、はっきりと魔法の名が聞こえた。

魔法の名がシナヤの耳に届くほど、聞こえてしまうほどに、勇者は一瞬で距離を詰めていた。

転送の術式に似た、瞬間移動？

あるいは、単純な高速機動？

それならなぜ、投擲された剣は消えた？

それらの可能性を頭の中で思い浮かべ、シナヤはようやく気がついた。眼下で羽を広げて飛び去っていく、一羽の鳥を見て、理解した。

「位置の入れ替えか！」

「さすがは、おれだな。頭の回転が速い」

声からは怒りの熱が抜けていた。

がっちりと、勇者がシナヤの体を抱え込む。

「だが、もう遅い」

かつて、勇者が自身の防御の要としていた『百錬清鋼（スティクラーロ）』には、いくつかの弱点が存在する。

たとえば、鋼を切り裂くような刀剣の斬撃は防げない。

たとえば、炎や水などの熱変化を伴う魔術攻撃は防げない。

そしてなにより、純粋な打撃ではない攻撃は、防げない。

最低限、確保しておかなければならない可動部位、関節。それをがっちりと決めた勇者は、シナヤと共に地面へ落下していく。

「じゃあ、一緒に落ちようか」

「お前……！」

「まあ、おれはお前と違って魔法がないから……御免被るけどな」

地面に叩きつけられる、寸前。

勇者の姿だけが忽然とかき消えて、シナヤだけが、頭から地面にキスをした。

◇

ズタボロの全身を引き摺りながら、勇者は地面に倒れたまま動かないシナヤを見下ろした。

「おーい。生きてるか？」

「……普通なら、死んでいる」

「お、生きてるな。さすがはおれだ」

よっこいしょ、と。勇者は地面に腰を落ち着けた。

「なぜ殺さない？」

「ん？　まあ……殺す必要がないから」

「……勇者殿は、随分とお優しいな。勇者ではないオレ如き、いつでも殺せる、と。そういうことか？」

「おれをこれだけボコボコにしてるのに、自己評価が低すぎだろ」

やられた分はきっちり言葉で嫌味を返しつつ、勇者は頬をかいた。

「どうして、殺さない？」

「おいおい。おれはいつから死にたがりになったんだ？」

「オレを殺せば、お前は名前を取り戻せるかもしれないだろう」

一瞬、勇者は口をつぐんだ。

「いや、それは多分ないよ」

殺した相手の、名と魔法を奪う。

勇者の魔法の性質は、たしかにまだ生きている。たしかに、自分を殺せば、その名前を取り戻せるかもしれない。けれど、それは結局のところどこまでいっても仮定に過ぎない。

なによりも、今の勇者はシナヤのことを、自分と同じ名前の人間であるとは認識していない。

自分ではない。別の人間だと感じている。

だから、たとえその名を認識できなくても、殺すことに意味はない。そう思った。

それに、もっと大事な理由もある。

「だって、お前が死んだらあの子が悲しむだろ」

「……」

「おれはさ、やっぱり結構嬉しかったんだよ。お前らが生きていてくれて」

相手が自分自身だから、というのが大きかったのかもしれない。恥ずかしい言葉が、意外とすんなりと勇者の口をついて出た。

「お前の言うとおり、おれは魔王を倒して世界を救った勇者だ。でも、その過程で取り落としてきたものや、救えなかったものも、たくさんある」

あの日、花をくれたハーフエルフの女の子を救えなかったことを。

勇者は、ずっとずっと後悔していた。

これからも生きている限り、未熟でバカな勇者があの子を助けられなかったことを、決して忘れない。忘れてはいけない。

けれど、そんな後悔とはべつのところで、あの日救われた命があった。それが、今日という日まで、生きていてくれた。

「だから、生きていてくれて、嬉しかった」

本当に、なんてことない。単純な理由だった。

「……オレは、逃げた」

絞り出すように、シナヤは言った。

「あの日、死にかけたオレは、心が折れた。勇者になるよりも、死にたくないって、思ったんだ」

「わかるよ」

お前は、おれだから。

勇者の目が、そう言っていた。

「だからオレは、あの子を助けて……あの子を助けることを言い訳にして、逃げたんだ。オレは、お前みたいに強くなれなくて、だから……だからオレは……！」

「それでも、あの子の勇者はお前だろ」

慰めるわけでもなく、同情するわけでもなく。

ただ、一つの事実を、勇者は口にした。

「おれがあの日、救えなかったものを、お前は救ってくれた。今日まで、守り続けてくれた。だから
お前は、立派な勇者だ」

労うように、勇者はシナヤの肩を叩いた。

「世界を救った勇者であるこのおれが、絶対に保証する」

「……まったく。何から何まで、完敗だな」

「当たり前だ。おれは魔王倒して世界救ってるんだぞ？　そう簡単に負けてたまるか」

それにしても疲れたぁ、と。情けないことを言いながら、勇者もシナヤの隣で横になる。

「……なあ。ちょっと、聞きたいことあるんだけど」

「なんだ？」

「お前、どんな名前なんだ？　もう違う名前、名乗ってるんだろ？」

今さらになって聞きたいことがそんなことか、と。シナヤは堪らず噴き出した。傷が痛むという
のに、勘弁してほしい。

「今のお前は聞くことができないが……多分、聞いたら笑うと思うぞ」

「なんで？」

「あの子の元々の名前を、並べ替えて使ってる」

シャナ。

シナヤ。

本当に、アナグラムにすらなっていないような、ひどい名前だ。

だが、そんな自分の名前を、案外シナヤは気に入っている。

「いつか、お前が仲間の名前を取り戻すことができたら、オレの名前もわかるだろうさ」

「そうかぁ……それはまた、がんばる理由が増えちまったな」

二人の勇者は、空を見上げたまま、一緒に笑った。

きれいに揃った二人の笑い声は、しかしまるで違うもので。その違いが、二人が異なる勇者であることを、証明していた。

二人の勇者

決着はついた。

賢者の方も、無事に終わったらしい。

勇者は、シナヤとルーシェを、並べて横に寝かせた。そうしてやった方がいいと思ったからだ。

「勇者さん」

「わかってるよ」

シャナの言葉を手で制して、勇者は二人を見下ろす。

それに、食いかかる声があった。

「頼む！　二人を殺さないでくれ！」

「頼む！　頼むよっ！　おれたちはどうなってもいいから！」

誰に言われるでもなく集まった、村人たちの声だった。

「おれたちが悪かった……悪かったんだ！」

「長の力に甘えて……ルーシェ様の魔法に甘えて！」

「もう魔法は悪用しない！　だから頼む！　このとおりだ！　命だけは……お二人の、命だけは！」

仮面が、地面に落ちる音がした。

彼らの素顔が、風に晒される。エルフ族の特徴である尖った耳は、目に入ってこなかった。誰も彼もが、顔をぐしゃぐしゃにして、涙を流しながら、自分たちとは違う二人の人間を、心の底から助けようとしていた。

ぼんやりと、勇者はそんな村人たちを見た。

「……勇者さん？」

おれが知ってるエルフたちは、人間を見下していて。

おれが知ってるエルフたちは、人間を道具としか見ていなくて。

だからおれは、おれが知っているエルフたちと戦って、殺して。

あの日、燃えていく村を見殺しにするしかなかった。

でも、この村人たちは。

「あんたたちは、二人を助けたいって。そう思うのか？」

勇者の静かな問いかけに、まだ小さな男の子が答えた。

「当たり前だ！」

まだ小さな体が、勇者に向かって突っ込んでくる。その勇気に溢れた突進を、勇者は膝で優しく受け止めた。

「長と若奥様は、いつもおれたちの暮らしを良くしてくれようってがんばってくれたんだ！　長は若奥様が大好きで、若奥様は長が大好きで……おれたちも、おれたちだって、そんな二人が大好きだったんだ！」

ちっとも痛くはない、小さな拳が振るわれる。

勇者の背後で、シナヤとルーシェが苦笑した。

「勇者。すまない。どいてくれ」

「こっちにおいで」

勇者がどくと、エルフの男の子は二人に駆け寄った。

「やだよぉ……二人共、死んじゃやだ……」

「ごめんね。ありがとうね」

謝罪と感謝を口にしながら、ルーシェは男の子の髪を丁寧に撫でた。

「オレたちは、昔。エルフの村に行ったことがあるんだ。救えなかった。守れなかった。その村で生きていた人たちは、みんな死んでしまった」

シナヤが言う事の意味を理解しようと、男の子は必死で耳を傾けているようだった。

「だから罪滅ぼしのために、この村を作った。お前たちは村の発展のために魔法を利用していたと言うかもしれない。でも、それは違う」

「私達が、居場所が欲しかったの。だから、みんなを利用したの。事実は、それだけ」

シナヤとルーシェの言葉を、村人たちは首を振ってはじめて否定した。

「そんなこと……そんなことはねぇ！」

「おれたちを助けてくれたのは、シナヤ様とルーシェ様だ！」

「まだちっとも、ご恩すら返せてないのに……」

「皆、今までありがとう。頼りないオレたちに、本当によくついてきてくれた」

敗北し、地に伏せ、それでも毅然と言葉を紡ぐ。

勇者から見たシナヤの態度は、集団を率いる者として、なによりも立派なものだった。

「勇者、聞いてくれ。オレたちは本来、数年前に魔法のタイムリミットが来て、枯れて消えるはずだった」

「……え？」

「本当なら、とっくに時間切れだったんだ。でも、そんなオレたちに、取引を持ち掛けてきた存在がいた」

「それは……」

「ああ、悪魔だ」

お前を叩きのめしたヤツだ、と。

シナヤは苦笑しながら言葉を紡ぐ。

「その悪魔と契約し、その悪魔の魔法に頼ることで、オレたちは今日まで存在を保つことができた」

「じゃあ、おれたちをこの村に連れてきたのも……」

ジェミニ・ゼクスの時と同じように、赤髪の少女を狙ってのことだろう。

そう結論づけようとした勇者の言葉を遮ったのは、ルーシェだった。

「違うの」

「違う？」

「私達に協力していたのは、たしかに最上級悪魔の一柱。でも、あなたたちをこの場所に連れてきたのは、そいつの仕業じゃない。仮面を付けた行商人が、裏で糸を引いてる」

「あいつは、悪魔じゃない。人間だ」

勇者は思い出す。

ならば、軽い口調で、おどけるようにこの村まで連れてこられた。あの男の正体は……。

「それが、お前たちの答えである、か」

馬鹿げた巨体が、音もなく降り立った。

タウラス・フェンフ。第五の雄牛は、契約者だった二人を見下ろして、目を細めた。

「……タウラス」

「何度経験しても、悲しいものであるな。契約者が約束を違える、というのは」

勇者は、言葉を失ってタウラスを見上げた。

シナヤもルーシェも、シャナも、この場にいる村民のエルフたちも、全員が信じられないものを見る気持ちで、それを見た。

「吾輩は、悲しいのである」

最上級悪魔は、涙していた。

悪魔が涙を流す。誰もがそれを、はじめて知った。

しかし、それはタウラスという悪魔を人間に置き換えてみれば、とても自然な肉体の反応であった。

事実、タウラス・フェンフは悲しかったのだ。

「吾輩の平穏が、また脅かされた。残念でならないのである」

この村での生活が終わってしまうことが、悪魔はただただ、悲しかった。

「ぐっ……!?」

「あっ……」

胸を押さえて苦しむ、シナヤとルーシェに、勇者は絶句した。何をされたかは考えるまでもない。

目の前の最上級悪魔が、契約を破棄したのだ。

「タウラスっ……お前！」

「他者を尊重するのは、理解できる。己の平穏を守るために、それは理解できる行動である。しかし、他者のために己の命を捨てる。それは些か不愉快で……」

饒舌に紡がれていた言葉が、途切れる。

怒りに満ちた瞳が、シナヤとルーシェを見下し、哀れむ。

「否。吾輩にとってそれは、最も理解し難い人間の不条理である。故に、お前たちは吾輩の契約者に相応しくない」

「タウラスッ！」

勇者が振り下ろした一撃を、タウラスは片手で受け止めた。

硬いわけではない。刃は皮膚に食い込み、手応えもあった。しかし斬れずに、事実として刃は通ってはいない。

「だから言ったはずである、勇者さま。大剣の方がオススメだ、と」

「……っ!?」

悪魔の拳。単純な打撃が、勇者の顔面を殴り抜き、岸壁に叩きつけた。

契約者であった二人に向けて、悪魔は告げる。

「お前たちの生存の維持を、吾輩はもう保証しない」

瞬間、シナヤとルーシェの体から、悪魔の魔法はすべて抜け落ちた。

「さて、最後の仕上げである。お前たちが増やしてくれた花に、吾輩は仕込みをしておいた」

「仕込み……？」

谷を覆う、白い造花。村の象徴とも言えるそれを見て、タウラスは微笑む。

「うむ。油を染み込ませておいたのである」

シナヤは、言葉を失った。ルーシェは、震えることしかできなかった。

「タウラス……やめろ。オレたちはいい。でも、村のみんなは……みんなに手を出すのは！」

シナヤの必死の懇願。

それを聞いて、悪魔は静かに頷いた。

「なるほど」

決して短くない付き合いがあった、エルフの村人たちを見回して頷く。

やはり、人間はまったく意味がわからない。

「逆に疑問なのであるが」

質問に質問で返すのは、礼を失した行いだ。そう思いつつも、悪魔は聞き返さずにはいられなかった。

「どうして吾輩が、契約を解除したお前たちの言うことを聞かなければならないのであるか？」

決して悪くない居場所であった村に向けて、タウラスは告げる。

「これで、お別れである」

タウラスの手から放たれた魔術の火は小さくとも、それらは瞬く間に燃え広がり、谷の中を登っていく。

「我が魔法の名は『牛体投地（ブルアドラティオー）』。その本質は、吾輩がこの目で見て、触れたものを維持することにある」

燃える花々に、手が焼け付くことも厭わず、最上級悪魔は腕を突き入れた。

「吾輩の胸を揺らす悲しみこそが、この業火に焼べる薪に他ならない。これで……炎の燃焼は維持されたのである」

魔法によって、もう決して消えることのない、地獄の如き炎の渦。

逃げ惑う人々には目もくれず、やはり悪魔は涙を流しながらもう一度告げた。

「さらば。我が平穏よ」

◇

あの時と同じ炎だ。

シナヤ・ライバックは燃え広がっていく火の手を、呆然と見上げた。

腕の中で、ルーシェの呼吸も少しずつ荒くなっていく。

自分たちの存在を持続させるための契約も。貸与されていた悪魔の魔法も、破棄されて失われてしまった。

事実、体が内側から軋むような感覚が、今もシナヤを苛んでいる。

どこで間違えた?

何をしくじった?

考えれば考えるほど。考えても考えても、正しい答えと欲しかった結果は、どんどん遠のいていく。

いくら手を伸ばしても、決して届かない。

「……ダメだなぁ。オレは」

何も変わらない。

燃え盛る森の中で、自分が救えるものを探した、あの日と。

せめて、自分がひろえる命は救おうと足掻いたあの日と。何も変わらない。

世界なんて救わなくてもいいと思った。手の中にいるこの子だけ守れば良いと、そう思っていた。

世界なんて救えなくてもいいと思った。腕が届く範囲の人たちさえ幸せにできれば良いと、そう信じていた。

その結果が、これだ。

「……ごめん」

なんとか口に出せたのは、情けない謝罪だけ。

「ごめん、ルーシェ。ごめん、みんな……」

喉から声を絞り出す。

「オレは、勇者じゃない」

またなのか。

また救えないのか。

「勇者じゃないから、オレは……」

「顔上げろ」

背中を、強く叩かれた。

自分とは違う、大きな手だと思った。

振り返って、その手の主を見る。

「まだ終わってないぞ」

そこには、自分と同じ顔をした勇者がいた。

「もう、だめだ」

「だめじゃない」

「終わりなんだよ」

「終わりじゃない」

「無理なんだよ！」

「無理じゃない！」

同じ声だ。同じ声の、肯定と否定。

それが交互に、重なって響く。

それなのに、どうしてこんなに違うのだろう。


どうして、オレは。勇者になったオレのように、強くなれないのだろう？


「わかるよ。お前は、おれだから」

勇者は言った。

「おれもあの日、村を救うことができなかった。歯を食いしばって、泣き喚きながら、女の子を一人だけ助け出して、それしかできなくて、逃げ出した。たくさんのものを取りこぼして、救えなかった」

そうだった。それしかできなかった。

だってあの時、自分は勇者ではなかったから。

「でも、今のおれは勇者だ。だから、救える」

お前はそうだろう。

でも、オレは違う。

そう叫びそうになったシナヤの口は、唐突に塞がれた。

「ルーシェ……」

「ごめんね、シナヤ。たくさん辛い思いさせて、私のためにたくさんがんばって、無理させて」

でもね、と。

息も絶え絶えに、ルーシェは言った。

「あの日、私を救ってくれたのは、あなた。だから、私の勇者は、あなただけだから」

シナヤ・ライバックが勇者だと、ルーシェ・リシェルは言った。

勇者とは何か？

世界を救った人間が勇者なのか？

違う。

「お願い、シナヤ。この村を、みんなを助けて」

助けを求める誰かの手を取るのが、勇者だ。

「なにボサッとしてんですか」

杖で、尻を叩かれる。

後ろには、勇者と並んで、シナヤが好きな少女と、同じ顔の賢者が立っていた。

「こんなに良い女が、あなたを信じているんですよ。早く立ってください」

「……あぁ」

まったく、勘弁してほしい。

この子がルーシェと、同じなわけがない。

だって、こんなに気が強くて、尻を杖で叩いてくるような女の子を、シナヤは知らないから。

だから、シナヤ・ライバックは立ち上がる。

「策はあるのか？」

「もちろん。世界最高の賢者様が、おれたちには付いてる」

「ええ。そういうことです」

あの日は救えなかった。

今日は必ず救う。

何故か？

「いくぞ、オレ。足引っ張るなよ。勇者なんだから」

「そりゃこっちのセリフだ、おれ。お前こそ気張れよ、勇者なんだから」

世界を救い終わった勇者と。

たった一人の女の子を救った勇者。

今、この瞬間だけは。

二人の勇者が、その肩を並べていた。

◇

燃え広がる炎を見下ろしながら、タウラスは奇妙な満足感を抱いていた。

この光景は、平穏とは程遠い。手放してしまったものはあまりにも多く、失ってしまったものはもはや数え切れないほどで。

しかし……そう、しかし、である。

「悪くはない、のである」

この否定を持って、タウラスは己の現在を肯定したい。

あるいは、刹那的なこの破壊こそが、自分を平穏を望む悪魔から、普通の悪魔に引き戻す、最後のピースなのではないか、と。

「む。来たであるか」

この村の多くのエルフたちは、飛ぶための翅をもがれている。だから、空を舞って逃げることはできない。飛べる者が飛べないものを引っ張り上げたとしても、精々十数人。村人全員を逃がすのは不可能に近い。

　まあ、なので。

「アホみたいな光景ではあるが……これはこれで、正しい選択と言えよう。肯定してやっても良いのである」

　翅がないはずのエルフたちが、宙を舞っていた。

　彼らは飛べない。それは飛行ではなく、魔法による純然たる投擲である。

「い、いやだぁ！」

「こわいこわいこわい！」

「待ってください村長……村長ぉお！」

　谷底から、まるで弾丸のように飛び上がってくるエルフたち。

　それらを一喝する声が、ここまで聞こえてきた。

「じゃかあしいっ！　お前ら、元々空飛べる種族だろうが！　死にたくなかったら気張れ！」

「だからって魔法で撃ち出すことぁねぇだろうようわぁぁぁ！」

　触れたものを目標に向かって飛ばす『燕雁大飛（イロフリーゲン）』によって、住民を空に向けて放出。着地は同じく触れたものを浮遊させる『雲烟万理（プレオヌーベ）』でカバー。

　とはいえ、それらの魔法は空中に撃ち出して、浮かせるだけで自由に空を飛べるものではない。

　回収は、先に谷の上に駆け上がった勇者パーティーのメンバーに任せる。ちょこまかとよく動く武闘家がエルフたちを抱き止め、素っ裸の死霊術師が「潰れて死んでも生き返るから大丈夫ですわよ

〜」と声をかける。後半はどうかと思うが、実に合理的な布陣だった。

タウラスの目的は殺戮ではない。故に、下からエルフが続々と飛び上がってくるそのふざけた光景を、口元に笑みを浮かべながら眺めていた。

「人は助ける。村は諦める。というわけであるか」

「どっちも救うに決まってんだろ」

宣言を伴う攻撃。

強い衝撃を両腕で受け止めて、タウラスは油断なく間合いを測った。が、その間合いすらも呑み込む勢いで、インパクトが続く。

勇者が携えているのは、アホみたいな見た目の武器であった。タウラスは、それをよく知っている。鎖に付いた鉄球。鋭いトゲ。殺意に満ちた、コンセプトから破綻しているようにしか思えない武装。

「いけっ！　デビルバスターハンマー！」

「名前の原形、消えてるのである」

呆れた口調で、タウラスは言い捨てた。大振りなその鉄球を避けると、背後の壁が砕かれて落ちる。それは結果的に、花を伝って広がっていく延焼を防いだ。

「む、なるほど。馬鹿みたいな商品を振るっているわりには、存外に考えて使っているのである。

多少は感心してやるのである」

「お前んとこのオススメ商品だろうがッ！　返品してやろうか⁉」

「残念無念。当店は閉店につき、クーリングオフは受け付けていないのである」

「訴えるぞ！　クソ悪魔っ！」

訴えられても困る。

凄まじい勢いで向かってくる鉄球を、腕で捌きながら、タウラスは再び眼下に視線を戻す。

「……あ？」

そして、ぎょっとした。信じられない光景が、悪魔の瞳に映り込んだ。

アリア・リナージュ・アイアラスとシナヤ・ライバックが、手を繋いでいた。

あのシナヤ・ライバックが、ルーシェ・リシェル以外の女性と、手を繋いでいた。

本当にそれが信じられなくて、タウラスは目の前の勇者の攻撃を防ぐのも忘れて、二度見した。

二度見している間にクリーンヒットを貰い、タウラスは大きく吹き飛ばされた。

結果的に悪魔の動揺を誘ったことなど露知らず、シナヤは唇から血を出しそうなほどに噛み締め、愛する女性以外と手を繋ぐという己の所業に震えていた。

「まさかこのオレが、ルーシェ以外の女と手を繋ぐことになろうとは……いや、しかしこれは作戦の一貫……」

アリアは、視線だけで人を殺せそうな冷たさを伴って、隣のバカを見ていた。

「……言っとくけどあたし、お腹に穴開けられたことまだ許してないからね」

「すまないルーシェ。これは浮気じゃないんだ。本当に。これは浮気じゃないんだ、うん。必ずこの埋め合わせはするから……」

シャナが支えるルーシェは、その言い訳を聞いて強く頷いた。

「……うん、そうだね、シナヤ。これから一週間は、手を繋いだままでいようね」

「勇者くんっ！　あたしこの作戦もうやめてもいいかなぁ!?」

「我慢してくれ頼むからっ！」

今にもキレそうな姫騎士に、鉄球を振り回す勇者が泣きそうな声で懇願する。

体勢を立て直したタウラスは、そのやり取りを聞いて思った。本当に、なにをしているのだろう、この愚かな人間どもは。

しかし、愚か極まる言動とは裏腹に、彼らの作戦はすぐに明確な行動という形で現れた。

燃え盛る炎の中に、シナヤが手を突き入れる。常人なら泣き叫ぶはずの熱に手を晒しながら、彼の表情は小揺るぎもしない。

「……ふむ。姫騎士の魔法は、触れているものの温度変化。なるほど。たしかにこれなら、火傷を負うことはないであるな」

だが、それだけだ。炎の温度を下げれば普通は鎮火するだろう。普通であれば。

「やっぱり無理だよっ!?　魔法が付与された炎は消せない」

「当然である。吾輩の魔法、絶対である故」

そう。タウラスが炎に付与したのは、燃焼の維持。絶対に消えることのない、永遠の炎。熱が奪われれば、火は消える。そんな理屈は通常の炎の話だ。

小手先の魔法で温度を変化させたところで、タウラスが込めた絶対燃焼の概念は、小揺るぎもしない……。

「馬鹿な……」

はず、だった。

消えていく。シナヤが腕を突き入れた場所から、炎の勢いが少しずつ薄れて、消え去っていく。永遠に燃え続けるはずの悲しみの炎が、跡形もなく。

「何故……何故であるかっ⁉」

「魔法には、魔法だ。燃焼を**維持**するっていう、その概念を短くした」

得意げな説明と共に、一撃。鉄球の殴打が、タウラスの脳を揺らす。

「ぐっ……ぬぅ！　そんな……そんな馬鹿なことがあってたまるかァ！」

「あってたまるんだなぁ、これが。だって、それが魔法だろ？」

勝ち誇った笑みと共に、勇者は追撃を緩めない。

勇者が知らず、シナヤだけが得た魔法。その名は『封糸長蛇（アダルラング）』。魔法効果は、触れたものの**伸縮**。触れたものを短くすることも、長くすることも可能。で、あるのならば。物体の伸縮。その固定観念を捨て去り、魔法という概念そのものに干渉できるのであれば。

「消えろ……」

シナヤは、炎に向けて告げる。

あの日、勇者は救えなかった。

消えていく命を。燃えていく村を。ただ見ていることしかできなかった。

「消えろ……！」

もう二度と。そんなことはさせない。

彼女が大好きな白い花を、永遠に燃やし続ける？

ふざけるな。

そんなことだけは、絶対にさせない。

させてたまるものか。

自分の体を維持してきた魔法。その維持という概念そのものを、炎の中から掴み取り、引き摺り出す。

「消えろっ！」

シナヤ・ライバックは、叫ぶ。

維持の魔法に対するその宣告は、悪魔と交わした契約への決別。

消え去っていく炎を見て、タウラスは激昂した。

「おのれ……おのれおのれおのれおのれぃ！　よくも、よくも吾輩の炎をっ！　新たな門出の灯火をっ！」

「鎮火は完了だ。お前に新たな門出なんてものはない。ここから、逃さないからな」

勇者が視線を下に。手をかざし、魔法が発動。

ジェミニの魔法によって、距離の概念を跳ね飛ばし、シナヤがタウラスの背後を取る。

その手の中には、勇者と同じ武器があった。

「閉店前の、最後のサービスです。増やしておいてあげましたよ」

悪魔の視界の隅で、賢者が嗤う。

二対の鉄球が、風を切る。

「潰れて」

「堕ちろ」

「ぬっ……ぉぉおおおおおお!?」

そこからは、振り回される一方的な鉄球の乱打が、タウラスを襲い続けた。

ダメージは、そこまで考慮する必要はない。が、一方的な攻撃のラッシュによって、タウラスは反撃の糸口すら掴めない。

それほどまでに、勇者とシナヤの連携は、まるで歴戦のパーティーメンバーのように、完璧だった。

それも当然かと、タウラスは押し潰されていく意識の中で思った。

この二人は、勇者なのだから。

「ダメージの通りが悪いっ！」

「けど、関係ねえなぁ！」

質量を活かした武器による、目標の移動。より正しく言えば、追い込み。

二人の勇者の役目は、もう終わっている。

「その魔法で、どのようにダメージを逃しているのかは理解できませんが……まあ、勇者さんたちが言うとおりですね。そんなものは、関係ありません」

すでに七十二人に増え、悪魔を待ち構えていたその賢者が。シャナ・グランプレが、七十二の杖を、たった一人の悪魔に向ける。

ジェミニとの戦いでは、シャナは魔導陣を平行に展開し、並み居る敵を一掃した。しかし、今回の敵は、一人だけだ。なら、魔術を撃ち出す魔導陣を、横に広げる必要はない。

七十二×百＝七千二百

並列ではなく、直列に。

美しく輝く七千二百もの魔導陣が一直線に連結されたその光景は、長大な大砲の砲身を連想させた。

威力は、十分。けれど、まだだ。

「けじめは、つけるよ」

さらに百門。ルーシェ・リシェルの手によって付け足された魔導陣の連結によって、悪魔を討つ巨砲は完成を迎える。

七千二百＋百＝七千三百

数字の上ではたった百。七十三分の一に過ぎない、細やかな変化。けれど今は、合わせられたその力が、数字以上に心強い。

シャナは笑った。

ルーシェは微笑んだ。

タウラスという悪魔が最後の最後に見たのは、二人の少女の、まったく異なる笑顔だった。

けれど、その声だけは重なった。

「かっ飛べ、クソ悪魔」

谷の底から、曇天の空に向けて。

駆け上がる一条の光が、逆さになった雷のように、たった一人の悪魔を呑み込み、その意識を溶かし込んでいった。

◇

そうして、すべてが終わって。

今度こそ、お別れの時がやってきた。

二人の存在を維持していたタウラスの魔法は、もうない。それはつまり、二人の存在がこのまま消えてしまうことを意味していた。

「ごめん……」

「謝るなよ。最後にやっと、この村を守る勇者になれた。本望だ」

華奢な肩を抱き寄せながら、もう一人のおれはそう言って笑った。エルフの村人たちは、今にも泣き出しそうになるのを、懸命に堪えていた。

「……もう、いいか？」

もう一人のおれが、もう一人の賢者ちゃんに向けて問う。

「うん。もういいよ。貰いすぎるくらいに、たくさんのものを貰ったから」

もう一人の賢者ちゃんが、もう一人のおれに向けて答えた。

「守れなくてごめんな」

「いいよ。最期まであなたが隣にいてくれるなら」

みんなが見守る中で、二人は唇を重ね、最後に消える瞬間を待つ。

もうそれを囃し立てる人間はいない。村人たちも、おれたちも、全員がそれを黙って見守っていた。

何か、ないのか。

この二人を助ける方法は。

いいや、きっと何かあるはずだ。

まだ何か、残されたものが……。

「賢者ちゃん。魔法で二人を増やせないの？」

「無理です。私の魔法は、あくまでも触れたものを増やすだけ。折れた剣に触れれば、折れた剣をそのまま増やしてしまいます。もう、私の魔法で助けられる方法は」

「あら？　つまりあのお二人は、言い換えればけがをしている状態ということですの？」

神妙な面持ちで会話をしているおれたちの間に、空気の読めない全裸の死霊術師さんが割って入った。

「そうですよ。ちょっと黙っててくれませんか。これでも、自分自身が死ぬところを見送ることになって応えているんです」

「自分自身が死ぬところ。んふふ。死ぬところ、と来ましたか」

「あ」

「なんです勇者さん」

なんとなく、すべてのピースが繋がった気がして。おれは上機嫌な死霊術師さんを二度見した。

全裸の変態女は、騎士ちゃんから大剣を借り受けて、よっこらしょとそれを持ち上げ、そのまま唇を貪り合う二人に向けて振り落とした。

「よっせい、と」

止める暇はなかった。

一瞬で、鮮血の地獄絵図が広がった。

自分自身を目の前で殺されて、おれと賢者ちゃんは黙って顔を見合わせた。

「死にましたね」

「うん。死んだね」

一拍の間を置いて。

村人のエルフたちの、凄まじいことこの上ない怒声が爆発した。

「お、お、長ぁあああああああ！」

「なんだ⁉　あの全裸の変態女は！」

「こ、殺してやる！　あの変態女、殺してやる！」

紛糾する村人たちの間に、師匠と騎士ちゃんが割って入る。

「落ち着いて、みんな。きもちはわかるけど、おちついて」

「そうそう！　あの全裸の変態女、殺しても死なないから！　死んでも死なないから！」

凄まじいブーイングの中で、死霊術師さんはそれを一切気にせずに物言わぬ死体になった二人に指を触れて、いつものカウントをはじめた。

「ひとーつ」

それは、ある種の奇跡。

「ふたーつ」

おれたちの心の在り方を、現実に出力する異能。

「みーっつ」

理屈では説明できない。

「よーっつ」

理論では解き明かせない。

「はい。起きました。おはようございます」

故に人は、それを魔法と呼ぶ。

「え、あれ」

「私達、生きて」

「はい。わたくしが生き返らせて差し上げました」

呆然とする二人を見下ろして、死霊術師さんはにっこりと微笑む。

「魔法によって死ぬ、とか。そういう細かい理屈、わたくしには全然理解できませんが。しかし、死にそうであるのであれば、一度殺して生き返らせてしまえば、すべてうまくいくと思いまして」

唖然とする村人たちの顎は、もはや言葉すら紡ぐこともできずに、地面に落ちてしまいそうだった。

「生きていけるのか？　オレたちは」

「それはもちろん。生き返らせたあとにすぐ死んでしまわれたら、それはもう死霊術師の名折れですから」

「どうして、あなたは。私たちを助けてくれたの？」

「理由は二つ。第一に、あなたは賢者さまより素直で良い子っぽいので、助けてあげたいと思ったのが一つ」

おれは隣の賢者ちゃんが魔術を乱射し始める前に、杖を取り上げて取り押さえた。

「第二に、これはとても個人的な理由なのですが」

死霊術師さんは、恋する女の子の頭に手をやって、優しく微笑んだ。

「わたくし、ラブロマンスはハッピーエンド以外、許せない主義なのです」

どちらが本当の理由かだなんて、考えるまでもない。

一拍の間を置いて、今度は歓喜の歓声が、おれたちを取り囲むようにして爆発した。

悪魔と賢者

おもしろい見世物だった。

あの場で勇者パーティーとやり合うのは簡単だったが、仮面の行商人は撤退を選択した。

理由は、ある。

「おーい。生きてますかい、タウラスの旦那ぁ」

やられた仲間を回収するためである。

自称最強の悪魔は、ふっ飛ばされて地面に垂直に突き刺さり、前衛的なおもしろいオブジェと化していた。そんなタウラスを、彼は魔術で引き抜いた。

「し、死ぬかとおもったのである」

「いや、普通は死ぬんと思うんすよねぇ」

逆さ釣りにぷかぷかと浮かんでいるタウラスは、全身傷だらけではあるものの、致命傷は負っていない。呆れた頑丈さである。

「それはもちろん、吾輩最強であるからして」

「今さっき負けてるのにその理屈は通じんでしょう」

くだらないやりとりをしながら、タウラスは逆さまの体勢のまま、自慢のヒゲを整えはじめた。

呆れたハートの強さである。

「いやしかし、抜かったのである。まさかこの吾輩が敗れるとは」

「まさかじゃないでしょう。ていうか、本当に、なんで生きてるんですかい？」

「簡単な話である。吾輩の魔法で、自身の生存を維持した。それだけのことである」

「そりゃ不死身ってことじゃあないですかい？」

「うむ。吾輩、不死身であるからして」

本当に、どこまでもイカれた魔法だと彼は乾いた笑いを漏らした。

「それよりも、もういいであろう？」

「なにがですかい？」

「そのふざけた口調をやめるのである。シャイロック」

「いやぁ、なかなかハマり役だったでしょう？」

声音と口調が、がらりと変化する。

ハーミット・パック・ハーミアと並ぶ、世界最高の四賢。

魔王に魔の術を教授した、生涯唯一の、彼女の師。

世界最悪の、裏切りの魔導師。

それが、口遊むシャイロックという男であった。

「お前に助けられるとは、穴があったら入りたいのである」

「じゃあ入るかい？」

ちょうどそこに穴があったので、シャイロックは空中のタウラスを穴の中に差し戻した。また足をバタバタとさせはじめたので、適当なタイミングで引き抜く。

「何をするのであるか⁉」

「いや、穴があったら入りたいって言うから」

「言葉の綾である！　まったく、せっかく整えた吾輩自慢のヒゲが」

再び土まみれになったヒゲをちょこちょこと整えながら、タウラスは続けた。

「それにしても、シャイロック。なぜ勇者を見逃したのであるか？」

「ああ。やっぱりそれ聞いちゃう？」

「当たり前である。今の勇者なら、お前が本気を出せば勝てたであろう？」

シャイロックは曖昧な笑みを浮かべた。

「それは、俺を買い被り過ぎだよ、タウラス。いつだって俺はそんなに強くない」

魔王が倒されたことで、悲しんだ人間もいる。彼もその一人だ。

「魔王様の元彼としては、あの赤髪の少女は確保しておきたかったはずでは？」

「でもきみたち十二柱、俺がそういうことやろうとすると怒るじゃない」

「当たり前である。吾輩たちは、お前のことが嫌いであるからして」

「つれないなぁ。せっかくこうして協力してあげてるのに」

「御託は結構。お前の望みは、結局何であるか」

「そりゃもちろん、魔王ちゃんの復活だよ」

赤髪の少女は、まだ知らない。

勇者が世界を救った結果、何が変わってしまったのか。その結果、今の世界で何が起こっているのか。

「でも、今はまだいいや」

だから、これから見ていけば良いと思う。

「女の子の冒険を邪魔する権利は、誰にもないからね」

師匠と師匠

「会っていかなくていいの?」

「おっと。こりゃ目敏いな、お師匠さんは」

ムムが声をかけると、ハーミアは吸い込んでいた煙を吐き出し、パイプを懐にしまった。吸うのは勝手だし興味がないわけでもなかったが、ムムの身体で吸ってもなんの意味もないものである。

「またそんな体に悪いもの吸って」

なので、こんな小言の一つも言いたくなる。

「いやぁ、こっちに関しても見逃してほしいね。アタシはもうこれがないとやっていけないもんで」

「まあ、いいけど」

ぽん、と。ムムはハーミアの太腿の上に座った。魔導師もそれを気にせず、されるがままに受け入れた。ぶらぶらと足を揺らしながら、ムムは言う。

「あなたのおかげで、助かった。みんなをちゃんと、たすけることができた」

「そりゃこっちのセリフだ。アンタが一緒に戦ってくれたから、シャイロックを抑えることができた。アレは本当に厄介な相手でね。正直、アタシが今まで手をこまねいていたのも、アレがこの村に出入りしていたから……ってのが、どうにもデカかったんだ」

「なるほど。やっぱり、前々からこの村のことを……あの二人のことを、見守ってた。そういうこと？」

「……まいったな。こりゃ、一本取られちまった」

魔女らしい帽子の上から、ハーミアはがしがしと頭をかいた。ぶすっと、その頬が膨らむ。

そういう反応はちょっとシャヤナに似ているかもしれない、と。ムムは思った。

「まあ、ちょっと聞いてくれよ、お師匠さん。アタシの弟子はなぁ、弟子のくせに師匠のアタシに隠し事をしやがるんだ」

「うむ。わかる。わたしにも、覚えがある」

「そうだろうそうだろう？　だから師匠のアタシとしては、余計なところにまで気を回して、こうして時間を削って定期的にこんな辺境の土地まで……ああっ！　くそ！　どうして天才のアタシの時間をこうも無駄にできるんだアイツらは……⁉　人類の損失だぞこれは⁉」

「うん、ごめん。それはちょっと、わからない」

ムムは預けていた背中をちょっとだけ引いた。やはり四賢と呼ばれるだけあって、この魔女はどこかエキセントリックである。

「でも、師匠っていうのは、そういうもの。どんなに生意気でも、弟子がかわいいもの」

「……そういうもんかねぇ」

「うん、そういうもの」

メガネが、僅かに光る。

「お師匠さんよ。世話になったアンタだから、アタシはこれを話すんだが」

「うん」

「アタシって女は、とびっきりの天才であると同時に、どうしようもない人でなしなんだよな」

ルーシェの魔法を産業の発展に利用したエルフたちに対して、ハーミアはそれを容赦なく糾弾した。

だがしかし、それは考えてみれば、過去のハーミアの行いを刺す言葉でもあった。

否、ものを増やすというその一点のみに集中していた村人たちに比べれば、人格を統合し、より苛烈な魔法の習熟を求めた自分の訓練は、彼らよりももっともっと悪辣なものであったのかもしれない。

魔法を利用するために、シャナ・グランプレを利用した。

罪悪感、と。一言で表現するには色濃すぎる感情が、ハーミット・パック・ハーミアの心の奥底にはずっと根付いている。

「魔術の限界。魔導の理想。それを追い求めるために、アタシはあの子たちを、たくさん利用した。

あのエルフどもを批判する権利は、ほんとはアタシにはないんだ」

「うん。それはそう」

「あぁ⁉」

がくん、と。ハーミアは仰け反って、膝の上に乗せたちびっこに向けて声を張り上げた。

「アンタ、それは……ちがうだろ！　なんというかちがっ……ちーがーうーだーろー⁉　今の話の流れ的には、こう……アタシの話に対してそんなことない！　とか。アナタは悪くない！　とか。そういう優しい言葉をかけてくれる流れだったろう⁉」

「そうなの？」

「むきーっ⁉」

とびっきりの美人から、猿のような悲鳴が漏れた。

「誰が悪い、とか。悪くない、とか。そんなことは、当事者たちにしかわからない。エルフたちの行いも、そう。魔法を利用したことではあっても、それはたしかに彼らに生きる場所を与えていた」

「それはまあ……そうなんだが」

「だから、あなたも同じ」

とびっきりの美少女である武闘家は、やはり無表情のまま小さな手を魔女の手の上に重ねた。

「あなたが自分の行為を責めるのは、あなたの自由。あなたのけじめ。でも、あなたが導いた賢者は、たしかに世界を救った。わたしたちと、一緒に」

「……それは結果だ」

「そう。結果。でも、そういう結果が、客観的に話しやすい。それに、責任を問うというのなら、あなたはそれを立派に果たそうとしていた」

最初に出会った時のハーミアの発言を、ムムは思い返す。

ウチのバカ弟子たちを助けたい。

ハーミアは、そう言った。

「シャナだけじゃなく、ルーシェに魔術を教えたのも、あなた？」

「……んなぁ⁉　な－んでそこまで……あ、いや、ちょっとまて……そうか。たしかに、よくよく考えりゃ自分で口滑らせてるか、アタシ……」

空いている片手で頭を抱えて、ハーミアは呻く。

「……あの馬鹿弟子一号が、どこかでもう一人の自分が生きてる、なんて言うもんだからな。死に物狂いで探したんだよ、こっちは」

「うん」

「同じことはさせたくなかった……ってのは、アタシのエゴかもしれねえ。危険な冒険をしてほしくなかった、ってのもある。基礎中の基礎だけ、短期間で教えた。名前すら名乗ってない。ルーシェのやつはきっとアタシのことを……通りすがりの親切な魔導師さん、くらいにしか思ってないだろうよ」

だから本当は、師匠なんて呼べるかどうかもあやしい。

それから定期的に様子を見に来るようになって、二人が魔法の効果を知るようになって、なんとかしてやりたい、と。ハーミアは人知れず奔走する羽目になった。

「お人好し」

「……ああ！　もうアタシの負けだ！　なんとでも言ってくれ！」

「そんなに、ジタバタしないでほしい。べつに、恥ずかしがることじゃない。師匠は誰だって、弟子がかわいいもの。それは、私も同じ」

自分よりも年下で。自分と同じように師匠をやっている魔女に向けて、ムムは微笑んだ。

「だからあなたは、もうちょっと素直になっても良い。あの子たちは、自分の自慢の弟子だって」

「……やれやれ」

ハーミアはムムの小さな体を丁寧に両手で持ち上げて、地面に置いた。それは、敬意の念だった。

「少なくとも、アタシと同じように師匠やってるアンタに、そう言ってもらえてよかったよ」

「うむ」

「……シャナのこと。これからも、頼むな」

「うむ。シャナは、良い子だから」

ハーミアは大きな杖を取り出して、腰を落ち着けた。

「二人には、会っていかなくていいの？」

「ああ、そうだな。会わなくていいよ。アタシが会ったところで、何か変わるわけでもないし」

見たいものはもう見れた。

可愛い弟子が、二人とも幸せそうだった。

ならば、それに勝るハッピーエンドはないだろう。

「じゃあ、これ。忘れもの」

ぴっ、と。達人の指捌きで、ムムは指に挟んだそれをハーミアの無駄に大きい魔女帽子に向けて投擲した。指先だけで十分な速力を得たそれらは、当然のように分厚い生地の魔女帽子に突き刺さる。

ハーミアは年甲斐もなく絶叫しそうになった。というか、した。

「だーっ⁉　あぶねぇな⁉　なにしやがる！　おま、これ……少し逸れてたらアタシの頭に刺さってたぞ⁉　人類の宝であるアタシの頭脳が欠けていたぞ⁉」

「心外。そこまでコントロールは悪くない」

「そういう話をしているわけじゃあないんだが⁉」

声を張り上げながら帽子を脱いだハーミアは、そこでようやく、ムムが投げつけてきたものの正体に気付き、眼鏡の奥の目を見張った。

「……これは」

「あなたに、プレゼント。どうせ黙って帰るから、渡してくれって、頼まれた」

それは、白い二輪の造花だった。

こんなものを自分に贈ってくる馬鹿を、ハーミアは二人しか知らない。

「……まったく。本当に生意気な弟子どもだ」

「そういうこと」

手を振りながら、ムムは忠告する。

自分と同じく、弟子を持つ魔女に向けて。

「わたしたちが思っているよりも、弟子たちの成長はずっと速い。覚えておいた方が良い」

「ああ、覚えておくよ」

やはり手を振り返しながら、魔女は去っていく。

これは、誰も知らないお話。

あるいは誰も知らない、誰も気付かない、些細な変化。

けれど、この日から。

伝説の魔女の帽子には、二輪の白い花が咲くようになったという。

◇

一言の言葉も交わさず。

一目、その顔を見ることすらなく。

しかし、空を見上げて魔女の二人の弟子は呟いた。

「お元気で」

「馬鹿師匠」

それぞれのエピローグ

幸せになってくださいね、と。村から追い出されてしまった。

まったくもって不義理な連中である。

恩を仇で返すとは正しくこのことだ。

自分たちのことは気にしなくていいから、とそんな強がりすらも微笑ましかった。追い出してきたわりに、いつでも帰ってきてください、と。村人全員の名前が内側に縫い付けられたカバンには、そんなメッセージが刻まれていたのだから、まったく理解に苦しむ。

多分、自分たちの故郷は一生あの村になるのだろう。

種族が違っても、そんなことはささやかな問題だ。

「シナヤ。そろそろ」

「ああ」

雨が止むのを待っていた。

休憩を終えて、シナヤとルーシェは二人乗りの馬で大地を駆ける。

「これからどうする？」

「世界でも救いに行きますか？」

「遅いよ。もう私たちが救っちゃってるよ」

「そうなんだよなぁ。そうやって考えると、オレたちってすごいな」

「自画自賛」

「そりゃあ、自分のことだからな」

シナヤの視線の先へと、馬は進んでいく。

風の向くまま。気の向くまま。

「さて、どこへ行こうか」

「どこへでも。あなたと一緒なら、私は幸せだから」

「ありがとう。ルーシェ」

「どういたしまして」

やりとりに、言葉を重ねる必要はない。

「また、いろんなところに行きたいな」

「うん。いいね」

「困ってる人がいたら、あいつらみたいに、手を貸してやりたい」

「なに？　あの人たちに影響を受けたの？」

「ああ、やっぱり勇者らしいかな？」

「ううん。全然」

ルーシェは指先で、好きな男の背中を小突いた。

「あなたらしいよ。シナヤ」

その一言で、なぜかシナヤはひどく安心した。

勇者になる必要はない。

違う道を歩んだ自分が、救った世界がここにある。

自分が世界よりも救いたかった女の子が、隣で笑っている。

それがきっと、勇者ではなくなった自分の、答えだった。

雨上がりの空を見上げて、シナヤは笑う。

「じゃあ、とりあえず、あの虹の根本でも目指してみますか」

「ふふ」

「なに？」

「赤髪の子が言ってた。あっちのあなたも、同じこと言ってたんだって」

「ああ⁉　やめだ！　やめやめ！　逆方向行くぞ！」

それからしばらくの時間は流れて。

勇者にそっくりな顔の男と、一人の賢者が、各地でまた様々な伝説を残すことになるのだが、それはまた別の物語である。

◇

治療を受けていると、ふと思い出したように賢者ちゃんが言った。

「勇者さん」

「ん？」

「昔、勇者さんに、もう一人自分がいたらどうする？　って。そんな質問をしたの、覚えていますか？」

「あー」

そういえば、されたかもしれない。

「おれ、なんて答えたっけ？」

「自分なら、二人で世界を救いに行く、と。自信満々にそう言ってましたよ」

「いや、外れてるじゃん」

「外れてますね。正解は、世界を救うよりもたった一人の女の子を助けることを優先した、ですから。まったくもって勇者失格ですね」

「いや、本当にね」

まさか自分がもう一人増えて、しかも生き続けているなんて過去のおれは想定していなかったのだろうけれど。それでも、適当な答えをほざいている過去の自分をぶん殴りたくなる。

「でもまあ、彼には世界よりも救いたい女の子がいた、みたいな。そんな風に言うといい感じになると思うんだけど、だめですかね？」

「だめですね」

手厳しいな、おい。

「ちなみに、たしか勇者さんはもう一人の自分とも戦ってみたい、というようなことを言っていたはずです。それは叶ってよかったですね」

「いや、よくないよ」

その結果、こんな苦労をすることになったのだから、全然よくない。

「やれやれ。その調子だと、私がなんて答えたかも忘れていそうですね」

「もしも私がもう一人いたら、勇者さんよりも、もっと良い男を捕まえて、幸せになっています」

から、と。賢者ちゃんが杖を取り落とす音が響いた。

「な、なんで」

「ごめん。そっちはよく覚えてるんだわ」

小生意気な返答だったので、とても記憶に残っている。

結果として、薔薇の花のように赤面する賢者ちゃんというとてもめずらしいものを見れたので、覚えておいてよかったと思った。

「でもまぁ、そっちも的中しちゃったなぁ。あの二人、本当に幸せそうだったし」

どこに出しても恥ずかしくないバカップルになっていたのは、ちょっとどうかと思うが。まあ、それを差し引いても、二人が幸せならそれでいいかな、という気持ちがある。

「違いますよ」

「え？」

けれど、賢者ちゃんが口にしたのは、否定の言葉だった。

「もう一人の私は、たしかにもう一人の勇者さんのことが大好きなようでしたが、それは違います」

軽い体重が、ベッドに体を預けているおれの上に乗る。

「だって、私の勇者さんの方が、百倍良い男ですから」

思わず、噴き出しそうになった。

「それは、光栄だな」

「ええ、そうでしょうとも。ちなみに、私はあの子の千倍いい女です」

単位の概念ぶっ壊れてるのか？

「ていうか、それだとおれは賢者ちゃんの隣に立つために、千倍がんばらないといけないんだけど」

「その通りです。ぜひがんばってください」

自信満々。自分がかわいくて有能なことを疑っていない笑顔で、賢者ちゃんは鼻を鳴らす。

「まったく。どうして、こんな風に育っちゃったのかねえ」

「花は水をやらないと育たないんですよ。あなたのせいで、こんな良い女になっちゃいました。ちなみに、これからもっと良い女になる予定です」

「そりゃ楽しみだ」

「ええ。ですから――」

前髪をあげられて。

啄むような、優しい口づけを、額にされた。

「――責任、とってくださいね」

これはまいった。

おれが知っているかわいい女の子は、どうやらこれからもっともっと、一輪の花のように、美しくなっていくようだった。

◇

それは、少女の最も古い記憶。

燃え盛る森から脱出するために、彼が選択したのはいちかばちかの賭けだった。

「いくよ。しっかり掴まって」

「はい」

「コール……マーシアス。『雲烟万理（プレオヌーベ）』」

少女の身体を強く抱き締めると同時に、彼と少女の身体が、重力を無視してふわりと浮き上がる。

その魔術に、否、魔法に、少女は覚えがあった。

「長老の……」

そのままぐんぐんと高度を上げた少年は、遠方にちらりと見えた明かり……おそらく、遠く離れた村のものであろうそれを見据えて、呟いた。

「これならいけるか……」

その明かりに向けて、目標が固定された。

ぎゅん、と。ただ浮かぶだけだった身体が、まるで風に押し出されたように、加速して射ち出される。

「きゃっ……」

眼下を、見る。

燃え盛る、生まれ故郷の森。風は冷たくて、指先はかじかんでしまいそうなほどに寒い。

「ごめん。本当に、ごめん……」

彼は悪くないはずなのに、なぜか、彼はそれを心から悔いているようだった。

「でも、絶対に……絶対に、おれと一緒に来てくれたことを、後悔はさせないから」

それを、認識した瞬間に。頬で受ける風の冷たさを、強く抱きしめられた熱が上回った。

下を見るのではなく、前を見る。

顔をあげると、闇の中に浮かぶ月があった。ささやかに、けれどたしかに光る、いくつもの星々があった。

それは、少女がはじめて誰かと見る、夜の輝きだった。

だから、不思議と、こわくはなかった。

「大丈夫？」

「はい」

これだ、と少女は思った。

彼に恋した『私』の想いを、私は知らない。それがどれほど深い気持ちだったのか、わからない。

その無念を晴らすことは、きっとできない。

だって、私は私だとしても。

この世界に、まったく同じ恋は一つとして存在しないから。

この夜、この瞬間。彼を見詰めるこの気持ちは……それだけは絶対に、私だけのもの。

ああ、そうだ。

きっと『私』は、この人に恋をした。

「お兄さん」

「ん？」

「名前を、教えてくれませんか？」

そして多分、これから私もこの人に、何度でも恋をするのだ。

静かに咲かせた想いを、幾重にも重ねて、花束のように。

——このささやかな恋を、たった一つの愛に変えていくのだ。

Written by Ryuryu
Illustration by Benio

書き下ろし番外編

賢者ちゃんと愉快な仲間たち

Sage and
happy friends

「やっぱりビジネスをした方がいいと思うのです」

「……何の話です？」

世界を救った賢者であるシャナ・グランプレは、同じく世界を救った死霊術師であるリリアミラ・ギルデンスターンにじっとりとした視線を向けた。

「とぼけないでください！　前にもお話ししたことがあるでしょう！　賢者さまの魔法を活かしたビジネスです！」

あー、と。シャナはフードをいじりながら興奮で体をくねらせるリリアミラから顔を背けた。

リリアミラ・ギルデンスターンは不死身の死霊術師であると同時に生粋の商売人である。彼女が起ち上げた運送会社は瞬く間に急成長を遂げ、あっという間に目も眩むような財産を築き上げてしまった。要するに、商才があったのだ。

「あのエルフの村の産業をご覧になったでしょう⁉　賢者さまの魔法があれば貴重な素材で作られた手の掛かる工芸品の類も増やし放題！　それらをわたくしが成立させた輸送ルートで運べば……断言いたしますわ！　確実に勝てます！」

「何に勝つ気ですか。何に」

すでに魔王に勝って世界を救い終わっている賢者は、呆れを隠そうともせずに肩をすくめた。

実は、リリアミラがシャナに商談を持ちかけてきたのは、これがはじめてではない。彼女が会社を起こしてからずっと、シャナに対するラブコールはしつこく続いている。主に、その魔法を商業利用させてほしいという一心で。

「何度も言わせないでください。却下ですよ、却下」

「なぜです⁉　何か理由があるのですか⁉　でしたら、話してください！　わたくし、賢者さまが納得できるよう、誠心誠意お話しさせていただきますので！」

「いえ、単純にあなたがこれ以上社会的に成功するのは個人的におもしろくないなぁ、と思いまして」

「個人的な理由……⁉」

リリアミラ・ギルデンスターンは間違いなく世界を救ったパーティーの一員だが、同時に世界を滅ぼそうとした魔王の配下、その最高幹部である四天王の一角でもある。

自身の行いを反省して運送業という形で社会貢献に務めるのは大変結構なことだが、必要以上に大成功されてこれ以上の権力を持たせるのもちょっといやだなぁ……というのが、シャナの本音であった。

「良いじゃありませんか！　良いじゃありませんか！　わたくしと一緒にたくさん稼いで、資源の面でも輸送の面でも揺るぎない権力を得れば良いじゃありませんか⁉」

「いやですよべつにそんな風に世界を牛耳りたいわけじゃありませんし」

「えー」

「えー、じゃありません」

やはりこの女、時々思想と発想が危険である。可能なことなら、どこかで始末しておきたい。もちろん、殺しても死なないから始末することは不可能なのだが。

「賢者さま、なにか物騒なこと考えていません？」

「いいえ。全然まったく」

仕方ありませんわね、と頬に手を添えながらリリアミラは引き下がった。

「とはいえ、引き続き賢者さまの魔法を活かしたビジネスプランは逐一練り込みつつ、こちらからプレゼンもさせていただくので、気が向いたらお声がけください」

「練り込みもプレゼンもいらねーんですよ」

「そう邪険になさらないでください。わたくしは今も昔も、このパーティーで最も優れているのは賢者さまの魔法だと思っているのですから！」

ハエでも追い払うような手付きで振られていた手を強引に握り締めて、リリアミラはシャナに言った。

そういえば、たしかに。はじめて仲間になった時も、そんなことを言われた気がする。

◆

「はじめまして……ではありませんわね、賢者さま。この度、勇者パーティーに加わることになりました死霊術師、リリアミラ・ギルデンスターンと申します！　よろしくお願いいたします！」

「死ね」

「あら〜！　敵だった時と変わらぬ毒舌！　味方になっても変わらないようで、わたくし逆に安心いたしました！」

「……私は、あなたを殺す方法をずっと模索してました」

「ええ、ええ！　存じ上げております！」

「私は、あなたを信用していません」

「はい！　そうでしょうね！」

「私は、あなたがきらいです」

「はい！　それでも構いません！」

「……それで、本当に仲間になれると思いますか？」

「思いますとも！　たとえ個人の好悪があったとしても、大きな目標があれば人は共に頑張れるものです！　わたくしはこのパーティーの中で最も優れた魔法をお持ちになっているのは、賢者さまだと思っております！　そうですね、わたくしのことは……」

◇

「まあ、あなたのことはビジネスパートナーくらいには思っているので。あまり悪用しない範囲で、尚且つ私にも利がある提案であれば。その時は前向きに検討してあげないこともないですよ」

最初に出会った時のことを思い出しながらそう言うと、リリアミラは目をぱちくりと瞬かせて、シャナをまじまじと見た。

「……賢者さまが、デレた!?」

「あなたにデレる気は欠片もありません」

やはりこの女、個人的には嫌いである。

◇

「と、いう感じでしつこかったんですよ」

「ふむ。それは大変だった」

シャナがリリアミラの愚痴を溢す相手は、ほとんどの場合ムムである。調子に乗っている死霊術師を物理的にお仕置きできるのは、ムムの魔法を置いて他にないからだ。

しかしながらリリアミラに関連した事柄に限らず、シャナが溜めた愚痴を吐き出すのはほとんどの場合、ムムが相手である場合が多い。

夜の火の番をしながら、シャナは焚き火で照らされた歳上の幼女の無表情を見る。

「武闘家さんは悩みとかなさそうですよね」

「む。そんなことはない。わたしだって、悩みくらいはある」

「なんです？」

「背が、全然伸びない」

「……それ、かれこれ千年くらい解決してない問題では？」

「そう。実に根深き問題」

ムム・ルセッタの魔法は、万物を静止させる。その魔法は自分自身にも有効であるが故に、ムムは歳を取ることができない。

シャナはめずらしく、くすりと笑いを堪えた。

「そうですか。武闘家さんにも悩みってあるものなんですね」

「もちろん、ある。人間は常に、悩みながら生きている。いくら歳を重ねても、その苦悩から解放されることはない」

なんだか、少し哲学的な話になってきた。

見た目は幼女でも、ムムの発する言葉はとても含蓄が深い。とてもゆったりとした口調で、だからこそじっくりと聞いてその意味を噛み砕かなければならないようなことをさらりと言う。

「あ、トカゲ焼けた。シャナも食べる？」

「……いえ。私は大丈夫です」

が、長い時間を生き過ぎた結果マイペースの極みのようになっているので、有難そうな話が途中で途切れることもざらである。

「……」

「……」

ムムがもぐもぐと串に差したトカゲを頬張り始めると、こうして会話は途切れてしまう。沈黙の間を、焚き火から弾ける火花たちが通り過ぎていく。

そもそも、ムム自身、口数が多いタイプではない。聞かれれば答えるし相談されれば助言もするが、余計なことは言わないというのがムムの基本的な会話のスタンスだ。なので、シャナが愚痴を吐いている時以外は話題が尽きて、こうして静かな時間になることも多い。常に多弁なリリアミラとはまさしく正反対だ。

仲間との沈黙の時間は気まずい、と思う人間もいるかもしれないが。シャナはこの沈黙の時間が、そこまで嫌いではない。むしろ、心地良いとすら感じていた。

振り返ってみれば、ムムは最初に会った時からこんな感じだった。

◆

「よっ」

「えっと……はじめまして。シャナ・グランプレです」

「ムム・ルセッタ。勇者の師匠になった。よろしく」

「はあ……よろしくお願いします」

「シャナは、魔術がたくさん使えるって聞いた」

「あ、まあ……はい。こう見えても私、一応は魔導師ですので……」

「すごい」

「え？」

「わたし、かれこれ千年くらい生きてるけど、魔術は全然使えない。でも、シャナはそんなに若いのに、魔術をたくさん使える。それは、とってもすごいこと」

「……そうでしょうか？」

「うん。すごいし、かっこいい」

昔からずっとマイペースで変わらない。

だからこんなにも、落ち着くのだろうか。

「そういえば、ムムさん。聞いてくださいよ」

「ん。なに？」

風に揺れていつかは消える焚き火の頼りない火を眺めながら、賢者と武闘家の夜は更けていく。

◇

◇

そんなわけで、昨晩は話し込み過ぎた。

「シャーナー！　賢者さーん！　シャナさーん！　朝ですよ～！　早く起きてください～！」

「うぅ……ぐぅ。あと五分」

「だーめーでーす！　今日中には街の方に着きたいんだから、がんばって早く出発するよ。ほらほら！」

そもそも夜更かしの有無に限らず、魔術の研究やら開発やらで夜型生活が常習化し、元々の寝付きもすこぶる悪く、寝られたところで夢見も悪く、そこに直しようのない体質の問題である低血圧でトドメを刺されているに近いシャナの寝起きは、常にすこぶる悪い。

そんな寝起きをお世話してくれるのは、大体いつもお姉さんポジジョンのアリアである。これはシャナがまだ小さい頃。勇者にひろわれた頃から、ずっと変わらない。

「もー！　やっぱり寝癖すごいじゃん！　早めに起きて自分で準備しないとだめでしょ！」

「……めんどくさい」

のそりのそりと上体を起こして、シャナは猫のように大きな欠伸をした。いつもはふわふわしている銀髪も、寝起きの頭では見事に爆発している。

シャナは基本的に自分の顔の良さを自覚しているが、着飾ることに関しては基本的に無頓着である。

「ほら、歯磨いて！　お水持ってきてあげたら顔も洗って！　髪は適当にまとめる感じでいい⁉」

「んー、まかせます……」

「シャナはほんとに昔から朝は弱いんだから……」

◆

「はじめまして、シャナちゃん。あたし、アリア・リナージュ・アイアラス。シャナちゃんを助けてくれたお兄ちゃんのパーティーメンバー……仲間だよ！　これからよろしくね」

「……」

「ああっ！　そんなに怖がらないで！　えっと、あたしもお兄ちゃんも、まだまだ駆け出しの冒険者だし、お金もあんまりないし、つらい思いもさせちゃうかもしれないけど……でも、でもね！　これからは、あたしとお兄ちゃんが側にいるから！　だから、シャナちゃんに寂しい思いだけは絶対にさせないよ！」

「……ほんと？」

「もちろん、本当だよ！　これからは、あたしのことをお姉ちゃんだって思ってくれていいからね！」

「お姉ちゃん？」

「そう！　お姉ちゃん！」

「……アリア、お姉ちゃん」

「かわいいーっ！　うん！　たくさん呼んで、たくさん甘えてくれていいからね！」

◇

「大体、シャナだってもう良い年なんだから、いつでもシャキっと自分で起きれるようにならないと……」

「……でも、自分で起きたら、アリアお姉ちゃんが起こしてくれなくなっちゃうし……」

寝坊助賢者から飛び出した一言に、アリアは固まった。それは、あまりにも完璧な不意打ちであった。

アリアお姉ちゃん、と。

勇者とシャナとアリアが、三人で旅をしていた頃。まだまだシャナが小さかった頃に慣れ親しんだ、今はもう卒業したはずの昔の呼び方をされて、口うるさいお母さんモードに入りつつあったアリアは、完全に固まった。

それは言うなれば、母性本能の敗北であった。アリアという姫騎士は、基本的に人に頼りにされたり甘えられたりするるのが好きなので……要するに、根本的にちょろいのである。

「も、もぅ！　仕方ないなぁ、シャナは！　ほんとにもう！　まだまだ子どもなんだから～！」

小言がウザくて面倒くさそうな時は、まだまだこれで甘えて乗り切ろう、と。シャナは内心でまったくかわいくない笑みを浮かべた。

そんなこんなで、色々あって。

シャナはパーティーメンバーとは期間の差こそあれど、そこそこ長い付き合いになっているのだが。

「賢者さん賢者さん！　ここの魔導式の意味がわかりません！　ちんぷんかんぷんです！」

魔王を倒すという目的を達成し、もうメンバーが増えることもないだろうと思っていたパーティーに、最近またうるさい新入りが一人増えた。

赤髪の少女である。記憶喪失のふりをしていたが特に記憶喪失というわけではなく、ついでに元魔王である。情報量が多い。

「やれやれ、そこは昨日教えた部分を応用すればわかるはずの部分なんですけどね」

「うぐっ……すいません」

「謝らなくてもいいですよ。私があなたを小馬鹿にしたくてやってるだけなので」

「じゃあなんて言えばいいんですかーっ⁉」

「ふふん。冗談です。いいですか？　ここは……」

ふむふむ、と熱心に頷くその横顔を見ながら、不思議なものだな、と。シャナは感じた。

つい先日まで、パーティーの中で一番若いのは自分だった。周りに甘えても良かったし、周りからも甘えることを許されていた。シャナを取り巻くそういった関係性が、一変したわけではない。

ただ、自分のことを明確に「パーティーの先輩」として見てくる存在がいるのは……やはり、ちょっと違うものだな、と思う。

「賢者さん？　どうかしましたか？」

「いえ、なんでもありません。物覚えの悪い生徒だなと改めて実感しただけです」

「あ、あぅ……すいません」

「謝らなくてもいいですよ。私があなたをからかいたくてやってるだけなので」

「じゃあなんて返せばいいんですかーっ⁉」

小馬鹿にして、からかって、その反応を楽しんで、少し笑う。

うん、まあ……こういうメンバーが一人くらいいても、悪くはない。

シャナ・グランプレの半生は、常に勇者とその仲間たちと共にあった。何もなかった空っぽの白だった自分に、様々な彩りを加えてくれたのは、パーティーの仲間たちだ。恥ずかしくて口に出せたものではないけれど、シャナはそう思っている。

「ほら、ここはがんばって覚えてください。あとでテストしますからね」

「え……テストとかするんですか⁉　旅の途中なのに⁉」

「旅の途中でもテストはできますからね」

「うぇぇ……シャナちゃんのいじわる」

「ふふん」

この子と一緒に過ごしていく時間は、また自分に新しい色を加えてくれるに違いない。そして自分もまた、この子に彩りを与える立場にあるのだ。もちろん、パーティーの先輩として。

見た目は、クールに。態度は、あくまでもシニカルに。

けれど、これからも続くカラフルな旅路に、賢者は今日も心を躍らせる。

あとがき

子どもの頃、給食のおかわりで、きなこ揚げパンか揚餃子、どちらか片方を選ばなきゃいけないのがいやでした。好きなメニューのどちらか片方しかおかわりできない時、ものすごく悩んでしまう。そんな経験が読者のみなさんにもあるのではないでしょうか？

はじめまして。あるいは、一巻に引き続き二巻も手にとってくださってありがとうございます。小学生の頃は食いしん坊キャラやってたタイプの作者です。よろしくお願いします。

給食のおかわりで人生が変わることはほぼないと思いますが、しかし給食のおかわりのメニューに限らず、人生とは選択の連続です。高校や大学の進学先が変わっていたら？　別の仕事を選んでいたら？　あるいは、一生を共に過ごしていく結婚相手が、別の人だったとしたら？

もう一人、違う自分がいたとしたら、その自分はどんな人生を歩むのだろう？

二巻は、そんなテーマをメインにお話を作らせていただきました。あとは例によって例の如く、己自身との戦いとか、謎の風習が残る村とか、平穏な暮らしを望む怪物とか、龍流が好きなものを片っ端から詰め込んでおります。「もう一人の自分」との戦いが嫌いなオタクはいないと、個人的に思っております。楽しんでいただければ幸いです。

また、この二巻は賢者ちゃんによる賢者ちゃんのための賢者ちゃんファンのみなさんに捧ぐ巻になりました。世救のヒロインは元々、それぞれ違うテーマの作品でメインを張る予定だったキャラクター達です。「百人まで増えることができるが、同時に自我の喪失に苦しむ天才」という賢者ちゃんのキャラは、ヒロイン達の中で一番最初に生まれたものでした。なので、二巻でこうしてスポットライトを当てることができて、作者としてとても嬉しかったです。

今回はウェブ版のお話から十万字くらい加筆したため、いつにも増して締切ギリギリの戦いとなってしまいました。いつも龍流の最近のアニメの感想に付き合ってくださる編集のUさん、そして編集部のみなさんに感謝を。本当にありがとうございました。

続きが書けない、と唸りまくっている情けない作者に助言をくれる友人のみなさん。いつも甘えて助けられています。サブヒロインがメインの巻ということで、特に気合いを入れました。シャナがメインヒロインを張れるポテンシャルを持っていることを証明できた、はずです！

今回も超絶美麗なイラストを手掛けてくださった紅緒さん。表紙で賢者ちゃんと並ぶなぞの美少女のデザインを丸投げしてしまいましたが、完璧清楚な美少女が出てきて思わず唸ってしまいました。シャナにもう一人の自分がいたように、この作品にも紅緒さん以外のイラストレーターさんが担当について書籍化する未来があったかもしれませんが、やはり紅緒さんのイラストが最強です。大好きです。ありがとうございます。

最後にもう一度、お手に取ってくださった読者のみなさんへ心からの感謝を。たくさんの作品が本屋さんに並ぶ中で、この本を選んで手にとってくださったことが、作者の一番の喜びです。またお会いできる日が来ることを、楽しみにしております。

TOブックス
コミカライズ
連載最新話が
読める!
パイスリー様!!
月額400円(税込)で
全作品が読み放題!

（宝島社刊）
『このライトノベルがすごい！2023』
単行本・ノベルズ部門
第1位
殿堂入り
詳しくは原作公式HPへ
tobooks.jp/booklove

ありふれた不幸ですよ、お嬢さま
ひいひい孫
祖母
祖母
ハメツ
と未来を
変えていく！

ただ、一日会いたいと思ったのです
3人の少女が、
フコウ
過去
ティアムーン帝国物語 XIII
断頭台から始まる、姫の転生逆転ストーリー
2023年4月10日発売!
Tearmoon Empire Story
餅月 望——著
Gilse——イラスト
ドラマCD
第2弾
同日発売!
予約受付中!
詳しくは
公式HPへ!

Comics
ティアムーン帝国物語
ティアムーン帝国物語
ティアムーン帝国物語
ティアムーン帝国物語
ティアムーン帝国物語
コミックス
第⑥巻
2023年 春
発売!
漫画：杜乃ミズ
2023年TVア
ティアムーン
断頭台から始まる、
姫の転生逆転ストーリー
詳しくは公

リーズ累計100万部突破!(紙+電子)

COMICS

漫画:飯田せりこ

コミックス第⑨巻
好評発売中!

港町の晩餐会でトラブル発生!?
優秀な次期当主としての噂を
聞きつけた貴族から、
ペイスに海賊退治の援軍依頼が
舞い込んで……?

NOVELS

イラスト:珠梨やすゆき

原作小説第㉓巻
4/10発売予定!

JUNIOR BUNKO

絵:kaworu

TOジュニア文庫第②巻
4/1発売予定!

甘く激しい「おかしな転生」シ

TV ANIME

2023年7月より
TVアニメ放送開始!

CAST
ペイストリー＝ミル＝モルテールン：村瀬 歩
マルカルロ＝ドロバ：藤原夏海
ルミニート＝アイドリハッパ：内田真礼
リコリス＝ミル＝フバーレク：本渡 楓

STAFF
原作：古流望「おかしな転生」
（TO ブックス刊）
原作イラスト：珠梨やすゆき
監督：葛谷直行
シリーズ構成・脚本：広田光毅
キャラクターデザイン：宮川知子
音楽：中村 博
アニメーション制作：SynergySP
アニメーション制作協力：スタジオコメット

アニメ
公式HPにて
予告映像
公開中!

https://okashinatensei-pr.com/

GOODS

オリジナルグッズ続々登場!

おかしな転生
卓上カレンダー2023

おかしな転生
塩ビブックカバー

STAGE

「おかしな転生」舞台化
第2弾決定!

日時：2023年3月8日(水)～3月12日(日)
会場：CBGK シブゲキ!!
（東京都渋谷区道玄坂 2-29-5 ザ・プライム 6階）

オール
女性キャスト!

アフター
トークイベント
あり!

AUDIO BOOK

おかしな転生
オーディオブック
第 1 巻
朗読：長谷川玲奈

好評発売中!

DRAMA CD

おかしな
転生
ドラマCD

大好評
発売中!

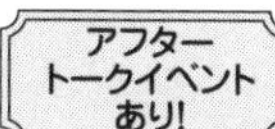

詳しくは公式HPへ!

世界救い終わったけど、記憶喪失の女の子ひろった２

2023年３月１日　第1刷発行

著　者　**龍流**

発行者　**本田武市**

発行所　**TOブックス**
〒150-0002
東京都渋谷区渋谷三丁目1番1号　PMO渋谷Ⅱ　11階
TEL 0120-933-772（営業フリーダイヤル）
FAX 050-3156-0508

印刷・製本　中央精版印刷株式会社

ISBN978-4-86699-776-6